徳間文庫

警察庁広域機動隊

六道　慧

徳間書店

目次

〈主な登場人物〉

＊夏目凜子《なつめりんこ》　女刑事。誕生日がくれば三十五歳になるシングルマザー。ＤＶ夫と離婚し、男の子を引き取っている。新しくスタートした警察庁広域機動捜査隊ＡＳＶ特務班の警部補兼班長に昇進した。異名は『ミラクル推理の女』。優れた観察眼と他者に同調《シンクロ》する特異な能力で、奇跡の推理を展開。難事件を解決する。

＊渡里俊治《わたりしゅんじ》　五十七歳。特務班の事実上の指揮官。愛娘《まなむすめ》を喪《うしな》った事件後、ＤＶ、レイプ、ストーカー、性的虐待を含む虐待などに特化した班の設立を訴え続け、それを実現させた。

＊久保田麻衣《くぼたまい》　新人として加わった三十二歳のシングルマザー。壊し屋、ハリケーン麻衣といった剣呑《けんのん》な異名の持ち主。皮肉と悪態が友という、いささか厄介な性格である。特務班乗っ取りを宣言したが、その真意やいかに。

＊桜木陽介《さくらぎようすけ》　正義感あふれる二十六歳の熱血刑事。姉をレイプされた辛《つら》い過去をバネにして、特務班に自ら名乗りをあげた。異名は雑学王、なにかと頼りになる好青年。

＊長田弥生《おさだやよい》　三十一歳。監察医の経験を持つ鑑識員で、科学捜査のスペシャリスト。広域機動捜査隊鑑識班の指揮を執る。ふっくらした体型同様、冷たい現場の空気を即

座に変化させるような、独特の雰囲気を持っている。

＊**井上友美**《いのうえともみ》　二十九歳のスレンダー美人。ハイテク犯罪対策総合センターにいたが、他のメンバーと同じように自ら志願して特務班に来た。異名はカメレオン、七変化女、紫陽花《あじさい》娘《むすめ》など。異動した元メンバー・酒井昭男《さかいあきお》の家に居候している。

＊**藤堂明生**《とうどうあきお》　精神科医で年は四十八歳。最初のメンバーだった小暮円香《こぐれまどか》のクリニックで副院長を務めている。円香と交代する形で特務班に加わった。人を包み込むような温かい雰囲気が持ち味。

＊**古川輝彦**《ふるかわてるひこ》　夏目凜子の元夫で四十一歳。DV男であるとともに、マザコン男でもある。表向きは特務班の指揮官だが、メンバーは渡里こそが事実上の指揮官と思っている。新人の久保田麻衣とは、親密な交際の真っ最中。強い者には弱く、弱い者には強くを地でいくタイプ。甘い日々をもう一度とばかりに凜子を狙っている。

第一章　壊し屋

1

女は、渋谷のスクランブル交差点を渡り始めていた。

十月の午前十時。

（なんだろう。頭がフラフラする）

渋谷のワンルームマンションを出たときから、気分の悪さを覚えていた。表現しようのない不快感に襲われていた。この独特の感覚は持病が出る前兆だが、心当たりはまったくない。

（栄養不足かしら。そうね。まともに食べていないもの）

それでも決めたことは予定通りに進めようと思っていた。助けてくれるかどうかはわからないが、相談してみる価値はある、のではないだろうか。

「……眩《まぶ》しい」

あまりの眩しさに、つい足を止めかけた。が、交差点を渡る人々は、みな早足で先を急いでいる。この流れを止めてはならない。これだけ大掛かりなスクランブル交差点は、世界でも渋谷にしかないと言われている。スムーズな流れを自分が止めるなど、考えられないことだった。

そんなことをする人間は……。

(無様《ぶざま》)

このひと言に尽きる。

みっともない姿は、亡き父に見せられなかった。

しかし、徐々に足が重くなってきた。息苦しくて、たまらない。懸命に歩こうとするのだが、思うようにならなかった。もたもたしていると思ったのか、後ろから来た人がぶつかるようにして追い抜いて行く。

(行かなければ、行かないと、なにも変わらない)

渋谷署にと思った瞬間、意識がふぅっと遠くなる。女はつい隣に来た男の腕を摑《つか》んでいた。亡くなった父と同世代ぐらいの中年男性が、驚いたように見る。

「お、父さ、ん」

最愛の父を呼んでいた。膝から崩れ落ちるようにして、その場に座り込む。否応《いやおう》なく足を止めさせられた中年男性が、大きな声をあげた。

「大丈夫ですか、しっかりしてください！」

遠ざかる声を聞きながら、うつ伏せに倒れ込んだ。バッグを持っていたはずなのに、いつの間にかなくなっていた。もしや、と、不吉な思いが浮かんでいる。

（だれかに鎮痛剤をすり替えられた？）

それならば、犯人が近くにいるのではないか。そいつの顔を見届けてやろう。せめて、仰向《あおむ》けになって、睨《にら》みつけてやろう。

渾身《こんしん》の力を振り絞って、うつ伏せの姿勢から仰向けになる。

青空が目に入った瞬間――。

消えた。

2

渋谷駅を出たとき、女刑事の夏目《なつめ》凜子《りんこ》は異状に気づいた。

交番から警察官が飛び出して行くのが見えた。スクランブル交差点の動きが一部で止まっている。信号機はすでに赤になっているのだが、何人かの警察官が交通整理を始めていた。ほとんどの人々は振り返りつつ、交差点を渡り終えている。新たに渡ろうとした人は、警察官が止めていた。

「通してください、警察です」

凜子は警察バッジを掲げて、ひとりの警察官に告げた。視線はスクランブル交差点の中心部に向けられている。女性が倒れているのを確認していた。

「警察庁広域機動捜査隊ASV特務班の夏目です。救急要請がなされていないようであれば、早急にお願いします」

「あ、は、はい。了解しました」

敬礼をした警察官に会釈《えしゃく》して、凜子は交差点の中心部に走った。四、五人の制服警官が集まっている。手短に挨拶した後、その場に屈《かが》み込んだ。

とそのとき、ふわりと花の薫りが漂った。倒れている女性のオーデコロンかもしれなかった。

「どうしました、気分が悪くなりましたか。わたしの声が聞こえますか」

耳元で呼び掛けたが反応はない。首筋に手を当ててみたが、これまた脈は感じられなかった。携帯で特務班のメンバーのひとり、監察医の資格を持つ長田弥生《おさだやよい》に連絡する。

「スクランブル交差点で急病人です。来られますか」

現状では生死がわからないため、急病人と表現したが、おそらく蘇生措置《そせいそち》は無駄になるだろう。尿を洩《も》らした痕跡が、乾いた地面に残っている。可能性はゼロに近いが、医師の資格を持つ人間が死亡を認めるまでは、全力を尽くすのが警察官の務め。弥生はすぐに向かうと返事をして、電話を切った。

「どなたか女性の知り合いの方は、いらっしゃいますか」

見まわしたとき、警察官の隣にいた中年男性に目がとまる。

「お知り合いですか」

「いえ、隣を歩いていただけです。不意に腕を掴まれましてね。彼女、小さな声で『お父さん』と言ったんですよ。今、その話をしたところです」

中年男性は、ちらりと倒れている女に目を走らせた。

「そうですか。お忙しいとは思いますが、交番でお待ちいただけますか。後でもう一度、詳しい話を聞かせてください」

「わかりました」

「交番では、簡単な身体検査をさせてもらいます。持ち物などを調べますが、ご了承ください」

二度目の要請にも男性は頷《うなず》いて、警察官のひとりと交番に向かった。救急車のサイレンが遠くの方から聞こえてくる。救急車が到着するより早く、渋谷署にいた長田弥生と相棒の桜木《さくらぎ》陽介《ようすけ》が駆けつけて来た。

凜子は片手を挙《あ》げて、二人を呼んだ。

「ここです」

走って来た二人に謝罪する。

「遅れて、すみません。駅を出たとたんに遭遇《そうぐう》しました」

「気にしないでください」

三十一歳の弥生は、笑みをたやさないムードメーカーだ。とはいえ、倒れた人を前にして笑顔などは浮かべられない。外傷がないか、調べ始めた。

「救急車が来ましたね」

長身の桜木は二十六歳、特務班の中では一番の若手である。姉をレイプされた過去をバネにして、自ら特務班に志願した。道路の端に停車した救急車に駆け寄って行く。それを横目で見ながら、凛子は弥生に訊《き》いた。

「どうですか」

「………………」

監察医は無言で頭を振る。重い吐息がひとつ、出た。

「病死のように思えますが、現時点では断定できません。司法解剖をした方がいいと思います。渡里《わたり》警部、あ、渡里警視への連絡は、わたしがしますので」

慌てて言い換えた。特務班発足当初、警部だった渡里俊治《しゅんじ》は警視、そして、凛子は警部補兼班長に昇進していた。一年に満たない短い期間内に、大きな事件を解決した功績を認められていた。

「お願いします。ずいぶん痩《や》せているように思いますが」

凛子は言い、あらためて女を見る。髪はセミロング、年齢は三十代なかばぐらいだろうか。少し日本人ばなれした顔立ちをしていたが、頰《ほお》の肉が削《そ》げ落ちているうえ、スカートから伸びた脚も細かった。上着を着ているため腕などはわからないが、手も骨ばっているように感じられた。

「拒食症や病気の可能性もありますか」

「あるいは覚せい剤や危険ドラッグに手を出していたか」

弥生が継いだ。

「そういったことを知るためにも、司法解剖が必要だと思います」

「わかりました」

凛子は立ちあがる。

「現場の写真を撮ってください。運ぶ前と運んだ後、周辺の撮影など、素早く遂行してください。いつまでも交差点を止めておけませんから」

少しきつい口調になったかもしれない。なぜ、だれも写真撮影をしないのか。通常は鑑識係の仕事かもしれないが、ここは渋谷のど真ん中、スクランブル交差点だ。臨《りん》機応変《きおうへん》に動かないと、交通渋滞はもとより都内の流通にも弊害《へいがい》が出かねない。交差点の中心部に何時間も規制線を張り巡らせたままにはできなかった。

「カメラです」

弥生が大きな鞄からカメラを出した。若い制服警官が、受け取って、撮影し始める。念のため、凜子も携帯で撮影しておいた。桜木が救急隊員とともに、こちらへ来る。やはり、念のためと思ったに違いない。ベテランらしき救急隊員が、すぐに女性の脈や心臓の鼓動を確かめていた。

「それは彼女のバッグですよね」

凜子は立ちあがって、年嵩《としかさ》の制服警官が持っていた女性用のトートバッグに目を向ける。彼女が倒れたとき、周囲は交差点を渡る人々で埋め尽くされていた。中にはこれ幸いとばかりに持ち去る不届き者もいる。それを考慮して、いち早くバッグを取っておいたのだろう。さすがはベテランだと思った。

「そうですが」

年嵩の制服警官は、意味ありげな微苦笑《びくしょう》を浮かべている。侮蔑《ぶべつ》のような感情が込められているのを感じた。

「なんでしょうか」

凜子が促《うなが》すと、トートバッグを渡した。

「彼女を知っているんですよ。名前は相沢幸乃《あいざわゆきの》、三十五歳です。一流企業に勤めているんですがね。なにを好きこのんでと思いますが、そういう会社に勤めながら、この先の小さな店」

くいっと顎《あご》で指して、続ける。

「デリバリーヘルスの店に登録していたんですよ。十日ぐらい前だったかな。客と騒ぎを起こしましてね。そのときに駆けつけました」

デリヘルに在籍して、買売春に関わっていた女。なんとなく警察官たちの動きが鈍いのは、性産業の女だったからに違いない。

「デリヘル嬢だったから捜査は手を抜いてもいいと？」

つい厳しい態度を取っていた。性産業の女イコール、金や男にだらしがなくて、トラブルばかり起こす。最悪の場合、殺されることもあるが、それは自業自得というやつではないのか。

誤った考え方を持っているのは警察官だけではないだろう。一般人の中にも、そういった思い込みが少なからず、ある。

「い、いや、そうは言っていませんよ。ですが、特務班の得意分野でしょう。我々の出番はないと思いまして」

謝罪で済ませればいいものを言わずにいられなかったのか、今度は特務班への皮肉が出た。話している間に、相沢幸乃はストレッチャーで救急車に運ばれている。その後の現場を、桜木が写真撮影していた。

「確かにうちは、ストーカーやＤＶ、虐待、レイプといった事件を中心にして所轄を渡り歩いてきた部署です。警察官による性被害者への対応がひどすぎたため、どうすればきちんと対応できるか、というようなスキルを伝えるために所轄をまわっていたんです。ですが、今回は新たに『警察庁広域機動捜査隊』として、スタートすることが決まりました」

持っていた鞄から書類を一部出した。

「広域機動隊が普通の警視庁の機動捜査隊と違う点。それは、二十三区内であれば、どこでも自由に捜査できるということです。日本のＦＢＩとお考えください。いずれは日本全国を捜査できるようにしたいと考えていますが、今は二十三区内です」

ベテラン警官に書類を渡して、補足する。

「もちろん、当初から行っている性犯罪への対応の仕方については指導を続けます。今も所轄をまわりながらスキルを伝えているんです。何カ所かの所轄では、多くの賛同者が出たんですよ。女性を中心にした専属班を組み、部隊を率いる渡里警視からとって、渡り部隊として試験的に動き始めているんです」

「ははあ、なるほど。セックス班の異名は返上ですか」

またもや皮肉を返した。若い桜木が凄い顔で睨みつける。目顔《めがお》で窘《たしな》めながら、凜子は軽くかわした。

「別に異名を返上するつもりはありません。憶《おぼ》えてもらうには、多少どぎつい表現もありかなと思っています。ご存じかもしれませんが、ASV特務班のAはα《アルファ》、始まりという意味です。だれよりも早く現場に駆けつけ、だれよりも早く被害者を助ける。そんな意味を込めました。新たにスタートしたお陰で、班の呼び名が長くなったのが少し不満ですけどね」

肩をすくめて、交番の方を示した。

「一番近くにいた目撃者に、話を伺いたいと思います。よろしいでしょうか」

ベテラン警官にお伺いをたてる。弥生が呼んだに違いない。渋谷署の鑑識係が到着し、弥生の指示を仰いでいた。

「まあ、捜査が早いことは認めますよ」

渋々といった感じのベテラン警察官と一緒に、凜子と桜木は交番に足を向ける。眩しいほどの晴天だった。

3

倒れていた女性は相沢幸乃、三十五歳。京王井の頭線沿線に在住、勤務先は自動車会社の〈児玉《こだま》〉。言うまでもなく一部上場の大手企業だった。

「名前を聞いて、ようやくわかったんですが」

幸乃に腕を摑まれた男性は、交番の椅子に座って、ぼそっと言った。

「わたしは彼女と肉体関係を持ったことがあります」

隠してもすぐに露見すると思ったのか、素直に認めた。凜子はベテランが使っていた椅子に腰をおろした。立ったままの事情聴取は、相手を威嚇《いかく》するような感じになると考えたからである。相手の目に目を合わせたかった。

相棒の桜木は後ろに控えている。

「話を伺う前に、あなたの身許《みもと》照会をさせてください。免許証といった身分を証明するものがあれば、見せていただけますか」

丁重にお伺いをたてた。持ち物などを含む簡単な身体検査は、すでに終えている。特に不審なものは所持していなかった。

男は上着の内ポケットから免許証を出して、机に置いた。凜子は免許証の写真と眼前の本人を見比べた後、桜木に手渡した。相棒がすぐに身許確認の作業を始める。

「中村《なかむら》修《おさむ》さん」

凜子の呼びかけに、中村は顔をあげた。

「はい」

「本題に入らせてください。相沢幸乃さんと肉体関係があった。つまり、あなたは個人的に彼女と交際していた。あるいは、デリヘル店の客だった。そういうことですか」

確認の問いを投げた。

「そうです。後者のデリヘル客ですよ。近くのホテルを利用していたのですが、彼女はいつもショートヘアのカツラを着け、赤や黄色といった原色の服を着ていたんです。きちっとしたスーツ姿を見たのは初めてでした」

中村の年齢は五十二歳、ベテラン警官たちの簡単な職務質問によれば、電機会社勤務という話だった。

「相沢さんは、あなただと気づいたんでしょうか」

凜子は質問を続ける。

「さあ、どうでしょうね。とにかく腕を摑まれたときは、彼女だとは思いませんでしたよ。急に倒れ込んだので驚きました」

「倒れたときの状況を、もう少し教えてください。いきなり、倒れたのでしょうか」

仰向けに倒れていたあれが、引っかかっていた。手帳を広げて、中村の答えを待っている。

「いきなりでしたね。その場に座り込むというか、屈み込んだとたん、うつ伏せに倒れたんです」

「はじめは、うつ伏せの状態だったわけですか」

「はい」

「では、あなたが仰向けにした?」

「違います。呼び掛けているうちに、突然、くるっと仰向けになったんです。驚きましたが、もしかしたら、声でわたしだと気づいたのかもしれません。ですが、あとはもう、いくら呼び掛けても応えませんでした」

「なるほど。相沢さんは自力で仰向けの状態になったわけですね」

メモしながら赤丸をつけている。呼び掛けた相手が、中村だと気づいたのか。もしくは他に理由があったのか。理由があったのだとしたら、どんな理由なのか。

「どれぐらいの割合で会っていたのですか」

さらりと訊いた。妙に躊躇《ためら》ったりすると、不快感を与えかねない。セックス班の異名を持つ特務班ならではの、技を身に着けていた。

「月に、そうだな。二、三回だったと思います。彼女の方から電話をくれるときもありましたね。セックスをする前に、決まって勤務先の会社の内情や政治・経済関係の話をするんです。今の政権はどれぐらい保《も》つと思うか、どうすればデフレ脱却できるか、などなど、かなり専門的な話になったときもありますよ」

苦笑して、言った。

「変わった女だなと思いました。そういったところに惹《ひ》かれた部分もありますね」

と告白した男自身も相当、変わっているように思えたが、口にするのは控えた。遊び慣れた男は、変わり種に興味を覚えるのかもしれない。

「相沢さんは、児玉自動車に勤めていたことを、隠そうとはしなかったわけですか」

疑問点を問いかける。

「ええ。むしろ積極的に話していたように思います。一流企業ですからね。誇らしかったんじゃないでしょうか。最近は色々と問題を起こしているようですが、一部上場企業でしょう。係長だったか、いや、課長補佐だったかな。一昨年あたりだったと思いますが、昇進したらしくて、嬉しそうでしたよ」

児玉自動車はリコール隠しや政財界との癒着問題、低燃費偽造問題で一時《いっとき》マスコミにかなり騒がれていた。それでもトップの首のすげ替えだけで終わっている。騒ぎが起きていたのと同じぐらいの時期に昇進したのが事実であれば、面倒な現場を無理やり押しつけられた可能性もあった。

(うつ病になってしまい、多量に薬を飲み、死亡。自殺も視野に入れないとだめね)

会社の内情を詳しく調べる必要ありと手帳に記した。

「家族については、いかがでしょう。なにか印象に残った話はありますか」

今度は家族の話を振る。

「古い表現になるかもしれませんが、俗に言うところのファザコンだと思いました。父親は彼女が二十四のときだったかな。すみません。年齢などは記憶違いがあるかもしれませんが、父親は五十二歳で亡くなったとか。十年ぐらい前だと聞いた憶えがあります」

ふたたび苦笑が滲《にじ》んだ。

「わたしも今年、五十二歳なんですよ。父親と同世代の男を客に選んでいる印象を受けました。だれだって『ああ、ファザコンだな』とわかるでしょう？　勤めていた会社同様、隠しませんでしたね」

「他の家族の話はしなかった？」

凜子は、手許の調書を確認している。先日、幸乃が騒ぎを起こしたとき、家族構成なども聴取していた。父親は十年前に膵臓《すいぞう》ガンで死亡、父親が勤務していたのもまた、児玉自動車、父亡き後は母親と妹の三人暮らし。幸乃や妹は、告げればほとんどの人間が感心するであろう有名大学を卒業していた。

そして、幸乃は児玉自動車、妹は大手の酒造メーカーに就職している。父親も華々しい経歴の持ち主のように思えた。

「しませんでしたね」

男は即答した。

「一度だけ、母親とは合わないと聞いた憶えがあります。自分は父親に可愛がられて、妹は母親と仲がいい。『家庭内別居なの。わたしひとりだけ仲間外れなのよ』と言っていました」

それでも幸乃が一人暮らしをしなかったのは、父親と暮らした家を離れたくなかったからだろうか。騒ぎを起こしたときの調書には今も実家にいる旨が記されていた。

「どうして、相沢さんはデリヘル嬢をしていたのでしょう。そういった話をしたことはありますか」

一歩踏み込んでみる。とそのとき、ようやく救急車が発進した。どこか間の抜けたサイレンが遠ざかって行く。

「訊いてみましたよ。わたしも不思議でしたからね。でも、曖昧《あいまい》に笑っていただけでした。父親に抱かれているような気持ちを、味わいたかったんですかねえ」

私見が口をついて出た。どこかしみじみした口調になっていた。

「痩せすぎだと感じたことは？」

裸身を見たことがあるならば、幸乃の異状さがよくわかったのではないだろうか。

「ありますよ。わたしは彼女と付き合うようになって、そろそろ二年になるんですが、ここにきて急に痩せました。ちゃんと食べているのかと、まさに父親のような心配をしましたよ。ファストフードが好きでしてね。ホテルに入る前、コンビニでビールを二缶と肴《さかな》類を買ってあげるのが、いつものことだったんです。ついでに弁当を買い求めて、食べさせるようにしました」

「薬をやっていたような気配はありましたか」

ストレートな問いかけに、男は一瞬、沈黙を返した。が、我が身にも疑いがかかると思ったのか、

「やっていなかった、と思います」

考えながらという感じで答えた。

「わたしも急に痩せたので、もしやと疑いました。それとなく訊いてみましたが、彼女は暑かったからだと言ってましたね。単に夏バテしただけなんだと」

「申し訳ないのですが、お帰りになる前に尿を採取させてください」

重要な話を投げる。

「あ、はい」

「単刀直入に伺います。相沢さんは、セックスが好きでしたか。それとも、むしろ嫌いなように感じましたか」

凜子の質問に、件《くだん》のベテラン警官が大きく目をみひらいた。好奇心満々だった表情に、わずかではあるものの、尊敬の念らしきものが加わったかもしれない。交番内や交番前には何人かの警察官がいる。相沢幸乃の件で対応していた者も、通常の業務に戻り始めていた。

交番前に立つ警察官も、それとなく聞き耳を立てている様子が伝わってくる。

「好きではなかったと思います。『いちいち気をやっていたら身がもたないわよ』なぁんて、あっけらかんとしていましたね。下手《へた》な演技をされるよりも、わたしはむしろ好感を持ちました」

　またもや苦笑いして、肩をすくめた。

「ま、わたしも変わり種なのかもしれませんが」

　先刻、凛子が感じたことを口にする。相性というやつなのかもしれない。相沢家は父親と幸乃、母親と妹に分かれていた。今は家庭内別居と言っていたらしいが、父親が生きていたときから、その傾向があったのではないだろうか。

「見た目は平凡な幸せあふれるように見える家庭でも、なにかしら身裡《みうち》に抱えている闇があるんじゃないですかね。うちもそうですよ。母は介護が必要な状態なんですが、女房は手助けを拒否しました。若い頃に意地悪されたとか、嫌味を言われたとか、わたしから見れば本当に些細《ささい》な理由ですよ。それを掲げて介護拒否です。女というのは執念深いというか、なんというか」

　ぽろりと本音が出た、ように思えた。

「いや、つまらないことを言いました。すみません」

　謝罪には頭を振る。

「気にしないでください。今のように愚痴をこぼすと、相沢さんは黙って聞いてくれたんですね」

問いかけではなく、確認になっていた。中村の愚痴があまりにも自然だったからである。

交番内の事情聴取で愚痴が出るぐらいだから、ふだんも推《お》して知るべしではないだろうか。

凜子はそう思っていた。

「そのとおりです」

あっさり認めた。

「そこが彼女のいいところでした。特になにか言うわけではないんですけどね。寝物語に聞いてもらうと、それだけで心がなごんだんです。殺伐とした砂漠家庭に戻る元気を取り戻せた。笑われてしまうかもしれませんが」

いったん言葉を切って、目をあげた。

「わたしにとっては痛手です」

立ち会っている制服警官たちには、意外な話だったかもしれない。たかがデリヘル嬢、どうせ覚せい剤でもやって逝《い》っちまったに決まっている。真剣に取り組む事案じゃないさ。適当に調べればいい。

当初はそんな様子が見て取れた。はたして、今はどうだろう？　眼前の男もそれを感じていたからこそ、最後に相沢幸乃の不思議な魅力を口にしたように思えた。

「ありがとうございました。またなにかありましたら、伺うかもしれません。尿の採取を終えましたら、どうぞお引き取りください」

凜子の言葉を受け、桜木が免許証を男の前に置いた。身許照会終了ということだろう。

「わかりました」

立ちあがった男に、若手の警察官が紙コップを手渡した。凜子は桜木と一緒に交番を出る。スクランブル交差点の真ん中では、弥生と何人かの鑑識係が調べを続けていた。鑑識係のために、制服警官が交通整理をしている。

交差点の真ん中には、ぽっかりと空白地帯のような場所が生まれていた。

4

渋谷署は、なんとなく慌ただしい空気に包まれている。赴任したばかりの警察庁広域機動隊と主だった渋谷署員との顔合わせが、会議室で執り行われていた。凜子と桜木は後ろの扉から静かに入室する。

「えー、今月の一日付けで、警察庁α特務班は新たなスタートを切りました」

渡里警視が壇上に立っていた。年は五十七、近頃とみに狸親父《たぬきおやじ》の異名を地でいく体型になっている。前に来いと仕草で凜子たちに示していた。二人は会議室の端を進み、メンバーの末尾に加わった。

凜子の隣には、新しく加わった久保田麻衣《くぼたまい》がいる。年は凜子より二つ下の三十二、凜子が再来月に誕生日を迎えれば、三つ違いになる。身長は百六十三、四センチぐらいだろう。会釈した横顔は、少し冷たい印象を受ける。会うのは今日で二度目だが、初対面は挨拶だけで終わっていた。どんな性格なのかまでは、よくわからない。

「正式名称は、警察庁広域機動捜査隊ASV特務班です。一気に告げようとすると、わたしなどは息が切れますよ。部署名は短いのが一番ですな」

笑いを誘って、会議室を見まわした。

「まずは指揮官の古川《ふるかわ》警視長に、ご挨拶をお願いしたいと思います」

どうぞ、と招き、位置を入れ替わる。古川輝彦《てるひこ》は凜子の元夫だったのだが、あまりにも酷《ひど》いDVがあったことから、短期間で離婚に至っていた。一人息子の賢人《けんと》は、凜子が引き取っている。年は四十一になったはずだが、いつまでも大人になりきれない稚《おさな》さが感じられた。

もっとも外見上は身長が高く、色男ではないが醜男《ぶおとこ》でもないため、『立派な男』に見えるかもしれないが……。

「広域機動隊は、アメリカのFBIになるべく立ち上げた部署です。ともすれば互いに反目し合い、所轄同士の連携がうまく取れない場合がある。それで事件解決が遅れたり、迷宮入りしたりするのを懸念して、わたしが警察庁と警視庁に提言いたしました」

古川は平然と言った。提言したのは渡里だが、手柄をひとり占めしようとしていた。問題が起きたときには押しつけるに違いない。上にはへつらい、下には厳しくあたるのが常。何年経《た》っても性格は変わらないようだった。

「ご存じだと思いますが、α特務班の時代には、いくつもの難事件を解決に導きました。迷宮入りしていた大事件の犯人を逮捕するに至っております。その功績《こうせき》を買われて、今回は新たな部署の発足になりました。獅子奮迅《ししふんじん》の活躍をいたしますことを、ここにお約束したいと思います」

さらに続けようとしたが、

「ありがとうございました、古川警視長」

渡里が告げた。絶妙のタイミングだった。

「えー、では、メンバーの紹介に入りたいと思います」

でっぷりした太鼓腹で押すようにして、古川と場所を入れ替わる。凜子は笑いそうになったが、こらえた。

次の瞬間、

「え」

不意に右手の甲が熱くなる。うっすら血が滲《にじ》んでいた。右隣に立つ久保田麻衣を思わず見たが、渡里の方に顔を向けている。表情まではわからなかった。

（おかしいわね。自然に切れるなんて、ありえないけど）

とりあえず、ハンカチで押さえておいた。もしや、肩に掛けていた大きな鞄から、なにか鋭い形状のものが出ていたのだろうか。渡里のメンバー紹介を聞きながら、さりげなく鞄を確かめてみる。

「ひとつお伝えしておきますが、わたしと同期の酒井昭男《さかいあきお》は、別の部署に異動いたしました。その代わりに新人が加わった次第です。多少メンバーが入れ替わりましたが、他に大きな変化はありません」

酒井昭男は、長年、行方不明だった孫娘を取り戻していた。穏やかな日々をようやく手に入れたのだが、モチベーションを維持するのがむずかしいと訴えて、自ら異動を願い出た。心に傷を負うメンバーが多い中、自分だけが事件解決という流れになったのを、引け目に感じたのかもしれない。

〝なんて言ったらいいのか。ヒリヒリするような胸の痛みが、綺麗さっぱり消えてしまったんだよ。もう特務班でやるのは無理だと思ってね。異動を願い出たわけさ〟

酒井の言葉である。そういう性格の人間だった。

「並んでいる順に紹介していきます。わたしとは違い、パソコンや最先端の電子機器の扱いに長《た》けている井上友美《いのうえともみ》刑事。美人サイバー捜査官として、ご存じの方が多いかもしれませんね」

「井上です」

友美はおどけて最敬礼する。紫陽花《あじさい》娘や七変化女といった異名を持つ女刑事の、本日のいでたちはピンクベージュのスーツ。短めのスカートから伸びた長い脚が魅力的だ。前列に座った若い男性警察官は、友美の脚ばかり見ていた。

ちなみに、友美は酒井の自宅に居候している。家庭の味を知らない彼女にとって、酒井家はこのうえなく、居心地のいい場所のようだった。

「次は警視庁から異動になったばかりの久保田麻衣刑事。先程、新たに加わったと言いましたのが、彼女です」

麻衣は前に出ることなく、その場で会釈するにとどめた。異動が気に入らないのだと、行動で示したように思えなくもない。

「夏目警部補はこちらへ」

「あ、はい」

メンバーの後ろを通って、渡里が立つ壇上に行った。ボスの隣に並んでいた古川が、薄気味悪いほどの笑顔で迎える。背中にふれようとしたが、素早い動きでかわした。

渋谷署に渡って以来、なにかにつけては身体《からだ》をさわろうとする。尻を撫《な》でられたのも一度や二度ではない。

（油断できないわ）

後ろを気にしながら渡里の隣に並んだ。

「夏目警部補は、若手のホープです。彼女とわたしが班長なのですが、うちは流動的な部署でしてね。その時々の状況を見ながら、相棒や班の組み合わせが入れ替わります」

「夏目です。うちの班は全員が心理カウンセラーの資格を取りました。精神科医がメンバーに加わっているのが、他にはない点かもしれません。精神科医の藤堂明生《とうどうあきお》先生は」

見まわした凜子を、渡里が継いだ。

「本日はちょっと遅れています」

「失礼しました。わたしも遅れましたので、お仲間がいたことになんとなく、ほっとしています。特務班は今までどおり、レイプや虐待、ＤＶ、ストーカーといった事案を中心にして動きますが、会社や政治がらみの事案などにも、積極的に取り組む所存です。よろしくお願いします」

さがった凜子の耳元に、古川が唇を寄せた。

「あとで話があるんだ」

私的な事柄であるがゆえ、親しげな口調になったのか。いずれにしても、凜子は憂鬱《ゆううつ》な気分になるだけだった。そもそも公的な場で口にする言葉ではないだろう。壇上からおりて、もとの位置に戻る。

「えー、続きましては、熱血漢の桜木刑事です。まだ二十五歳でしてね」

渡里の紹介に、桜木が手を挙げた。

「九月で二十六になりました」

「お、そうだったか」

笑って、渡里は続ける。

「若いながらも雑学王の異名を持つ勉強家です。わたしとしましては一日も早くいい嫁さんを見つけて、所帯を持ってほしいのですが、これればかりは縁ですからね。仕方ありません。とにかく頼りになる男です」

「よろしくお願いします」

桜木は前に出て、深々と一礼した。よけいなことは言わずに、凜子の隣に戻る。

「あとは精神科医の藤堂先生と、鑑識係を束ねる監察医の長田弥生です。長田には、広域機動捜査隊鑑識班の指揮を執ってもらうことにしました。警察庁の科学警察研究所や警視庁の科学捜査研究所、さらに所轄の鑑識係と連携しながら、いち早く現場に駆けつける班です」

後ろの扉が開く音で、いっせいに目が向けられた。

「すみません。遅れました」

弥生がぺこりと頭をさげる。

「グッドタイミングですね。噂の監察医、長田弥生です。挨拶は済んだので、持ち場に戻ってください」

渡里は訴えるような表情を読んでいた。忙しいんですが挨拶に来ました、早く現場に戻らせてください。弥生は声なき声で告げていた。

「お言葉に甘えさせていただきます」

ふたたび、ぺこりと頭をさげ、廊下に出て扉を閉めた。

「慌ただしくて、すみません」

渡里は庇《かば》うように詫びた。

「先程、渋谷駅のスクランブル交差点で女性が倒れました。死亡した模様です。事件性があるかどうかはわかりませんが、長田はこの後、司法解剖をするのでしょう。不審死を遂げた場合は、できるだけ解剖をするというのが我々の考え方です。その分、長田は忙しくなるというわけですね」

次は、と、渡里は扉を見やったが、精神科医は現れない。

「藤堂先生につきましては、すでに講義が始まっておりますため、ご存じの署員も多いと思います。ですが、参加しているのは主に生活安全課の課員ですからね。この場で紹介した方がいいと判断いたしました。遅れているのは、おそらくスクランブル交差点の件でしょう。タクシーが動かないというメールがありました」

語尾を遮るように、廊下で大声がひびいた。

「すみません、遅れま……うわっ」

続いて派手な音が聞こえた。凜子は急いで扉を開ける。藤堂明生が転んだまま、笑顔を向けた。

「ずっこけました」

年は四十八、スマイルマークのような顔が印象的だ。以前、特務班に籍を置いていた小暮円香《こぐれまどか》のクリニックに、副院長として勤めている。春の日だまりのような温かい雰囲気は、精神科医が天職であるのを示しているように思えた。

「大丈夫ですか」

凜子は手を差し伸べたが、藤堂は頭を振って、立ちあがった。

「たいしたことはありません」

ハンカチを巻いておいた右手に目を向ける。

「夏目さんこそ、どうしました？」

「あ、なんでもありません。藤堂先生じゃないですけど、たいしたことはないんです。それよりも早く中に」

身体をずらして、入るよう示した。

「そうですね」

藤堂は会議室に入る。真っ直《ます》ぐ壇上へ歩いて行った。

「主役は最後に登場ですね」

渡里が冗談をまじえて紹介する。

「藤堂明生先生です。以前、在籍していた小暮先生と入れ替わる形になりました。いつまでも所長がクリニックを留守にするわけにはいきませんからね。とはいえ、藤堂先生も暇なわけではありません。一日に一度は必ずクリニックに顔を出します」

「あとはわたしが」

藤堂が受け、一礼した。

「部署に不在のときもありますが、性犯罪被害者への対応を中心にした講義などは、夜か土曜の午後などに行うようにするつもりです。むろん、それでは都合が悪いということであれば、いくらでも調整いたします。遠慮せずに意見を出してください。そのため今度の講義は月曜日の午前中となりましたので」

簡潔に纏《まと》めて終わらせる。

「なにもないようであれば……」

「渡里警視」

不意に、新人の久保田麻衣が片手をあげた。

「わたしから、ひとつ申し上げたいのですが、よろしいですか」

「どうぞ」

渡里は頷いて、どうぞと仕草でも示した。麻衣は一歩、前に出る。

「わたしは、広域機動隊を乗っ取るためにまいりました。特務班にまいりましたのは、警視庁広域機動捜査隊にするためです。警視庁が指揮を執った方が、やりやすいのは自明の理。所轄の方々には、後押ししていただきたいと思います」

一礼するや、扉に足を向けた。振り返ることもなく、廊下に出て行く。凜子たちは茫然《ぼうぜん》自失、互いに顔を見合わせていた。

気まずい空気が漂う中、

「いいですな」

渡里が言った。

「あれぐらいの気概《きがい》がないと、特務班ではやっていけません。久保田刑事は、うまくやってくれると思いますよ。楽しみです」

負け惜しみではないのが、余裕のある笑顔に表れていた。桜木や友美は不満をあらわにしていたが、渡里は気づかないふりをしていた。

「えー、特務班はしばらくの間、渋谷署に居候させていただきます。なにかご質問があれば、どんどん言ってください。本日の就任式は、これで終了といたします」

その言葉で署員は立ちあがる。いたって簡素かつ質素な式は、新人メンバーの爆弾発言が締めくくる形になっていた。

5

「どういうつもりなんですかね。久保田麻衣の言動は、理解できませんよ。挑戦的というよりも、好戦的でした」

桜木は言った。憤懣《ふんまん》やるかたないという様子に見えた。凜子は相棒と一緒に、相沢幸乃が勤めていたデリバリーヘルスに向かっている。通常通りに車が行き交うスクランブル交差点を渡って、坂道をのぼり始めていた。

「なめられてたまるか、みたいな感じなのかもしれないわ。友美さんだって最初はすごかったじゃない。鼻や唇にまでピアス、会議には参加しないし、遅刻は日常茶飯事。でも、酒井さんと組んだとたん、急に落ち着いたでしょう」

歩きながら話している。

「確かにそうですが、友美さんはあそこまでひどくなかったように思います。久保田刑事の場合は、最初《はな》から喧嘩腰じゃないですか。ちょっと調べてみたんですが」

　声をひそめた相棒に笑みを返した。

「さすがは雑学王。情報が早いですね」

「茶化《ちゃか》さないでください。久保田麻衣の異名は『壊し屋』。もしくは、ハリケーン麻衣と呼ばれていたとか」

「なに、それ」

　思わず噴き出していた。

「笑い事じゃないですよ。異動した先々で問題を起こすトラブルメーカーらしいです。男性関係も派手みたいですね。彼女のせいで離婚するはめになった警察官もいるとか」

「久保田さんは未婚だったわよね」

　凜子は念のために確認する。もっとも戸籍上は未婚であっても、事実婚のパートナーがいる例も少なくない。とらわれてはならないが、参考程度にはなるだろう。

「未婚です」

　微妙な間の後、

「子供がひとり、いるようですが」

　言いにくそうに続けた。躊躇った理由は、凜子自身がシングルマザーだからなのだが、真の意味においてシングルマザーになったがゆえに違いない。が、今はその話題を口にするのは避けた。

「それじゃ、今日は土曜日だから早く上がる予定だったのかもしれないわね。渡里警視には届け出ていたんじゃないかしら。だから久保田さんが出て行くとき、なにも言わなかったのかもしれない」

「そうだとしてもです。あれはないですよ。もう少し友好的になごやかにですね。締めくくることもできたと思います。これから先、友美さんがどう出るか。考えると恐《こわ》くなりますよ」

と言っている割には、口もとがゆるんでいる。

「おもしろがっているでしょう?」

「あ、いや、そんなことは……あるかな」

素直に認めた。

「ところで、その右手。どうしたんですか。就任式の前は、絆創膏《ばんそうこう》なんか貼っていませんでしたよね」

相棒は目敏《めざと》く右手の甲の絆創膏を見つけた。

「鞄の中に入っていたなにかで、切っちゃったみたい。気をつけないとね」

歩いているうちに周囲には、一種独特の空気が漂うようになっていた。別に派手な看板やケバケバしい恰好をした女が立っているわけではない。にもかかわらず、なんとなく気怠《けだる》げな重たさや湿っぽさを感じるのは、先入観があるからだろうか。

小さなビルに入っているのは、ほとんどがデリヘルの店だった。昔からこの地域は風俗関係が羽振りをきかせている。その商売しか成り立たないわけではないだろうに、なぜか常に買売春の温床《おんしょう》になっていた。

性の臭《にお》いが染みついた町。

そんなことを思いつつ、凜子は桜木とビルに入って行った。それぞれの階にワンフロアしかないビルの五階に、相沢幸乃が退社後、通い続けていた店がある。

「失礼します」

凜子は扉をノックして、開けた。

「あ、えーと、面接ですか？」

店長らしき背広姿の男が訊いた。三十前後だろうか。小太りで髪は染めておらず、ピアスや指輪なども着けていない。普通のサラリーマンのような感じだった。

「いえ、警察です」

凜子は警察バッジを見せながら、店内を覗《のぞ》き込んでいる。衝立《ついたて》で仕切られた向こうに、背広姿の年配の男性がちらりと見えた。

「ちょ、ちょっと待ってください。さっきも言いましたが、今日は午後から相談会の場を設けたんです。廊下で話をさせてください」

焦ったように廊下へ出て来た。さっきも言ったという相手は、相沢幸乃の件で聞き込みに来た制服警官だろう。私服警官まで来たのを見て、違う用件なのかと思ったのかもしれない。

「だれかが警察へ相談に行ったんですか。うちは健全なデリヘルですよ。いや、健全なデリヘルって言い方はおかしいかもしれませんが、女の子たちには、きちんと給料を支払っています。本番はするなと厳しく注意していますしね。メガデリじゃない分、濃《こま》やかな気配りもしているつもりです」

メガデリとは、全国チェーンやフランチャイズによって規模を拡大しているデリヘルのことだ。一九九八年の風営法改正によって、デリヘルが合法的に営業可能になって以来、店は増え続けている。

自宅を事務所、そして、自分の携帯を受付用電話番号として警察に届け出れば、わずか数千円の手数料で、いつでも、どこでも、だれにでも開業できるようになっていた。

「裏箱やモグリ箱じゃありません。調べてもらえばわかりますが、警察にも届け出ています。女の子が生理のときは休みを取らせています。大事にしているつもりです」

動揺を示すように早口になっていた。

「警察の手入れを受けるような……」

「手入れではありません。店長さんですか」

凛子は静かに遮って、問いかけた。

「はい、店長です」

「こちらの店に、相沢幸乃さんが勤めていたと聞きました。彼女のことで話を聞きたいと思ったんです」

「ユキ、ですか？」

男は怪訝《けげん》そうに眉《まゆ》をひそめる。

「駅前で倒れたという話は、警察官から聞きました。貧血気味でよく倒れるんですよ。病院に行きたかったんですが、相談会が終わらなくて……ユキがどうかしたんですか」

凛子に向けた目は、不安そうに揺れていた。おそらく制服警官は、幸乃の生死を確認しないで、ここに来たのだろう。

「そういえば、刑事さん。ユキが『勤めていた』と過去形で言いましたよね」

なかなか鋭い洞察力を見せた。凛子は小さく頷き返した。

「はい」

「つまり」

ごくりと唾を呑み、訊いた。

「ユキは死んだってことですか」

「そうです。本日の午前中、相沢幸乃さんはスクランブル交差点で倒れました。救急車が到着したときには、すでに心肺停止の状態でした」

できるだけ感情を込めずに告げた。警察官が動揺すれば、聞き手はもっと狼狽《うろた》える。意識して淡々と告知するように心がけていた。

「そんな……」

男は声を失っていた。いささか情がありすぎるようにも思えた。しかし、優しすぎるぐらいの方が、こういった店の女性をうまく束ねられるのかもしれない。

「相沢さんの体調などは、いかがだったでしょうか。具合が悪いとか、食欲がないとか、言っていましたか」

質問役は凜子が担っていた。桜木は後ろで手帳にメモしている。後で店の中にも入って話を聞くつもりだった。

「ユキはすごい偏食《へんしょく》だったんですよ。コンビニの常連でしたが、おでんにはまると何カ月かは毎日おでんばかり。パスタならずっと同じパスタです。たまに懇親《こんしん》会をやったんですが、野菜嫌いで絶対に食べませんでしたね」

こういう店で懇親会をやるのは、珍しいのではないだろうか。彼の人柄なのか、アットホームな雰囲気が伝わってくる。

「相沢さんは、もう長いんですか」

凜子は訊いた。

「うちに来たのは、一年半ぐらい前だったかな。それまでは彼女、転々虫だったんですよ。続いてもせいぜいひと月で、渋谷界隈の店では有名人でした。皮肉を込めて『KODAMA熟女』なんて言うやつもいましたよ」

転々虫とは言うまでもない、特定の女性が同じエリア内にある複数の店を渡り歩くことだ。KODAMAガールではなく、熟女と表現したあたりにも、幸乃への侮蔑が込められているように感じた。

「相沢さんは、勤めていた会社のことも話していたんですね」

自分の手帳を確認していた。幸乃の最期《さいご》に立ち会った中村修の会話が記されている。客だけでなく、店の関係者にも堂々と告げていたのだろう。

「はい。面接のときに言っていました。一流企業に勤めているのに、なぜ、と思いましたが人それぞれですからね。よけいなことは訊きませんでした」

「彼女の勤務ぶりを教えてください」

「真面目でしたよ」

即答した。

「ウィークデーは、夜の八時前後、土日は午後には来ていました。タイムカードがあるわけじゃないんですけどね。まるで会社勤めのように、きちん、きちんと出店していました。ただ」

言葉を切って、続ける。

「もういい年でしょう。ウィークデーはどうにか常連さんからお呼びがかかりましたが、土日はだめでしたね。休んでもいいよと言ったのに休まないんです。家にいてもつまらないからと言ってました」

ふと遠くを見やった。

「そうですか、ユキ、死んじゃったんですか。無理しすぎたんですかねえ」

思い出しているに違いない。少しの間、黙り込んでいた。胸をよぎるのは悔恨《かいこん》だろうか。なにかできたのではないか、病院に行けと言えばよかったのではないか、まさか死ぬとは……さまざまな思いがよぎっているように見えた。

「なにか心当たりと言うか。トラブルに巻き込まれていた、ストーカーを受けていた、脅されている、などなど、不安になるような話を聞きませんでしたか」

凜子の質問に「え？」と目を向けた。

「ストーカートラブルですか。特に聞いた憶えはありませんが、ユキは手帳に客のことを記していたんですよ。いつ来たか、いくら払ったか。名前や携帯番号といった個人情報を書き込んでいました。やめた方がいいと言ったんですが、だめでしたね。青い色をした手帳だったので店では密《ひそ》かに『青い醜聞《スキャンダル》手帳』なんて呼んでいましたよ」

「手帳を持っていたんですね」

凛子は自分の手帳を調べてみたが、幸乃のバッグにあったのは、化粧品や二万円ほど入った財布、栄養剤かサプリメントを入れたポーチ、ハンカチやティッシュなどだった。

「いつも、手帳を持ち歩いていたんですか」

なかったのを確認して、問いかける。

「おそらく、そうだと思います。書き込んでいるのをよく見かけました」

「色は青ですか」

「すごく綺麗な青です。一度、見ると忘れられない色ですよ」

「すみませんが、同僚の方にもお話を伺えますか」

凛子が申し出ると、突然、落ち着きをなくした。

「いや、今日はその、さっきも言いましたように相談会なんです。弁護士さんや区役所のソーシャルワーカーさんに、来てもらっているんですよ。らしくないと言われてしまうかもしれませんが、女の子たちの相談会を開いているんです。こんな仕事、早く卒業した方がいいじゃないですか」

照れているのか、頬が赤く染まっていた。

「女の子たちを卒業させる、つまり、辞めさせるための相談会ですか」

凜子の確認に頷き返した。

「はい。歌舞伎町コンシェルジュ委員会運営事務局というのがありましてね。そこの責任者、ジャーナリストの男性なんですが、彼の本を読んで共鳴したんですよ。で、相談に行きました。その結果が今日の相談会です」

「すごいじゃないですか」

桜木が初めて声を発した。

「働く女の子のことをそこまで考える店長は、なかなかいないと思います。自分たちは性犯罪を扱う警察庁ＡＳＶ特務班なんですが、仕事柄、風俗で働く女性たちにも出会いますからね。かなり特殊な例であるのがわかります」

「あぁ、なるほど。刑事さんたちは、α特務班所属なんですか。チラシで見たことがありますよ。確か新宿駅でチラシを配っていたことがありましたよね」

店長は思い出しながらという感じで訊いた。

「はい。一番はじめに渡った先が新宿署でした。今回は渋谷署が居候先です。よろしければ、店の女性や相談役の弁護士さんたちにもお話を伺えますか」

二度目の申し出は快く受けた。

「わかりました。そろそろ終わりますから、待っていてください」

彼の対応を見ているだけで、転々虫と呼ばれた相沢幸乃が、珍しく腰を落ち着けた理由がわかる。とはいえ、デリヘル店が家にいるよりも楽しい場所というのは、大きな問題かもしれなかった。

（相沢幸乃は、深い心の闇を抱えていたのかもしれない）

睡眠薬や精神安定剤の乱用による死ということも考えられた。精神疾患を持つ患者に他種類の薬を大量に出す多剤大量処方の副作用が最近、問題になっている。

凜子は解剖を担当する長田弥生に、素早くメールを送っていた。

6

同僚の女性たちへの質問は、短時間で終わった。みな返事はひとつだけ、相沢幸乃とはほとんど話したことがない、というものだった。中には顔を憶えていないという者もいたが、そう答えた女性自身、精神面になんらかの問題を持っているようにも思えた。

無愛想で笑わないうえ、ほとんど喋らない女性。

それが同僚たちの感想だった。

凜子と桜木は、相談役の弁護士の男性や区役所のソーシャルワーカーの女性に、聴取を始めていた。相沢幸乃の話を聞く前に、今日開かれた相談会の内容を話してほしいと要望していた。

「風俗の世界に今一番必要なのは」

弁護士が口火を切る。店の片隅で話をしていた。八人いた女性たちは指名がかかって、二名しか残っていない。二人とも携帯を操作中で、警察官がいるのは気にならないようだった。

「道徳感情に基づいた是非論や否定論、あるいはフェミニズムや社会学の理論に基づく分析や批評でもなく、ソーシャルワークとの連携ではないかと、我々は考えたわけです」

年は六十前後、白髪まじりの髪の毛は、頭頂が薄くなっていた。穏やかな話し方同様、雰囲気も包み込むようなあたたかさが感じられる。

「司法・福祉・風俗の三者が連携すれば、複雑に絡み合った問題の糸を解きほぐし、光明《こうみょう》を見出《みいだ》すことができるかもしれません」

「わたしも先生と同じ考えです」

区役所の女性ソーシャルワーカーが同意する。

「まだ始めたばかりですけれどね。店で働く女性たちと直接話をすることによって、個々の状態が見えてくる。Aの人には生活保護が必要、Bの人には心理カウンセラーの手助けがいるなどなど、その人にとって本当に必要な支援が見えてくるんですよ」

四十前後だろうか。相手の目を見て、ゆっくりと語りかけるような話し方をする。相談者を傷つけないよう、細心の注意を払うタイプに思えた。

「アウトリーチですね」

凛子の言葉に、女性は破顔した。

「さすがです。よくご存じですね」

アウトリーチとは、専門家が直接現場——店舗の待機部屋を訪問し、その場で相談に応じる形のことだ。今日、店が設けた相談所が、まさにそれに当たる。

「激安風俗店との連携は、見えづらく分かりづらかった貧困女性の存在及び、彼女たちが抱えている生活や家庭の問題を可視化できます。支援に繋《つな》げるための『最後の砦』を手に入れられるんですよ。場合によっては、子供の貧困や虐待、ネグレクトの発生なども未然に防げるのではないか。そう考えたのが、動いた理由です」

女性は辛《つら》そうに唇を噛《か》みしめた。

「わたしたち、もう子供が死ぬのを見るのは、たくさんなんですよ」

本当に、うんざりという顔をした。あのとき行っていれば、あのとき話を聞いていれば……どれほど悩み、苦しんだことだろう。似たような悩みを日々いだく凛子は、二人に親《ちか》しさを覚えた。

「わたしたちは、精神科医の教えを受けながら被害者と接しています。生活の課題を抱える人に対して、本人の弱みや欠点だけに着眼し、改善や矯正といった働きかけをするのでは解決できないんですよね」

答えには自然と実感がこもっていた。我が子への虐待や育児放棄は、毎日のようにニュースになっている。もはや珍しくない事案なのだが、それこそが異常事態だった。

「そのとおりです」

弁護士が継いだ。

「本人の得意なことや利用可能な環境、これは行政ですね。さらに人間関係などの強み、これをストレングスと言いますが、視野を広げて課題を解決していこう。ストレングス視点でいこうと、いつも話します」

「まだまだ、古い考えにとらわれている人が多いんですよ、現場は」

女性が言った。吐息まじりだった。

「風俗の世界を不可視化して黙認するのは、非常に危険です。社会の影絵のような存在でしょう、風俗の世界というのは」

視線の問いかけに、凜子は答えた。

「はい。風俗にとって、我々警察は世間の代表格に思えたかもしれません。事実、警察は今仰ったような黙認の姿勢を取ってきました。耳が痛いです」

「だからこそ、です。自分たちは、影絵の世界を影絵のままにしておいてはいけないと思ったからこそ、特務班を設立しました。今年の十二月でようやく一年になりますが、風俗との連携が遅れているのは否めません。今回、いい機会をいただいたと思っています」

桜木の言葉に、弁護士が笑顔を見せた。

「お若いのに素晴らしいですなあ。桜木さんでしたか。あなたのような警察官が増えてくれると、我々もやりやすくなります」

「これも苦言になるかもしれませんが」

前置きして、女性は続ける。

「コンドームを使用しない生サービスが、これだけ現場で常態化している状況であるのにですよ。保健所はまったく動きません。数十万人規模の男女が、ＨＩＶやＢ型肝炎などの危険な性感染症のリスクに曝《さら》されているのに、です」

「風俗を否認するのではなく、容認する。ミドルリスク・ミドルリターンの『居心地のよいグレーの世界』に持っていくことはできないか。風俗と社会を繋ぐ『夜のソーシャルワーカー』を育成できないか。日々頭を悩ませていますよ」

弁護士の言葉に、凜子はすぐさま賛同する。

「いいですね、夜のソーシャルワーカー。うちの藤堂先生にも話してみます。すでにご存じかもしれませんが」

素早くメモしていた。

「貧困が止まりませんよね」

女性が継いだ。風俗には関係ないように思えて、実は深く繋がっている話を出した。

「日本の母子家庭は、八割が就労しているとか。それなのに貧困率は五割を超えると言われています。働けないのが問題なのではなく、働いても貧困から抜け出せないのが問題だと思うんですよ」

「母子家庭は、リアルタイムの支援を求めています。電話やメール、ライン一本で風俗は彼女たちの要望に応えられる。日払いで金が得られるとなれば、風俗です。そして、住む場所ですね。『子供連れですぐに入居可能なマンション個室寮』を提供できるのが、風俗の強みじゃないでしょうか」

弁護士が言い添えた。二人が口にした母子家庭という言葉が、せつせつと胸に迫ってくる。凜子もシングルマザーだが、真の意味において、シングルマザーではなかった。このひと月、いやというほど、それを思い知らされていた。

「目指すべきゴールは『貧困を食い止めること』。これにつきますね」

結論を口にする。直視するのが辛くて、早く話を終わらせようとしていた。

「ええ。司法・福祉・風俗の三者に警察が加わってくれたら、どれほど心強いか。このチャンスを最大限に生かしたいと思います。すぐさま連携するのは無理としても、将来的には警察が加わってくれると考えてもよろしいでしょうか」

女性の質問に、大きく頷いた。

「わたしも同じ考えです。特務班にこの事案を持ち帰って、提案したいと思っています。現時点では明言できませんが、協力し合える体制に持っていければと考えています」

「ありがたい」

弁護士は、伸ばしかけた手を慌て気味に引っ込める。

「いや、嬉しくて、つい夏目さんの手を握り締めそうになりました。セクハラになりかねないと思い、寸前で思いとどまった次第です」

「なんでもかんでもセクハラですからね。過剰反応気味ではないかと思いますが、男性は気をつけた方がいいかもしれません」

凜子は笑みを返して、問いかけた。

「相沢幸乃さんですが、お二人とも話をしなかったのですか」

幸乃については、店長から弁護士とソーシャルワーカーには訊いても無駄だと思うと言われていた。昼間の勤めをしながら風俗に足を踏み入れた幸乃は、異色の存在ではないだろうか。なんとか足を洗わせて、まともな暮らしを手に入れさせたい。それを推し進めている相談役の二人からすれば、異端児《いたんじ》としか言えなかったように思えた。

「わたしは話したことがありません。挨拶ぐらいしか、しませんでしたね」

女性は隣席の弁護士を見やる。

「でも、先生とは、時々話していたんじゃないですか？」

年配の男性に惹かれる傾向があった幸乃。彼が父親の年齢に近い男性だったのは確かだろう。

「どんな話を？」

凜子は促した。

「とりとめのない話ですよ。ええと、なんだったかな」

弁護士は手帳を急いで繰る。

「ああ、これこれ。『人間は生き、人間は堕《お》ちる。そのこと以外に人間を救う便利な近道はない』。坂口安吾《さかぐちあんご》の言葉なんですが、どう思うかと訊かれました。答えようがなかったですよ。うーんと唸《うな》っているうちに、ぷいっと出て行ってしまいました」

「人間は生き、人間は堕ちる」

一部を繰り返して、凜子は言った。

「まともに生きるか、そういう暮らしとは別の道を選ぶか。右か左か、表か裏か、上か下か。まさに彼女の生き様そのままですよね。両極端です。曖昧なグレーの領域を許さないような厳しさを感じます」

その感想を女性が受ける。

「先生がどう答えるか、試したんだと思います。彼女の考えと同じ、もしくは近ければふっと口もとをゆがめたか。あ、口もとをゆがめるのは、相沢さんなりの笑顔なんですよ。とてもそうは見えませんでしたけどね。接しているうちに、ああ、あれが彼女の笑顔なのかもしれないなと思いました」

鋭い観察眼を見せた。もう少し踏み込んで付き合えなかったのか、とも思うが、判断を誤らないようにするためには、突き放した見方が必要なときもある。

「最後にひとつお二人の正直な感想を聞かせてください」

凜子は重要な話を切り出した。

「相沢さんは、薬を使用していたでしょうか。覚せい剤、危険ドラッグの使用、あるいは抗うつ剤や精神安定剤などの多剤服用。思い当たることはありますか」

「いや、わたしは気づきませんでした」

弁護士は、視線で答えを女性に譲る。

「微妙ですね」

ソーシャルワーカーは苦笑いを返した。

「もともと細い人でしたが、二カ月ほど前から、さらに痩せ始めたんですよ。夏バテだと言っていましたが、もしやと疑問をいだきました。薬でもやっているのかしら、なんて。ですが、今のはあくまでも推測です。相沢さんが薬を服《の》んでいるところは、見たことがありません」

メモしながら別の話を振る。

「相沢さんは、相談会に参加するつもりだったのでしょうか」

それにしては到着時間が早すぎると思ったが、軽い食事をしたり、ショッピングをしたりすれば、午後の相談会にはちょうどよかったのではないだろうか。なにか悩みをかかえていたのではないか。

凜子は淡い期待をいだいたが、弁護士と女性は顔を見合わせただけだった。それまで黙っていた店長が、遠慮がちに声をあげた。

「ユキは、相談会に参加する気持ちはなかったと思います。くだらないと一蹴《いっしゅう》して、終わりでした。だから今日は夜からにすると言っていたぐらいですから」

指名がほとんどなくても、日課のような出店を続ける女。家にいてもつまらない、仲間外れの孤独な生活。家族の中にいて感じる孤独こそが、真に辛い孤独かもしれなかった。

手帳にメモして、凜子は立ちあがる。

「ありがとうございました。とても参考になりました。お時間を割《さ》いていただきましたことに感謝します」

「じつは夏目刑事は、シングルマザーなんですよ」

桜木が立ちあがりながら告げた。

「ひとり息子は九歳、あ、十歳になったばかりなんです。パティシエを目指していましてね。たまに作ってくれるお菓子が美味《おい》しいんですよ。夏目刑事が部屋に入って来たとたん、甘い薫りが広がるんです。それだけで幸せな気持ちになれる」

「桜木刑事」

そのへんで、と、素早く切り上げる。

シングルマザーの話をされるのは辛かった。心の傷になりかねない事件を、思い出さずにはいられないからだ。

「失礼します」

店長や二人にもう一度、挨拶して、店をあとにした。

第二章　父の死

1

ひと月前、父が死んだ。

夏目貞夫《さだお》は、母の房代《ふさよ》と散歩中に事故に遭《あ》い、急死した。即死だった。とっさに房代を庇《かば》ったのだろう。母は打撲程度の怪我で済んでいた。

その日から凜子の生活は一変した。

真の意味において、シングルマザーではなかったと思い知らされたのである――。

「お母さん」

息子の賢人が、児童館から飛び出して来た。ランドセルと上履き袋を持っていた。ウィークデーは当然のことながら、土曜日の放課後も学童クラブに通っていた。出て来たとたん、ぎゅっと凜子の手を握りしめる。力を込めた様子に、寂しさが滲んでいるように感じた。

「手、怪我したの？」

賢人も相棒同様、目敏《めざと》く右手の甲に貼った絆創膏を見つけた。

「紙かなにかで切っただけよ。それよりも、賢人。今日はなにをして遊んだの？」

握り返しながら訊いた。最近、知り合いになったばかりの保護者たちとは、小さな会釈を交わし合って、別れる。じきに夕食の時間だ。互いにのんびり立ち話をしている暇はなかった。

「調理室でおやつを作った。指導員の先生が、ぼくにクッキーの作り方を教えてくれないかって言ったんだ。それで仕方なくね」

夕陽《ゆうひ》が得意げな顔を照らしている。こんな時間に息子を迎えに来る生活が、こんなに早く訪れるとは……ともすれば、悔恨と自責の念に押し潰《つぶ》されそうになる。しかし、無理に負の感情を追いやった。

「上手にできた？」

問いかけると、いっそう胸を張る。

「もちろん、できたよ。失敗するわけないでしょ」

邪心のない目で見あげた。

「今日はおばあちゃんが帰って来るんだよね」

「ええ」

ちくりと胸が痛むのを覚えた。父の死からまだひと月しか経っていないのに、凛子は月曜から土曜の夕方までは、母の房代を介護施設に預けていた。土曜の夜と日曜だけは自宅で過ごさせるようにしている。

が、それだけでも大変な負担だった。

「ぼく、先に行ってるよ。もう着いちゃってるかもしれない。早く、お母さん。おばあちゃん、また『うちにだれもいない。お父さんはどこなの?』って泣き出しちゃうよ」

早く早くと急《せ》かされて、凛子は息子を追いかける。

「待ちなさい、賢人。気をつけないと転ぶわよ」

一見、賢人は元気そうだが、色々と問題が出来《しゅったい》していた。父の死は言うまでもなく、家族に大きな影響を与えている。土曜日のこんな時間帯に息子と過ごしたことなど、少し前までは数えるほどしかなかった。

(まあ、自慢にならないけどね)

自嘲を滲ませて、自宅前に着いた。警察官だった父の退職金と、凛子が前夫から受けた暴力の代償として手に入れた慰謝料を合わせて、買い求めた飛鳥山《あすかやま》の家。敷地は三十五坪、４ＬＤＫのこぢんまりした建売住宅だが、山手線の駒込駅から徒歩圏内となれば、贅沢すぎると言えなくもなかった。

「よかった。まだ、おばあちゃん、帰ってないね」

賢人は言い、慣れた手付きで玄関扉の鍵を開けた。どうということのないシーンなのだが、父が生きていたときは、必ず家にいて孫を出迎えるのが常だった。そんなつまらないことまで、いちいち思い出してしまう。

「ただいまー、おじいちゃん」

大きな声で呼びかけた。まだ貞夫がいると信じたいのか、なにも変わっていないと思いたいのか。気づいたときには、呼びかけるようになっていた。

「賢人。まず手を洗って、うがいをして。ああ、もう。靴は自分でちゃんと揃えないと駄目でしょ」

脱ぎ捨てた運動靴を揃えて、凜子も廊下にあがる。賢人はランドセルや上履きの袋を階段に放り出して、居間に走った。

「こら、手を洗いなさい」

続いた凜子は、すぐに小言を止《や》める。賢人は父母が寝室に使っていた奥の和室で、貞夫の遺影に手を合わせていた。大急ぎで設《しつら》えた小さな仏壇の前に座っていた。

「おじいちゃん。クッキー、上手にできたよ」

ランドセルに入れていたのか、小さなビニール袋に入れたクッキーを仏壇にそなえた。これまた、慣れた手付きで鉦《かね》を鳴らしている。わずかひと月の間に、息子はどれほど多くの事柄を学んだか。

もっとも、凜子にしてみれば、あまり早く知ってほしくない慣習ではあったが……。

「さ、おじいちゃんへの報告が終わったら、手を洗ってね。ランドセルも自分の部屋に片付けるのよ」

「はーい」

明るく答えて、賢人は二階に向かった。凜子は仏壇の前に座る。花に彩られた父の遺影に今も違和感を覚えていた。が、その隣に置かれた姉――夏目瞳子《とうこ》の遺影は、時を重ねて多少色褪《いろあ》せている。新しい写真に取り替えなければと思いつつ、そのままになっていた。

「お父さん。お姉ちゃんに逢えた?」

つい遺影に話しかけている。父と同じ道を選び警察官になった姉の瞳子は、地下鉄サリン事件の犠牲者だった。銀座の交番勤務をしていたとき、いつもは使わない地下鉄に乗って被害に遭っていた。

尊敬してやまない父と姉を追うようにして、凜子は警察官の道を選んだ。

「まだ信じられないのよ、お父さん」

貞夫の遺影から目が離せない。

「悪い夢を見ているみたいだわ。遺影や位牌《いはい》なんか似合わないわよ。なぜ、そんなところにいるの？　台所でエプロンをして、料理屋で出されるような食事を作ってよ。おふくろの味ならぬ、親父の味。お父さんの美味しい煮物が食べたい」

　いつも自宅の扉を開ける度、貞夫が中で待っているような感じがしていた。ああ、本当にもういないのだと認められるようになったのは、ここ一週間ほどのことである。生活の変化についていけないのは、賢人や母の房代だけではなかった。

　なにをするでもなく座っていたとき、

「おばあちゃんが帰って来たよ」

　賢人の声ではっとした。ぼんやりしていたため、チャイムの音に気づくのが遅れた。慌てて立ちあがる。玄関先に行くと、賢人が開けた扉の外に、不安そうな母が立っていた。

「二人ともいたのね。なかなか出て来ないんだもの。また、だれもいないんじゃないかって思ったわ」

　房代はしかつめらしい顔になっている。だいぶ前に若年性認知症の診断を受けて以来、躁《そう》状態やうつ状態を繰り返すようになっていた。出迎えられなかったのは一度だけなのだが、よほど辛かったのか。介護施設から帰って来る度に同じ台詞《せりふ》を口にする。

「今日は賢人がクッキーを作ったのよ。後でいただきましょうね」

　凜子は、別の話で応えた。無理やり笑顔を押しあげている。送って来た若い介護職員の女性が、対照的なほど自然な笑みを向けた。

「これが房代さんの介護日誌です」

ノートを差し出して、続ける。

「今週はあまり体調が良くなかったようです。早く家に帰りたいと口にする回数が多かったですね。ご自宅の居心地が、それだけいいのでしょう。でも、配膳を手伝ったりしてくださいました」

ね？

と、娘より若い職員に問いかけられた。房代は素知らぬ顔で廊下にあがる。ろくに挨拶もしないで、さっさと居間に入って行った。賢人は祖母の手を握り締めて、一緒に居間の扉の向こうへ消えた。

「すみません。今日は特に虫の居所が悪いようですね」

謝罪すると、若い職員は頭を振る。

「気にしないでください。わたしたちは、お世話するのが仕事ですから。それよりも、大丈夫ですか。なんだか顔色が悪いように見えますが」

凜子の顔を覗き込むようにしていた。他者の労《いたわ》りに目の奥がじんと熱くなる。ここにきて急に、涙腺がゆるむようになっていた。

「ちょっと疲れているだけです。今夜はゆっくり寝てくれるといいんですけどね」

「日誌にも書きましたが、房代さんは夜中に三、四回、目が覚めるようです。そのせいでしょう。昼間、うとうと寝てしまうんですよ。昼夜逆転の感じになっています。できるだけ昼間は、散歩や行事に参加させているんですが、夜にテンションが高くなってしまうのはご家族にとっては負担だと思います。夜中に外へ出る可能性もありますからね。気をつけてください」

「勝手に外へ出られると困るので、扉の上の方にもうひとつ鍵をつけました」

扉を一度閉めて、内側の新しい鍵を指した。簡単には開けられないよう、鍵を使うタイプにしている。若い介護職員は大きく頷いた。

「いいと思います。昼間なら気づいてくれる人が多いですが、夜中に外へ出られると見つけるのは大変ですからね。ここに鍵を取り付けたことは、房代さんには気づかせないようにしてください。息子さんにも良く言い含めておいた方がいいと思います」

「賢人には話しました。わかってくれたと思います」

凛子、と、居間から呼ぶ声がひびいた。いつもは姉の瞳子の名で呼ぶことが多いのだが、そういった些細な言動にもムラがある。

「それでは失礼します。月曜日の朝、迎えに来ますので」

辞した若い職員を送り出して、挨拶した。

「ありがとうございました。よろしくお願いします」

扉を閉め、ドアノブの上下についた鍵を閉めた後、上の方に新しく取り付けた鍵を素早くかける。ネックレスに付けておいた鍵を胸元に戻した。

待ちきれなかったのか、

「凜子。お父さんはどこ？」

房代が廊下に出て来た。後ろにいた賢人が、哀しそうな表情になっている。何度も説明したに違いない。しかし、房代は貞夫の死を認めようとしなかったのではないだろうか。

「お父さんは事故に遭ったのよ」

凜子は言い、母の背中を押すようにして、居間に戻る。むろん賢人も一緒だった。

「憶えていないかもしれないけれどね。お母さんと散歩をしていたとき、運転ミスをした乗用車に跳ね飛ばされたの。ひと月前のことよ。二人の寝室だった和室に、遺影が飾られているでしょう？」

わかりやすく説明したつもりなのだが、

「お父さん、あなた、貞夫さん。どこですか」

房代は、凜子の言葉が耳に入っていなかった。和室に行ったが、怪訝そうに後ろを振り返る。

「なんで、瞳子の遺影の隣に、お父さんの写真が飾ってあるの？　まるで遺影みたいじゃない。縁起でもない真似はやめてちょうだいな」

「だから……」

「無駄だよ」

賢人が遮った。

「ああなっちゃうと、なにを言ってもだめなんだ。しばらく放っておけばいいよ。そのうち落ち着くから」

やけに大人びた表情をしていた。自宅に着いたとたん、家事に追われる凜子に代わって、賢人は房代のお守り役を引き受けざるをえなくなっていた。加えて、父が生きていたときから、祖父と孫は房代の面倒を一手に担ってくれていた。

いやでも詳しくなる。

「では、食事の支度をしますか」

凜子は居間の椅子に掛けておいたエプロンを手に取った。

「お母さん、手を洗った？」

息子に言われてしまい、肩をすくめる。

「いけない。忘れてた」

「外から帰ったときは、手洗い、うがいを忘れずに、だよね。今日はなにを作るの？煮物を作るなら、野菜を切っておくよ」

ありがたい申し出を受けた。

「お願いします。その間に着替えるわ」

凛子はどっと疲れを覚えている。階段に鞄を放り出したままだったのを、遅ればせながら思い出していた。

(我が子に教えられるとは)

苦笑いして、廊下に出る。

「お母さん。明日は、八神《やがみ》のおじちゃんたちが来るんだよね」

その背に賢人の声が追いかけて来た。八神のおじちゃんたちとは、凛子の親友、八神紗月《さつき》夫妻のことだ。

「うん、そう。八神さんは料理の達人だものね。明日も腕を振るってくれるみたいよ。イタリア料理かしら。楽しみだわ」

「料理を作らないで済むのが、楽しみなんでしょう?」

言い当てられて、ふたたび苦笑する。

「ご名答。賢人も知っているように、わたしは料理が苦手です」

笑って、二階に足を向けた。

長い夜が始まる。

2

房代は夜中に五回も目を覚ました。父亡き後は親子三人、一階の和室で寝《やす》むようにしているのだが、賢人は賢人で悪い癖が出た。

「……ごめんなさい」

「いいから気にしないの。寝る前に水分を摂《と》りすぎたのが、よくなかったわね。お母さんが気をつけるべきだったわ」

凜子は洗ったばかりの布団カバーやシーツを庭で干している。すでに干しておいた布団には重曹を薄めた溶液をスプレーしておいた。しゅんとうなだれた賢人は、親指を口に入れている。

「賢人君には、お茶の準備をお願いしようかしら。昨夜、作ってくれた綺麗な和菓子には、やっぱり日本茶が合うわよね。それから買っておいたメロンを冷やしてくれるかな」

近づいて、さりげなく息子の親指を口から出した。

「うん。わかった」

元気よく返事をして、居間に戻る。

一種の赤ちゃん返りだろう。夜尿症や指しゃぶりといった昔の癖が始まっていた。

ときには大声をあげて飛び起きたりもする。昼間は大人びた言動を取ることが多いだけに、そのギャップに凜子の方が戸惑《とまど》いを覚えた。

〝一時的なものだと思いますよ〟

特務班の新しい精神科医――藤堂明生の助言が甦《よみがえ》った。

〝絶対に叱りつけてはいけません。よけいひどくなりますからね。夏目さんは、でんと構えて、受け入れてあげてください。そのうち治まります〟

声なき声に頷き返して、干すのを終える。十月に入ったというのに、陽射しは夏のままだった。気温も高く、室内ではクーラーを使っている。房代はソファに座って、うつらうつらと夢の中だった。

「昼間、寝るから、夜、眠れなくなるのに」

居間にあがろうとしたとき、遠慮がちなクラクションの音がひびいた。自宅の車庫に乗用車が入って来る。凜子が使っている小型車は、今日だけ近くの駐車場に停めてある。仕事のときはだいたい桜木が迎えに来るのだが、買い物や房代の病院通いなどには、どうしても足が必要だった。やむなく小型車を買い入れていた。

乗用車が停止した後、

「こんにちはー」

八神紗月の大きな声が耳に飛び込んできた。玄関ではなく、直接、庭に入って来る。

凜子は笑顔で出迎えた。

「こんにちは。忙しい中、ありがとうね」

「なんの。賢人君の成長ぶりを、うちの旦那も楽しみにしてるのよ。ほら、お互いに料理が趣味でしょう。気が合うみたいね」

高校の同級生だった紗月は、おおらかでありながら繊細、ぎりぎりまで悩むが決断した後はすみやかに動き、難題を解決する。伊達眼鏡《だてめがね》の下の理知的な瞳を、凜子はだれよりも知っていた。

「その怪我、どうしたの？」

右手の絆創膏に目が向いている。

「紙かなにかで切ったみたい。たいしたことないのよ」

「珍しいわね、あなたが怪我をするなんて。しかも利き腕、この場合は利き手と言うべきかしら。利き手の右手、しかも甲を切るなんてね。だれかに切りつけられたような傷に見えるけど」

ちらりと目をあげる。

鋭い。と思いつつ、笑顔でごまかした。

「鎌鼬《かまいたち》だったりして」

凜子は内心、あのとき隣にいた久保田麻衣の仕業《しわざ》ではないかと疑っていた。が、あくまでも推測である。口にはしなかった。

「ふーん。新しくスタートした特務班には、妖怪がいるわけね。なんだか厄介な人ばかりのようだけど」

またまた、鋭いと思ったが、

「こんにちは。挨拶だけじゃなくて、荷物を運び入れるのも庭からでいいかな」

いい案配に八神大樹《ひろき》が駐車場から顔を突き出した。年は四十一、百八十センチを超える長身は、いささか栄養がつきすぎているかもしれない。美食の日々を示すかのように、腹がいちだんと出ていた。

「大樹さん、お久しぶりです。言われたくないでしょうけれど、また、体重が増えたんじゃない？」

「大きなお世話ってやつだよ。毎朝、ジョギングを始めたんだ。次に会うときは驚くほどのイケメンになってるから」

軽口にも親しみが込められている。八神紗月は監察医だったのだが、二年ほど前に独立して、夫の八神と一緒に民間の科学捜査研究所を営んでいた。八神自身も鑑識係を務めていたため、夫唱婦随《ふしょうふずい》の名コンビになっていた。

話し声が聞こえたのだろう、

「八神のおじさん」

賢人が居間から顔を覗かせた。

「おう、元気か、賢人。また背が伸びたな。そういえば古川さんも背が高かったっけ。ま、男は小さいより、でかい方がいいかもしれないな」

「独活《うど》の大木みたいな人もいますけど」

紗月は呟《つぶや》き、ぺろりと舌を出した。だれを指しているのかは言うまでもない。八神がちらりと睨《にら》んだ。

「紗月は晩飯抜きだ」

「あら、それはないでしょ」

「荷物を運ぶから手伝ってくれ、賢人」

八神の頼みを、賢人は即座に受ける。

「はい」

庭におりて、駐車場へ行こうとしたが、ふと足を止めて肩越しに振り返る。

「洩らしたのは、ぼくじゃないからね」

視線で干したばかりのシーツ類を指していた。凜子は噴き出しそうになったがこらえる。紗月も軽く受け流した。

「わかっているわよ、犯人がだれかはね。賢人君はお母さんを守る一人前の男。おねしょなんかしないものね」

「うん」

さすがに幼い嘘が恥ずかしくなったのか、耳まで真っ赤になっていた。すぐに八神を手伝い、荷物を運び始める。凜子は居間に上がろうと思ったのだが、紗月は仕草で制した。

「あそこで少し話しましょうよ。風が通って気持ちがいいじゃない」

庭の一隅に置かれたテーブルセットを指し示した。作製者の父曰《いわ》く四阿《あずまや》のつもりだったらしいが、テーブルセットの上に屋根がついただけの簡素な造りになっていた。が、強い陽射しを避けられるうえ、紗月が言ったように風が通って涼しい。

「お茶をお願いね」

荷物を運ぶ八神に軽い口調で告げた。

「ははっ、すぐにご用意いたします」

おどけた様子を見て、賢人は満面に笑みを浮かべた。父親の古川輝彦と同世代だからだろうか。八神には、とても懐《なつ》いていた。凜子が忙しかったときなどは、夏のキャンプにも八神夫妻と一緒に参加している。仕事が忙しい八神たちはまだ子供がいないので、我が子のように愛情を注いでくれていた。

「そういえば、房代さんは？」

思い出したように紗月が訊いた。挨拶にも出て来ないなど、認知症を患《わずら》う前には考えられないことだった。幼いときから躾《しつ》けには厳しかったのに、今はそれさえも忘れ切っているのだろう。

「中」

凜子は掃き出し窓で揺れるカーテンを開けた。荷物を運び入れるために窓ガラスは開けたままにしてある。うたた寝する房代を見たとたん、

「房代さん、八神です。お久しぶりですね」

紗月は大声で呼びかけた。

「は、え?」

房代は寝惚《ねぼ》け眼《まなこ》をしばたたかせる。紗月の顔を見たが、だれかはわからないようだった。

不思議そうに首を傾《かし》げていた。

「どなた?」

「高校の同級生だった八神です。わたしはひとりっ子なので、彼が婿入りして八神家を継いでくれました。憶えているでしょう。結婚式にも来てくださったじゃないですか」

「さあ」

もう一度首を傾げた房代に、八神がキッチンへ行こうと誘った。呼びかける前に紗

月は、夫に仕草で房代を立たせろと告げていた。

「手伝ってください」

「そうだよ、おばあちゃん。寝てばかりいちゃだめだよ。昼間は起きて働く時間でしょう。おじいちゃんにもよくそう言って、手伝わせていたじゃないか」

賢人の言葉に、房代以外は笑みを返した。ひとときではあるものの、庭は小さな笑い声に包まれる。

「いけない、忘れてたわ。お線香をあげないと」

紗月は結局、居間にあがった。凜子もあとに続く。

線香の匂いが絶えない家は暮れなずむ町のように……沈んで見えた。

3

「どう？　少しは落ち着いた？」

紗月が訊いた。

「うーん、どうかな。早く早くといつもだれかに急き立てられているような感じね。気がつくと夜になってるわ」

凜子は正直に答えた。二人は庭のガーデンセットに座って、午後のお茶を楽しんでいる。賢人は八神と晩ご飯の準備をしていた。のんびりお茶を飲む時間が持てるのは、本当に久しぶりだった。

「まだ、ひと月だものね」

親友の呟きを継いだ。

「もう、ひと月という感じもするのよ。まだなのか、もうなのか。長いような短いような、一カ月だった。わーっと時間が過ぎたように思うんだけど、ひとつひとつの出来事が頭に刻み込まれているというか。妙に鮮明な場面もあるの」

浮かぶのは、病院の霊安室で対面した父だった。変わり果てた姿に、母の房代は激しく取り乱してしまい、鎮静剤を与えられて病室で休んでいた。念のために依頼した行政解剖にまわされる前の、わずかな時間ではあったが、凜子は貞夫に逢うことができた。

「死因は内臓破裂だったからでしょうね。綺麗な死に顔だったのが、せめてもの救いだったわ」

ぽつりと言った。隣に座っていた紗月が、そっと手を握り締める。遠慮なく愚痴をこぼして、遠慮なく甘えられる。それが嬉しかった。

「ごめん」

あふれ出た涙を、友が差し出したハンカチで拭《ぬぐ》った。落ち着いたとは言えないが、どうにか日々を繋いでいる。母子の間には、それなりにリズムもできてきた。房代は衰えるばかりだが、賢人には明日がある。手が離れるときまで頑張らなければ……。

「賢人君は放課後、学童クラブに行っているのよね」

紗月の問いかけに頷いた。

「ええ。でも、学童クラブは午後六時までじゃない。どんなに早く仕事を切り上げても、六時に帰るのは無理。それで学童クラブが終わった後は、ファミリーサポートセンターを利用しているの」

ファミリーサポートセンターは、預かってほしい利用者と預かりたい援助者の会員を地域で募《つの》り、双方を引き合わせ納得したうえで保育を行うシステムだ。料金も一時間で七百円からと非常にリーズナブルだが、ボランティア精神で成り立っているため、常に感謝の気持ちを忘れないことが大事だった。

「へえ、今はそういうサポートもあるんだ。そんなシステムがあるなんて知らなかったわ。賢人君と援助者は、相性が良かったわけね」

「父や母と同世代のご夫婦なのよ。それが良かったのかもしれない。賢人は学童クラブが終わると、真っ直ぐご夫婦のもとに行くのよ。晩ご飯もお世話になるときがあるから、その費用はもちろん支払っているけどね」

「行政や地域の助けを受けるという形が、ようやくできた感じね。でも、週に何回かは早く帰れるんでしょう?」

「渡里警視はしばらくは五時に上がってもいいと言ってくれるの。だけど、特務班は新たなスタートを切ったばかりでしょう。そうそう甘えてばかりもいられないわ。まあ、今はパソコンや携帯があるお陰で、自宅にいても会議に参加できるけどね。工夫しながら、凌《しの》いでいるって感じよ」

「少しずつ、親子で慣れていくしかないわね」

近況報告は一段落したと思ったのか、

「頼まれていた件だけど」

紗月は大きなバッグから書類の束を取り出した。警視庁の鑑識係を信じないわけではないが、いちおう八神夫妻の法科学捜査研究所に、事故死した父親の再調査を頼んでおいたのだ。

東京二十三区内の場合は、警察庁科学警察研究所や警視庁科学捜査研究所が証拠品や遺留品を調査する。しかし、関東近県や地方の警察署は、民間の調査機関に依頼せざるをえない場合があった。急ぐときなどは重宝されているのだろう。株式会社の形態を取った研究所は、弁護士なども置いて忙しいようだった。

「どうだった？」

凛子は渡された書類の頁をパラパラと繰る。信頼を寄せている友の調査に異論を唱えるわけがない。あとで読めばいいと思った。

「科捜研の調べどおりだと思うわ。事故を起こした被疑者——運転者は前夜から乗用車で走り続けていた。認知症の疑いありとされて、被疑者は現在も鑑定留置されている。だから事故現場の様子や乗っていた車の状態、聞き込みや事情聴取などの調書からしか判断できなかったけれど」

「ええ、わかってる。犯罪性はないと思うの。ただ、ね」

再鑑定しないと気が済まなかった。

言葉にはしなかったが、察したに違いない。紗月は頷き返して、続けた。

「あくまでも推測だけれど、車徘徊《はいかい》というやつでしょうね。被疑者は歩く代わりに車で走りまわっていた。前夜の雨で路面が濡れていたせいか、スリップしてしまった。慌ててハンドルを切ったが、ブレーキを踏んだつもりなのにアクセルを踏んでしまい、そのまま突っ込んだ」

突っ込んだ先に運悪くいたのが、散歩中の貞夫と房代だった。とっさに妻を押したのだろう。房代は植え込みに倒れ込んだが、逃げ遅れた貞夫は犠牲になった。

死因は内臓破裂とされた。

「だから現場には、ブレーキ痕が残っていない」

凛子の確認に同意する。

「ええ。被疑者は七十歳だけど、若年性認知症になっていた可能性もある。通院や入院歴はないけどね。突っ込んだ後は茫然自失、運転席に座ったまま、ぽかんと口を開けていたとか」

「認知症のふりをしているということは？」

無意味な問いかけだと思いつつ、訊いた。一瞬、返事に詰まった紗月を見て、すぐに頭を振る。

「ごめんなさい、つまらないことを訊いたわ。ありえるかもしれないけれど、それを調べる術《すべ》はない。認知症のふりをするのは、そんなにむずかしいことじゃないものね」

「そう、CTで脳をスキャンして異状なしとなっても、問診での受け答えやテスト結果に異状が出れば『認知症の疑いあり』となる。科学の力をもってしても、黒白つけられない場合があるわ」

吐息をついて、紗月は目をあげた。

「被疑者の鑑定結果が出たら送ってちょうだい。特務班にも精神科医がいるけれど、うちの専門家にも意見を聞いてみるから」

無駄な結果に終わるのが確実と言っていいほどなのに、それでも申し出てくれたのは友なればこそだろう。

「ありがとう」

「あ、そうそう、特務班で思い出した」

紗月はちらりと居間の窓ガラスに目を走らせる。窓が開いていないのを見たが、不安だったのかもしれない。凜子に顔を近づけた。

「モトダンの古川さんとはどうなの。うまくやってる?」

賢人に聞かれるのを案じているのか、声をひそめていた。

「うまくやってるつもりだけれど、ああいう人でしょう。昔のままよ、変わらないのよ。公の場でも馴《な》れ馴れしく『凜子』と呼びかけたりするしね。さりげなく、お尻をさわられるのなんか、日常茶飯事だもの。まったく、どうしようもないというか」

話を聞いた紗月は、不意に笑い出した。

「なに?」

理由がわからなくて問いかける。

「いえ、あなたも大人になったなあ、と思ったのよ。変わったわよね。二、三年前だったら大騒ぎしたんじゃないかしら。古川さんにお尻をさわられても軽く受け流せるようになったのは、特務班のお陰かもしれないわね。あなた、鷹揚《おうよう》になったわ。心が寛《ひろ》くなったみたい」

笑いながら答えた。言われてみればだが、細かいことでいちいち怒っていたら、身がもたないという部分もある。

「あの男は、わたしを怒らせるためにやっているのよ。とにかく、なんでもいいから反応を引き出したい。会話のきっかけを作りたいんでしょうね。で、あわよくばお付き合い、これは夜に限られた交際だけれど、ベッドをともにできるのを虎視眈々《こしたんたん》と狙っている。そんなところよ」

「おお、そんなところよ、ときましたか。余裕がありますなあ」

軽口には、少し冷たい目を返した。

「余裕なんか、ないわ。月曜から金曜までは賢人と二人だから、まだ楽だけどね。普通の人が休めるはずの土日もフル稼働じゃない。寝ているときも気をぬけないのは、辛いものがある」

また、愚痴が出ていた。紗月はわかってるわよ、とでも言うように、ぽんぽんと軽く肩を叩いている。

「それで」

少し間を置いて、切り出した。

「イケメンの若い恋人とは、どうなっているの」

生真面目《きまじめ》な顔がゆるみ、好奇心にあふれていた。イケメンの若い恋人とは、長谷川《はせがわ》冬馬《とうま》、二十八歳のことだ。元警察官で現在は警備会社に勤務している。警察官時代より給料も高く、福利厚生も充実している会社らしい。

今回の事態を受けて、冬馬は凜子に申し出た。

「『結婚しよう』と言われたわ」

「へぇぇ」

紗月は大仰に目を丸くする。

「本気だね、彼氏は。父親の貞夫さんが生きていたときならまだしも、いまや女刑事の夏目凜子はダブルケアラー。小学生の息子を抱えながら、若年性認知症の母親の面倒を見なければならない。にもかかわらず、求婚ですか」

口もとには笑みを浮かべていた。面白がっているのではなく、微笑《ほほえ》ましいと思っているような感じを受けた。

「で、凜子の答えは?」

淡々と促した。

「もう少し時間をくれと……無理なのよ、今決めろと言われても無理なの。だって、そうでしょう。紗月が言ったように、わたしは超多忙な警察官でダブルケアラー。小学生の息子はデリケートでその手の話には嫌悪感しか示さない。母親にいたっては、以前、逢わせたのに『どなた?』と返す始末」

「おまけに相手は年下の男の子、七歳も違うというハンデがある。いつか飽《あ》きられてしまうんじゃないかしら。いいえ、あまりにも大変な家庭環境のせいで捨てられるかもしれない。一緒に住んだところで、息子とうまくいかないのは目に見えてる。それならばさっさと諦めた方がいい、とか?」

継いだ紗月は、凜子の顔を覗き込む。

「どうよ?」

「…………」

目を逸《そ》らして、沈黙を返した。が、諦めるような相手ではない。ねえねえ、と肱《ひじ》で突いて答えを催促する。

「凜子」

「おっしゃるとおりです」

白旗をあげた。

「自信がないので返事を先延ばしにしました。ええ、あなたの言うとおりよ。わたしは年上でバツイチの子持ち、おまけに若年性認知症の母親までいる。自宅のローンがないだけ幸せだと思うけど、相手は七つも年下の男の子。いつ、嫌気《いやけ》がさすか、わからない。そうよ、恐いから逃げてる。彼を失うぐらいなら、いっそ自分から別れを告げた方が……」

「長谷川さんが大きく広げた腕に、飛び込んでみなさいよ」

紗月は言った。

「彼氏とは、貞夫さんのお通夜と葬儀のときに逢っただけなんで、あれこれ言えないけどさ。あなたが、婚約者ですと業者に紹介したでしょう。でしゃばりすぎず、さりとて、引っ込みすぎず、いい案配の感じで手伝っていたわよ」

詳しいのは、それだけ気にしていた証《あかし》でもある。友として心から案じている様子が見て取れた。

「喪主《もしゅ》を務めた凜子とも、いい距離感を取っていたわ。ああいう席でイチャイチャするのなんか、論外だけどね。どこにいるかな、と、あなたが心細い顔で探すでしょう。そういうときは、必ず近くにいるのよね、長谷川さん」

「観察していたみたい」

照れ隠しで反論した。なにか言わないと間がもたないように感じたのである。

「そうよ、あなたが心配だもの。どんな男なのか、じっくり観察させてもらったわよ。わたしはいい男だと思ったわ。もちろん、うちの亭主も同じ意見よ」

「でも……賢人が」

「ほら、そうやってまた、逃げる理由を見つける」

友は冷静だった。

「賢人君にも紹介したんでしょ?」

「ええ。賢人はそっぽを向いていたわ。ろくに返事もしなかった。冬馬、後で笑っていたわ。『手強《てごわ》いな』とか言って……」

「籍を入れなさい」

紗月は覆い被《かぶ》せるように告げた。

「あんないい男、逃がしたら、次はないわよ。こんな状況になってもなお、あなたを想う気持ちに変化はない。本気なんだと思うわ。賢人君との関係、性格の悪い元夫がどう出るか、房代さんの認知症が進んだときはどうなるか。問題は山積みかもしれないけどさ。なるべく早く結論を出した方がいいわよ。彼氏は待ちくたびれているはずだから」

「おい、そろそろ始めないか」

八神が居間の窓ガラスを開けて、顔を突き出した。飲む仕草をしていた。

「はいはい。帰りはわたしが運転する約束だったわね。どうぞ、飲み始めてくださいな。それが楽しみで料理を作ってくれたんだものね」

立ちあがった友に倣《なら》い、凜子も立ちあがる。

「紗月は、ノンアルコールビールね」

問題は山積み。

紗月の言葉が繰り返し、ひびいていた。

4

翌日の午前中。

渋谷署では、精神科医の藤堂明生が会議室で講義を始めていた。凜子と桜木は前に立ち、ボードやプロジェクターの操作を手伝う役目に就いている。他のメンバーはそれぞれの仕事に就いていたため、講義には参加していなかった。

「昨夜、逮捕された下着泥棒について、ご質問があるとのことでした。えー、この被疑者は風呂場を覗いて捕まったこともあるとか」

藤堂は集まった署員を見まわした。総勢三十人ほどだろうか。生活安全課を中心として、少年課なども加わっていた。特務班が着任してまだ間がないからだろう。藤堂もそうだが、署員たちもみな少し緊張したような顔をしていた。

「質問があれば手を挙げてください」

促されて、生活安全課の若い女性警察官が挙手する。

「どうぞ」

「昨夜、逮捕された男性被疑者は、八十一歳になる老人でした。わたしは、まず、その年齢に驚いたのですが、週刊誌などの影響でしょうか。最近は問題行動を起こす老人が増えているように思います。事情聴取の際には、どういった対応をすればよろしいでしょうか。被疑者の家族への対応も含めてお願いいたします」

立ちあがって訊いた。

「基本的に事情聴取の際の対応は、どんな事件でも同じだと思います。若いから年寄りだからと言って、特に意識する必要はないのではありませんか？」

藤堂は肩越しに振り返って、凜子と桜木に答えを求めた。まだ慣れていない精神科医の補佐役として、渡里が二人を配していた。

「被疑者が若くても年配者でも対応は変わりません」

凜子が応じた。

「特務班として力を入れているのは、被害者だけでなく、加害者にも充分なカウンセリングを行うということです。加害者の話を時間をかけて聞くことによって、次の犯罪を防げる場合もあるんですね。ストーカーやレイプ、DV、虐待に関しては特に加害者へのカウンセリングが重要だと考えています。このとき、加害者の家族に対しても、カウンセリングを行う場合があります」

「カウンセリングは必要に応じて行います」

藤堂が凜子の話を受ける。

「臨機応変に状況を見極めるのが大事です。はじめはカウンセリングを頑《かたく》なに拒否していた加害者が、根気よく説明することによって、受けたいと言うようになることもあるんですよ。諦めないのが、特務班の信条のひとつです」

藤堂は話を続けた。

「窃盗症、これはクレプトマニアとも言いますが、ご存じのように万引きや盗みを繰り返す者のことです。そして、窃視《せっし》症、覗きのことですね。通常、窃視症は覗きだけを繰り返す犯罪者のことですが、今回の被疑者は二つを併《あわ》せ持っています。しかも八十一歳という高齢でひとり暮らしです」

話しながら仕草で、若い女性警察官に座るよう示した。凜子はボードに内容を書き、桜木はパソコンの前に座って内容を打ち込み、プロジェクターを操作している。

「高齢者に見られる性犯罪としては、精神疾患の発症が関わっているケースがあります。もうひとつは年を取ったことによって、『男性性を喪失』してしまい、その穴埋めを性犯罪という形で行おうとする場合があるとされています」

「男性性の喪失とは、思うようにセックスができなくなる、つまり、勃起不全《ぼっきふぜん》の状態による欲求不満状態と考えればよいでしょうか」

生活安全課の女性課長が、ベテランらしく踏み込んだ問いを発した。

「はい。調書によりますと問題の被疑者は、性器を露出する行為もしていたとか」

確認の意味を込めて、藤堂は逆に訊き返した。

「そうです。同じ集合住宅の若い女性に、好意を寄せていたのかもしれません。彼女の前で三回ほど、ズボンをさげたそうです。あらかじめと言いますか。露出するつもりだったようで、下着は着けていませんでした。いつも同じ女性だったようです」

「相手の女性は喜んでいると思い込んでいたのでしょう。これを『認知のゆがみ』と言います。調書には風呂場を覗いた件が記されていましたが、覗きも好意を寄せている女性の風呂場だったのですか」

藤堂が訊いた。

「いえ、風呂場の覗きは、被疑者が住む集合住宅の近くの一軒家です。中学生と高校生の女の子がいる家なんですよ。ニヤニヤしながら、よく話しかけていたとか。相手が男性の場合はろくに挨拶もしなかったらしいですが、相手が女性、しかも若い女性の場合は、相好《そうごう》を崩していたようです。ひとり暮らしですからね。寂しかったという面もあるのでしょうが」

女性課長は「が」の部分に、ひときわ力を込めた。ひとり暮らしは寂しいだろうが、同情の余地はないと告げたように思えた。

「常習性のある覗きの被疑者は、誤った神話に支配されている、と言われています」

藤堂はボードのところに来て、凜子からマジックを受け取った。素早く記していく。

(1)覗いても被害はない。相手は傷ついていない(被害の否定)

（2）覗かれる人が悪い。中が見えるような建物が悪い（責任の否定）
（3）女性は覗かれたいと思っている（女性行動の誤認）
（4）ミニスカートをはく女性は性的にふしだらだ（女性性欲の誤認）

藤堂は書き終えると、マジックを凛子に返して、もとの場所に戻った。

「以上のような考えに支配されて、覗き行為をやめることができない。また、万引きを繰り返す者たちの中にも、『自分はスキルアップしている』『自分はできる人間だ』ということを確認している者たちがいます。件《くだん》の被疑者に関してはいかがでしょう。万引きはしていないようですが、お金に困っていたのですか。強いストレスを抱えていた可能性はありますか」

「お金には困っていなかったと思います」

引き続き、女性課長が答えた。

「裕福ではないかもしれませんが、中堅会社を退職後、妻と静かな老後を送っていました。問題行動が見られるようになったのは、五年ほど前に妻を亡くしてからのようです。子供がいなかったことも、マイナスに働いたのかもしれません」

「万引きの場合もそうですが、被疑者にしてみれば、覗きも独特の緊張感やスリルが味わえるのでしょう。成功すれば達成感や充実感が味わえる。あくまでもかれらの感覚ですがね。そのときの達成感や充実感が忘れられなくて、その後も犯行を繰り返すようになる。やめられなくなってしまうんですよ」

「覗きや万引き、窃盗といった犯罪は、性暴力とまではいかないかもしれませんが、コントロールできないのでしょうか。わたしは生活安全課に配属されて二年なのですが、そのときからずっと疑問を持っていました。性暴力の動機は『衝動的でコントロール不能』と考えがちですよね。実際はどうなんですか」

別の女性警察官が、遠慮がちに手を挙げた。名前は中井星子《なかいせいこ》、三十歳。控えめながらも優秀であるのは、ここ数日間の観察でわかっている。渡り部隊の班長に向いているのではないかと、メンバーが気にかけている女性警察官のひとりだった。

特務班は渡った先の所轄に優秀だと思う警察官がいた場合、後日、その警察官を班長にした小部隊を立ち上げさせている。小部隊は所轄を渡って性犯罪の濃やかなスキルを伝える役目を担っていた。かれらが積極的に動いてくれれば、特務班は渡里がめざすFBI的な役割に集中できるからだ。

「非常にいい質問が出ました」

藤堂は嬉しそうに続ける。

「性犯罪は衝動的でコントロール不能と言われますが、実際には違います。加害者は犯行を成功させるという目的に沿って、狙いやすい対象を選び、犯行が成功しやすい場所や時間帯を選んでいるのです。目的に向かった理知的な行動を取っている。これを合目的行動、目的に合う行動だと言う心理学者もいます」

笑顔のときは目がなくなるのだが、今は笑っていなかった。質問者や他の警察官に真剣な表情を向けていた。質問をした星子もまた、熱心にメモを取っている。

「つまり、性犯罪者は衝動的に襲うわけではなく、逃走経路やごまかす策などを、しっかり計算しているわけですか」

今度は女性課長が訊いた。

「おそらく、そうではないかと思います。無意識のうちに行っている性犯罪者も多いと思いますが、綿密に計算して行動に移す者も、かなりの数にのぼるのではないでしょうか。犯行前の妄想のイメージトレーニングとでも言いますか。刑務所の性犯罪者に話を聞く機会があったのですが、スリルを楽しむ者がいる反面、まるで仕事のように策を練る者がいたので驚きました。そのときの話です」

藤堂は手帳を開き、一部分を読みあげる。

「いかに自分の犯行だとばれないようにするか、逮捕されないようにするかというリスクマネジメントを行い、リスクを下げるために腐心《ふしん》してきたのであって、チキンランのように、どこまで行けるかというスリルそのものを楽しんでいるわけではありません」

どうでしょうか、というように会議の参加者を見まわした。小さなざわめきが広がっている。理解できない、冷静すぎる、そんな性犯罪者もいるのか、などなど、当惑しているのが窺《うかが》えた。

「この話には、まだ続きがあります」

藤堂は言った。

「あくまでも『逮捕されない』という枠を設けたうえで、自分の欲望を満たすのであって、枠のぎりぎりを試したり、その外側に行くことを楽しむわけではないのです」

読み終わらないうちに女性課長が挙手する。

「話の内容から考えると、その性犯罪者は非常に知的レベルが高いように感じます。自分を冷静に分析する能力もあるのではないでしょうか」

「仰るとおりです。仮にA受刑者としますが、彼は関東地方の中高一貫の某有名私立高校を卒業した後、首都圏の有名大学に入学。そして、外資系企業に就職しました。よく言うところの勝ち組ですね」

答えを聞き、女性課長はもちろんのこと、出席者の多くが首をひねったり、小さく頭を振っていた。ざわめきは鎮まるどころか、徐々に大きくなっていた。

「そんな勝ち組の人間が、なぜ？」

代表するように女性課長が質問する。

「わたしも同じ疑問を持ちました。訊いてみたのですが、A受刑者自身にもわからないようでした。話を聞いていて引っかかったのは、仕事で大きな壁にぶつかっていたことです。プライドが高く、自己評価も高かったA受刑者が、生まれて初めて思い通りにできなくなった。自信が根底から覆《くつがえ》されたのでしょう。これが理由ではないかと思いました」

「あの、藤堂先生の話を纏《まと》めたプリントはないのでしょうか」

特務班が気にかけている中井星子がそっと手を挙げた。常に遠慮がち、少し自信なさそうな点がウィークポイントかもしれない。しかし、A受刑者のように自信過剰な人間よりは、謙虚でいいのではないだろうか。

「プリントは後で配布します」

凜子は藤堂の代わりに告げた。

「用意するつもりだったのですが、仕事に追われてしまい、間に合いませんでした。申し訳ありません。以後、気をつけます」

一礼して、さりげなく藤堂を促した。先刻から上着の内ポケットの携帯が、ヴァイブレーションし始めている。そろそろ切り上げどきだろう。

精神科医は頷き返して、もう一度、会議室を見まわした。

「最後に申しあげたいのは、型にはまった犯人像にとらわれていると、A受刑者のような真犯人を逃しかねないということです。性犯罪者は性器を露出させるような者ばかりではありません。高学歴で知識が豊富な者もいる。計画的に犯行を練る知能犯がいることも、頭に入れておいてください」

話し終えた後、

「なにか質問はありますか」

凜子は問いかけた。

「はい」

女性課長が挙手する。

「どうぞ」

「渋谷駅前のスクランブル交差点で亡くなった女性ですが、事件性に関してはどうなのでしょうか。なにも話が入って来ないのですが」

自分たちは蚊帳《かや》の外に置かれているのではないか、という不安が読み取れた。特務班は手柄を横取りして点数を稼いでいる、所轄を蔑《ないがし》ろにしているといった噂は、いまだに根強く残っていた。

「ようやく解剖結果が出たようです」

凜子は自分の携帯を掲げた。

「病死か事故か、あるいは他殺なのか、判断するのはこれからです。結果はきちんとご報告しますので、安心してください」

掲げた携帯がまた、ヴァイブレーションし始める。

それを機に解散となっていた。

5

「相沢幸乃さんは、アナフィラキシーショックを起こしたと思われます」

長田弥生は、特務班にあてがわれたオフィスで報告を始めた。広さは十六畳程度だろうか。窓付きの部屋というだけでも上等だが、ロッカー装備のうえ、すでに机や何台ものパソコンが用意されていた。今までの所轄と比べれば、格段に待遇がよかった。

集まっているのは、古川輝彦以外のメンバー全員と、生活安全課を中心にした課長クラスの三人だった。渡里は椅子には座らずに、弥生の後ろに控えている。古川は桜木が重役出勤と揶揄《やゆ》するように、昼近くに来るのが普通になっていた。

「アナフィラキシーショックと聞いたとき、まず思い出すのはハチに刺された後に起きるショックだと思います。ですが、意識障害などを起こす重いアレルギー症状の総称であり、ハチ毒に限ったものではありません」

弥生の説明に従い、凜子はメンバーや課長たちにプリントを配る。会議では間に合わせられなかった藤堂は苦笑いしていた。配り終えた後は、それぞれ席に着いた。

一列目に友美や藤堂、久保田麻衣らが座り、凛子と桜木、そして、課長クラスは二列目に腰を落ち着けている。

「プリントにも記しましたが、麻酔薬や抗生剤、造影剤、解熱鎮痛剤などでもショック症状が起こります。たかが歯医者の局所麻酔薬と侮るなかれ。そのせいで死にかけた人の話を何度も聞いたことがあります。ハチ毒だけでも国内では年間、二十人前後が亡くなっています」

メンバーや課長たちは、自分の手帳にメモしたり、渡されたプリントに書き込んだりしていた。

「相沢さんの身長は、約百五十五センチ、体重は三十八キロ程度でした。手首なんか、これぐらいしか、ありませんでしたよ」

弥生は指で輪を作ってみせる。ふくよかな手の持ち主だけに、作られた輪の細さが際立《きわだ》っていた。

「拒食症だった疑いがあります。過食嘔吐《おうと》を繰り返すタイプだったのかもしれません。歯には治療痕がありました。特に前歯がひどかったのか、上下ともにブリッジを施していました。奥歯は被せたり、詰めたりという状態です。家族への聞き込みの際、拒食症だったか否か、確認してください」

「胃の内容物は、どうでしたか」

友美が問いを投げた。事前にどこかでだれかと食事をしたか。自宅で朝食を摂《と》ってきたのか。胃に残された遺留物が、思わぬ相手を教えてくれることもある。

しかし、弥生は小さく頭を振った。

「ほとんど空《から》の状況でした。電車の中で舐《な》めていたのか、のど飴らしきものがひとつ、あっただけです。亡くなるときに飲み込んでしまったのではないかと思われます。飴は念のために毒物の検査もしています」

「アナフィラキシーショックに話を戻します」

凜子は挙手して、訊いた。

「そもそも、なぜ、アレルギーは起きるのでしょうか」

原因についてはプリントに記されていない。補足が必要だと思った。

「アレルギーが起きる原因は、はっきりしていません」

弥生は答えた。

「ご存じかもしれませんが、アレルギーは身体を守る免疫の過剰反応です。原因物質それぞれに個別に働く抗体という免疫の担い手があり、アレルギーの引き金になるとされています。薬も原因物質になるんですね。ただ、抗体があれば必ずアレルギーになるわけではないんですよ。なぜなるのかは、わからないんです」

「相沢幸乃さんは、なんらかのアレルギーを起こして、亡くなった可能性が高い。母親によると、会社開催のマラソン大会の折、スズメバチに刺されたとか。このときは二十人近くが刺されたらしく、テレビや新聞のニュースで取り上げられていました。ハチ毒アレルギーですかね」

久保田麻衣が質問を発した。事件性があるのかないのか現時点ではわからないが、遺族への事情聴取は、渡里が行っていた。結果が判明した今朝、幸乃の母親にアナフィラキシーショックによる死だと告げたうえ、いくつかの事柄を確かめている。

それらの内容もまた、死亡原因とともに先刻、メンバー全員の携帯に送られていた。

「おそらく、そうだと思いますが断定はできません。スズメバチに刺された際、相沢幸乃さんが運び込まれた病院に、問い合わせているところです。どんなアレルギーがあるのか、調べたはずですから。ちなみに自己注射薬『エピペン』を常に持ち歩いていたようですが、彼女のバッグには入っていませんでした」

「『エピペン』を打てば、それで治まるんですか」

続けて麻衣が問いかける。

「いいえ、『エピペン』を打ったうえで、医師の適切な処置を受けなければなりません。酸素吸入や血圧を上げるアドレナリン注射、さらにステロイド剤の投与。必要とあれば、二度目のアドレナリン注射を打つ場合もあります」

「相沢幸乃さんは、自己注射薬を忘れたんでしょうか」

凛子の質問に、渡里が答えた。

「母親の話によると彼女の自室には、残っていなかったそうだ。繰り返しになるが、いつもバッグに入れて持ち歩いていたとか。忘れたとは思えないが、会社などに置き忘れたことは考えられる」

会社などにと複数形にしたのは、夜の勤め先もあるからだろう。

「『エピペン』の在処《ありか》は、各々《おのおの》気に掛けておいてほしい。会社や夜の勤め先に聞き込みに行った際、確認してくれないか。自宅に行ったときにも念のために調べてほしいと思う。それからバッグに携帯はなかった。母親は持っていたはずだと言っている。今時、携帯を所持していない方が珍しいからな。どこかに忘れたのか、だれかが意図的に持ち去ったのか」

その場にいた全員が、頷きながら手帳に記した。今回はハチ毒が原因ではないかもしれないが、アナフィラキシーショックを起こして死んだのだとすれば、事故の線も外せない。誤って薬を飲んだり、吸い込んだりした可能性も捨てきれなかった。

(もちろん他殺も考えられる)

心の呟きを読んだように、

「他殺の線は薄そうですね」

麻衣が逆の推測を口にした。

「病死、または事故死でしょう。アレルギーがある薬を、そうとは知らずに飲んだんじゃないでしょうか。ただでさえ、不健康な生活をしていましたからね。アレルギーを起こしやすい環境にいたと言わざるをえません。事件性は少ないと思います」

いとも簡単に断定する。凜子は、思わず立ちあがっていた。

「断定するのは早計すぎませんか。わたしは、相沢幸乃さんが、仰向けの状態で亡くなっていたのが引っかかっています」

手帳を繰って、続けた。

「相沢さんの近くにいた男性によれば、彼女は最初地面に膝を突き、うつ伏せに倒れ込んだと言っていました。ところが、相沢さんはうつ伏せの状態から仰向けになりました。相当、辛い状態だったはずです。それなのに身体の向きを変えている」

「うつ伏せでは、息苦しかったのかもしれません。呼吸を楽にしようと思い、最後の力を振り絞って仰向けになった」

麻衣の言葉の一部に同意する。

「最後の力を振り絞って仰向けになった」

繰り返して、推測を告げた。

「考えられますね。そこから、さらに一歩、進めてみてはどうでしょう。もしかしたら、相沢さんは自分を殺そうとした犯人の顔を確かめようとしたのかもしれません。

犯人が近くにいるのではないかと思い、懸命に仰向けの状態になった」

「あ」

桜木が小さな声をあげた。なるほど、と、同意するつもりだったのではないだろうか。麻衣に睨みつけられてしまい、それ以上は言わなかった。

「デリバリーヘルスの店長によれば、相沢さんは非常に几帳面《きちょうめん》な性格だったようです。出勤時間をきちんと守り、客については風貌や年齢、支払った金額を手帳に記していた。ところが、です。この手帳、店長たちは密かに『青い醜聞手帳』と呼んでいたようですが、手帳もまた、バッグには入っていませんでした」

凛子の推測を、渡里は素早くボードに書いた。今朝の班会議には少し遅刻したため、初めての報告になっている。

「他殺だと仮定した場合、仰向けの姿勢は、なんらかのメッセージに思えなくもありません。繰り返しますが、あくまでも仮定の話です」

「ありうることだと思います」

藤堂が挙手して、意見を述べた。

「亡くなられた相沢幸乃さんは、青い醜聞手帳に客の情報を記していたようです。中には気づいた客がいたかもしれない。この手帳が巷《ちまた》に出まわったり、インターネットにアップされた場合には、仕事や家庭を失う危険性がある。充分、殺人の動機になりうると思います」

「本当にそんな手帳が、あったのでしょうか。わたしは店長の作り話のようにも感じています。相沢さんの件で騒がれれば、店が注目を浴びるじゃないですか。最近は物好きが多いですからね。試しに行ってみるかという客が現れるかもしれない。鵜呑《うの》みにするのは、いかがなものかと」

麻衣がふたたび反論する。肩越しに凜子たちを見やったが、口元には皮肉な笑いが滲んでいた。

「病死か誤って薬を飲んだ事故か、あるいは他殺か、もしくは自殺か」

弥生が自分の推測をまじえて言った。可能性は少ないかもしれないが、自殺の線も捨てきれないと思ったのだろう。アナフィラキシーショックを起こす薬を飲み、渋谷駅前のスクランブル交差点で死ぬ。

凜子もゼロとは言えないと思ったが、

「自殺はないでしょう」

麻衣はまたもや一蹴した。

「自殺をするような性格だとは思えません。昼間は一流企業、夜はデリヘル嬢として、彼女なりに人生を楽しんでいたような気がします。青い醜聞手帳が存在したと仮定した場合、強請《ゆす》りの道具として使おうとしたのかもしれません。もしくは、すでにだれかを脅していたか。ゆえに怨《うら》まれて……」

「ちょっと、あなた、久保田さん」

麻衣の隣にいた友美が声をあげた。やめておきなさい、とでも言うように、藤堂が腕を引いている。それを振り払うようにして、友美は立ちあがった。

「口にするのは反論ばかりじゃないの。相沢幸乃さんは、なぜ、死んだのか。病死、事故、他殺、自殺。さまざまな角度から切り込んで調べるのが、わたしたちの仕事でしょう。はなから否定するのは、怠《なま》け者だからかしらね。できるだけ仕事を増やしたくないと思っているのかしら」

内々の口調になっていた。

「話を進めてください。これで終わりならば聞き込みに出ます。たいした事件じゃないと思いますからね。さっさと片付けましょう、渡里警視」

対する麻衣は、まったく相手にしない。

「無視する気？」

友美が気色《けしき》ばんだ。藤堂がなかば強引に座らせる。課長クラスの三人は、当惑したように顔を見合わせていた。

「もうひとつ、ご報告いたします」

弥生が口を開いた。ムードメーカーの彼女は、緊迫した現場の空気をやわらげるのが上手《うま》い。

「相沢幸乃さんの膣には、精液が残っていました。現在、DNA型を鑑定中です。警察庁のデータバンクにDNA型が登録されている人物であれば、すぐに特定できます」

　険悪な状態が、ほっとゆるんだのを感じた。

　グッドタイミングと言うべきか、

「失礼します」

　遅れて来た古川輝彦が姿を見せる。大きな身体を縮こませるようにして、後ろの方に行った。なんとなく気まずい雰囲気を感じたに違いない。

「あ、どうぞ、続けてください」

　古川は仕草でも示した。

「えー、相沢幸乃さんの変死事案につきましては、事件性のあるなしをまずは検証します。母親や妹、勤めていた会社の同僚、デリヘルの同僚や客などに今一度、聞き込みをお願いします」

「警視。相沢さんの近くにいた男性、中村修にもう一度、話を聞きたいと思います。相沢家に伺った後、まわってもよろしいですか」

　凜子は申し出た。

「中村修の口からは、青い手帳の話がいっさい出ませんでした。単に知らなかっただけなのかもしれませんが、少し引っかかりまして」

「わかった。中村修の会社には、わたしから連絡を入れておこう。以上、他になければ終わります」

渡里の言葉で、課長クラスの三人と精神科医の藤堂が立ちあがる。弥生も司法解剖関係の書類を纏めて出て行った。藤堂は署員への講義、弥生は細かい検査などがまだ終わっていない。

オフィスに残ったのは、渡里を含む六人だった。

「夏目」

ボスに呼ばれて立ちあがる。

「はい」

「しばらくの間、久保田とコンビを組んでくれ。桜木は井上とコンビを組む」

「えっ」

と驚いたのは、桜木だけではなかった。

「いやです」

即座に麻衣が声をあげる。

「気になるのか？」

「わたしは、似非《えせ》シングルマザーの夏目さんとは組めません。二人とも子持ちなんですよ。土日は休むか、早い時間帯に帰ります。ウィークデーも夏目さんは、早めに上がることが多いですよね。フルタイムで働けない二人が組むことには反対です」

「似非シングルマザーってのは、なんですか。喧嘩を売っているんですか」

桜木が顔色を変えた。飛びかからんばかりの険しい表情をしている。凛子は相棒の腕を強く摑んでいた。

「本当のことを言っただけです。夏目さんは離婚したとき、多額の慰謝料を貰ったとか。それで今の自宅を買い求めたらしいじゃないですか。すでに退職していた父親が、主夫役を引き受けてくれた。家事や育児は父親任せだったんでしょう。だから、似非シングルマザーと言ったんです」

ちらりと古川に媚《こ》びを売るような目を投げた。同意を求めるような視線だった。

「ははーん」と友美が交互に見やっている。

「やけに詳しいと思ったら、そういうことですか。古川警視長も趣味が悪いですね。目についた女は手当たり次第に口説《くど》くという噂は、あながち的外れではないわけですか」

あからさまな表現に、古川は狼狽《うろた》えた。

「い、いや、違う。急になにを言い出すんだろうな、井上刑事は。言うまでもないことだが、久保田刑事とは単なる仕事上の付き合いであって……凜子。聞いてくれ、井上刑事が適当に言っているだけなんだ。久保田刑事がちらりと見たのは、特に意味があるわけじゃない」

馴れなれしい口調はいつものこと。相手にしなかった。

「まずは相沢幸乃さんのお母様たちに話を伺いたいと思います。弥生さんに訊き忘れたのですが、ご遺体はいつ頃、自宅に帰れるでしょうか」

凜子の質問を、渡里が受けた。

「長田に確認して、連絡する。ああ、そうだ。相沢家へ二人が行く旨を伝えがてら、ご遺体の帰還の日時を知らせておこう」

「お願いします」

バッグと薄手の上着を持って、振り返る。

「行きましょう、久保田さん」

「今日だけにしてください」

麻衣は渡里に言い、バッグを持った。

「いいのか、久保田。勝手な行動を取るのはすなわち、特務班を乗っ取るという野望が遠のくことになるが」

ボスは揶揄するように言い、新人を見た。麻衣は沈黙を返して、凜子の後に続く。

ひとり古川だけは、オフィスを右往左往していた。

「違う、久保田刑事とは、そういう関係じゃないんだ。誤解しないでくれないか。凜子、信じてくれ、凜子！」

悲鳴のような叫び声を背に廊下へ出た。麻衣はむっつりと黙り込んでいる。シングルマザーコンビは、前途多難だった。

第三章　青い醜聞《スキャンダル》手帳

1

相沢幸乃の自宅は、京王井の頭線の最寄り駅から、徒歩十分程度の閑静な住宅街だった。凜子と麻衣は、携帯を片手に地図を見ながら相沢家に向かっていた。

「古川警視長は、ＤＶ男だとか」

麻衣は古川の話を振ってくる。

「交際相手の女性は、みんな短期間で別れると聞きました。でも、夏目さんの場合、二年ぐらいはもったんですよね。ＤＶはなかったんですか」

「ありました。子供がいたので我慢したんです」

そっけなく答えた。

「なるほど。別れるきっかけになったのは、肋骨《ろっこつ》を折る重傷を負った騒ぎですか。わたしは肋骨程度の怪我で、駒込から徒歩圏内に自宅を持てるなら安いと思いましたけどね。いくらぐらいの家なんですか。新築だった……」

「久保田さん」

凛子は、立ち止まって告げる。

「プライベートな話は、やめましょう。駒込の自宅は父の退職金に慰謝料を足して買い求めた建売です。幸いにもローンはありませんが、これから先はリフォームなどの維持費がかかりますからね。あなたが考えているほど楽ではないんですよ」

「おまけに母親は若年性認知症、父親は事故死したばかり。なぜ、厄介な人間が生き残るんでしょうね。父親が死んだとき、そう思いませんでしたか。母親が死んでくればよかったのに、と」

辛辣《しんらつ》な言葉にどきりとした。一瞬、躊躇《ちゅうちょ》したが、正直な気持ちが表情に出たかもしれない。真っ直ぐ目を見て、告げた。

「今、久保田さんが言ったようになればよかったのに、と思ったことはあります。だれだって、ちらりと浮かぶんじゃないでしょうか。ですが、すぐに強い罪悪感をいだきました。母親に対して申し訳なかったと思いました」

偽りのない答えこそが、麻衣のようなタイプに対抗できる術だと考えていた。事実、驚いたように少しの間、黙り込んでいた。

が、この程度で白旗を上げるような相手ではない。

「お父様を轢《ひ》き殺した徘徊運転者からは、示談《じだん》金、もしくは見舞金をもらえたんじゃないですか。つくづくお金には困らない人ですよね。運がいいというか、ついているというか。夏目さんが羨《うらや》ましいです」

「以上です」

冷たく打ち切った。

「相沢幸乃さんの母親は、時江《ときえ》さん、六十歳。妹さんは史江《ふみえ》さん、三十二歳。名前だけ見ても、母親と次女の絆《きずな》が感じられるわね。幸乃さんは十年前に亡くなった父親にべったり、次女の史江さんは母親と仲がよかったのかもしれない」

歩きながら、相沢家の人間関係のさわりを口にする。壁を作ろうとする新人に対して、桜木が相手のような口調を使っていた。

「わたしの家も二人姉妹だったけど、母は姉を可愛がり、父はわたしを可愛がってくれた。家族の間にも相性があるんでしょう。それだけに、父を喪《うしな》ったのは痛手です。なぜ、死んでしまったのかと、毎日のように考えてしまいますから」

心の裡《うち》を正直に語ったのがよかったのか、

「わたしがプライベートな話をするのはオーケーですよね」

「どうぞ」

麻衣の確認に苦笑いを返した。

「わたしには女の子がひとりいるんですが、昼間は学校、終わったら学童クラブ、その後は近所の保育ママに預けています。この保育ママがいやな女で人の足下を見るんですよ。高いのなんのって……だけどそのお陰でフルタイムというか、平日はめいっぱい働けるわけです」

「交代制にしましょうよ。週に二日だけ、保育ママに預けるようにすればいいんじゃないかしら。久保田さんが早く上がる日は、わたしが出るわ。わたしが早く上がる日は、あなたに出てもらう。そうすれば少しでも娘さんと一緒の時間が作れるでしょう？」

「わたし、子供、きらいなんです」

麻衣は悪びれたふうもなく告げ、肩をすくめた。

「え？」

「聞こえませんでしたか。きらいなんですよ、子供が。どうしても可愛いと思えないんです。仕方ないから面倒を見てるだけ。親兄姉は地方に住んでいますからね。まあ、近くにいても助けてくれないかもしれませんが、疎遠《そえん》なんです。助けてくれるのは行政のみ。行政がだめなら、お金を出して面倒を見てもらうしかないんですよ」

「そう」

短く答えるにとどめた。我が子を愛せない親は確かにいる。その親自身も自分の両親に愛されていなかった場合が、圧倒的に多い。麻衣の反抗的かつ挑戦的な言動は、生まれ育った環境に起因しているのかもしれなかった。

「警察官になったのは、身体が丈夫だったのと、公務員なので安定していると思ったからです。ここまで続けられるとは、思っていませんでしたけどね。子供ができちゃったし、仕方ないかとやっているうちにこの年になりました」

訊いてもいないのに告げていた。なんだかんだ言いつつ子供の面倒を見ているのは、多少なりとも愛情があるからではないのだろうか。自分で思っているよりずっと、いい親なのではないか。

（よけいなことを言えば、よけいに逆らうタイプでしょうね）

敢《あ》えて口にはしない。凜子とて、誕生日がくれば三十五歳になる。特務班に赴任するまでの間、男性社会特有の『洗礼』を幾度となく受けてきた。さらに特務班に就任した後は、性犯罪を中心にした部署ということもあって、驚くような加害者や被害者にも出会っている。麻衣のようなタイプとは、どう接すればいいのか。

自分なりに考えていた。

「これだけど」

凜子は、気になっていたことを訊いた。右手の甲の傷痕を見せる。絆創膏は取っていたが、まだうっすらと傷痕が残っている。

「やったのはあなた？」

「そうです」

麻衣はあっさり認めた。

「渡里警視が古川警視長の挨拶を遮ったとき、夏目さん、笑いをこらえていたでしょう。あれに対する抗議だったんですが、気に入りませんでしたか」

彼女なりに古川への気持ちを表したのかもしれない。これ以上の話は、無意味だと思った。

「次からは口で言ってもらえると助かります」

「わかりました。あ、ここですね」

麻衣が木戸の前で足を止めた。築四十年近いかもしれない。二階建ての木造住宅は、こまめにリフォームしているようには見えなかった。敷地は三十坪あるかないかで、建坪もまた、三十坪程度だろう。敷地を囲った木の塀は、もはや元の色をとどめていないように思えた。

凛子は呼び鈴を押した後、木戸を少しだけ開けた。

「ごめんください」

インターフォンなどという洒落《しゃれ》た代物ではない。昔ながらの呼び鈴だったが、いちおう音は出た。

「はい？」

玄関の引き戸が開き、六十前後の女性が顔を出した。着物姿なのは、凜子たちの訪問を知っていたからなのか。あるいは、ふだんから着物を愛用しているのか。着慣れている印象を受けた。

「警察庁広域機動捜査隊ASV特務班の夏目です。後ろにいるのは、久保田麻衣刑事。渡里警視から連絡が行っていると思いますが、娘さんの相沢幸乃さんのことで、少しお話を聞かせていただけますか」

凜子は、警察バッジを掲げて挨拶した。玄関の引き戸がさらに開いて、母親の時江と思《おぼ》しき女性が木戸に来る。しずしずとした歩き方や雰囲気は、旧家を守る令夫人という感じだった。日本人ばなれした彫りの深い顔立ちを、幸乃はこの母親から引き継いだように見える。

「幸乃の母親、相沢時江でございます。どうぞ、お入りください」

一礼した時江に、二人も会釈して、あとに続いた。玄関までわずか数歩の前庭には、びっしりと砂利が敷き詰められている。防犯用の砂利に違いない。踏むと独特な音がした。

(女性だけだから気をつけているのね。それに砂利の下に雑草防止シートを敷けば、雑草が生えるのを防げる)

防犯と雑草取りの手間を兼ねたように思えた。歩きにくいが、玄関まではたかが知れた距離である。下手に飛び石を置くよりも防犯重視にするべきだろう。凜子も戸建てに住んだ後、自宅のメンテナンスがどれほど大変かを実感していた。

家の中は、思っていたよりも綺麗だった。プチリフォームはこまめにしているのかもしれない。金のかかる外壁まではできないが、可能な部分は直しているようだ。通された和室の居間は、畳を取り替えたばかりらしく、藺草《いぐさ》の薫りが立ちのぼっていた。

（この匂い）

凜子は、別の匂いもとらえている。まだ遺体は帰っていないが、早くも線香を上げたのか。もしくは、家に線香の匂いが染みついているのか。なんとなく、寂しくなるような感じがした。

「粗茶ですが」

時江が茶を運んで来る。着物の袖を押さえて出す仕草が、ふだんの立ち居振る舞いを表しているように思えた。背後に人の気配を感じて、凜子は振り返る。

「幸乃の妹、史江です」

母親の紹介を受け、史江は会釈しながら、母親の隣に腰をおろした。化粧映えしそうな顔立ちをしていたが、リップクリーム程度しか使っていないように見える。デリヘル嬢のアルバイトをしていた姉と同列に見られてはたまらないと思い、時江が助言したのかもしれない。服もグレー系の地味な装いだった。

（あまり似ていない母娘だわ）

凜子は素早く手帳に記した。母娘と聞かなければ、わからないかもしれない。姉妹同士はあまり似ていないよ

（幸乃さんは母親似、史江さんは父親似なのかしら。姉妹同士はあまり似ていないように思うけど）

幸乃はどう見ても時江似だった。妻を愛していた父親の相沢勝久《かつひさ》は、それゆえ幸乃を可愛がったのだろうか。

「幸乃が、いかがわしい仕事をしていることに、わたくしたちは気づいておりました」

時江が口火を切る。先んじて言ったように思えた。

「いつ頃、気づきましたか」

凜子は問いかけた。

「先に気づいたのは、わたしなんです」

史江が答える。

「姉の部屋に入ったとき、派手な服がカーテンレールに掛けてあったんです。何着もありました。ショートヘアのカツラもありましたので、いったい、なにをしているのか姉に訊いたんです」

沈んだ声で続けた。

〝夜は渋谷のデリバリーヘルスに行っているのよ。登録したの。土日も休まず、皆勤賞ものよ。結婚相手は見つからないけど、セックスフレンドは見つかるわね。あなたもやってみれば？〟

幸乃は、さらりと言ってのけた。

「すぐ母に話しました」

「はい。厳しく叱りましたが、幸乃はどこ吹く風といった感じでしたね。あの娘がなにを考えているのか、まったくわかりませんでした。昼間、きちんと勤めているんですよ。しかも一流企業の児玉自動車です。まあ、リコール隠しなどで問題はあったようですけどね。そのうち、いいお相手が見つかるだろうと、わたくしは思っておりました」

が、いい相手を見つけるどころではない。あろうことか幸乃は、渋谷の風俗店でアルバイトをし始めた。

「もう一度、お訊きしますが、幸乃さんが風俗店に勤め始めたのは、いつ頃からですか」

凜子は先刻の質問を繰り返した。麻衣はおとなしく手帳に書き込んでいる。大人げない反抗心や敵対心は、今のところ出ていなかった。

「二年ほど前だったでしょうか」

答えた史江は、自信なさそうに母親を見やる。警察に伝える内容なればこそ、正確でなければならないと考えたのか、

「ちょっとお待ちください。わたくし、簡単な日記をつけております。取ってまいりますので」

時江はついと立ちあがって、居間を出て行った。

2

壁に掛けられた振り子時計が、静かに時を刻んでいた。南側の庭に出る窓の手前に、廊下が続いている。縁側を兼ねたその廊下には、明るい陽射しが広がっていた。窓は閉めてあるのだが、それでも時折、チチッという鋭い鳥の鳴き声が聞こえた。

「失礼ですが」

不意に麻衣が口を開いた。

凜子はなにを言い出すのかと警戒心を働かせたが、

「お姉様との関係はいかがでしたか。仲はよかったですか」

質問の内容はいたってまともだった。

「小さい頃、いいえ、父が生きていた頃は、ごく普通の姉妹だったと思います。父は姉を特別大事にしていました。長女だからというのが理由だったと思いますが、わたし

と姉の関係は、可もなく不可もなくと言うか。普通だったと思います」

「長じて、さまざまな軋轢《あつれき》が生じた？」

簡潔な問いを発した。非礼とまではいかないが、いささか簡潔すぎるような気がした。もう少し人間味のある言葉遣いをする方がいいのではないかと思ったが、むろん口にはしなかった。

「そうですね。父が亡くなった後、あまり口をきかなくなりました。わたしが就職したときは、お祝いなどを贈ってくれたりして、まあまあの関係だったんですが……ここ三、四年ほどは、ほとんど顔を合わせませんでした」

「同じ家にいるのに？」

麻衣は完全にマイペースになっていた。わざと親しい口調にする場合もあるが、意図的ではないだろう。直感で動くタイプに思えた。

「ええ。暗黙の了解とでも言うのか。姉はわたしや母とは一緒に食事をしなくなっていましたので、会う機会は少なかったんです。ですから、帰って来たときだけ気をつければ、それで大丈夫でした。姉が洗面所やトイレ、お風呂なんかを使っているときは、部屋から出ないようにしていました。姉の方もうまく時間をずらしていたような気がします」

「そういった微妙な関係が面倒になって、夜のアルバイトを始めたのかもしれませんね。自宅にいる時間を短くできますから」

麻衣は言い、手帳に記している。身も蓋《ふた》もない言い方だと思った。史江の表情がくもったのを見のがさない。

「ですが、お姉様は引っ越しませんでした。昼間の稼ぎだけでも充分にやっていけるはずなのに、ずっとこちらに住んでいた。やはり、家族の繋がりを大事にしていたんだと思います」

凜子はフォローしたが、史江は小さく頭を振る。

「姉はお金がないから家にいるしかないと言っていました。歯医者の治療費に、すごくお金がかかったらしいんですよ。ご存じかもしれませんが、姉は父が亡くなった後、過食嘔吐を繰り返していたんです。それで歯がボロボロになってしまったようで」

「小さな親切、大きなお世話ってやつですね」

麻衣は唇をゆがめた。凜子のフォローに対する皮肉であるのは言うまでもない。史江は理解できなかったらしく、なにか問いかけようとしたが、その前に時江が戻って来た。

「すみません。どこに入れたか、わからなくなってしまいまして」

手には臙脂《えんじいろ》色のカバーの手帳を持っている。顔も似ているが、性格も似ているのかもしれない。時江と幸乃の類似点を見る思いがした。

「風俗に勤め出したのは、二年ぐらい前からですね。この時期に無断外泊をしています。どこに泊まっていたのかわかりませんが、一週間ほど帰って来ませんでした。さすがに心配になったので、この子に大学時代の友人知人へ連絡させましたが」

時江は、史江を目で指して、視線を戻した。

「そうこうしているうちに、帰って来たのです」

「二年前になにかあったんでしょうか」

凜子の問いに、時江は首を傾げた。

「さあ、特に思いあたることはございません。父親に似て気むずかしいところがある子でしたからね。幸乃なりの理由があったのかもしれませんが」

無表情に淡々と答える。かなり手強い相手だと判断した。心に何重ものぶ厚い壁を張りめぐらせているような印象を受けた。

「先程、史江さんが言っていましたが、幸乃さんが夜の仕事を始めたのは、歯医者の治療費を捻出するためだったんでしょうか。大金が必要だったから、夜も働き始めたんでしょうか」

凜子は試しに訊いてみる。

「そうではないと思います。先程見つけた通帳には、一千万近い金額が残っていましたから。最初に申しあげましたとおり、あの子の気持ちはわかりません。主人が亡くなってから荒《すさ》んだ雰囲気になっていたのは事実ですが」

「会社の仕事に失望したのかも……」

と史江は言いかけたが、

「史江」

時江が素早く遮る。

「憶測《おくそく》でものを言ってはいけませんよ。だいたい会社の話なんか、幸乃はほとんどしなかったじゃありませんか。刑事さんたちには、会社に行って直接訊いていただくのが一番です」

断固とした口調に、支配的な厳しい性格が浮かびあがっているように感じられた。幸乃もまた、この母親と似たようなタイプだったのではないだろうか。史江だけは少し違っているように思えた。

おっとりとした品の良さを醸《かも》し出している。

「意見を聞かせてください」

凛子は、史江に目をあてて、促した。

「児玉自動車にはもちろん行きますが、妹さんのお話も聞きたいんです」

「あ、はい。えーと、一度だけですが、『上役たちはなにもわかっていないのよ。馬鹿ばっかりだわ。救いようがない』と言っていたのを聞きました。三、四年前だったでしょうか。後にも先にも会社の愚痴が出たのは、そのときだけです。姉にしては珍しいなと思ったので憶えていました」

史江は受け答えがしっかりしていた。今までの流れを見て、何年ぐらい前かという次の質問を察したに違いない。あらかじめ答えに入れていた。

姉よりはおとなしい感じだが、頭脳明晰《めいせき》な点は似ていると思った。

「そうですか」

「上役たちがなにもわかっていなくて、馬鹿ばっかりという点には同感ですね」

麻衣は意味ありげに言い、鼻で笑った。だれを指しているのか。自分や渡里だろうか。いい感じはしなかったが、新コンビの間に漂う不協和音を遺族に感じさせるのは、プラスにはならないだろう。

「解剖を担当した監察医から連絡があったと思いますが、幸乃さんの死因は、アナフィラキシーショックでした」

凜子は別の話を口にする。

「以前、ハチに刺されたことがあったとか。どのような状況だったのでしょうか」

「会社のマラソン大会でした。近頃は運動会や懇親会をもうけて、社員同士の親交を深める機会を会社が意識して増やしているとか。出たくないと言っていましたが、後々やりにくくなるのは困ると思ったんでしょう。マラソン中に小さな橋を渡ろうとしたとき、橋の下に巣を作っていたスズメバチが、いっせいに襲いかかって来たそうです」

時江の説明を史江が受けた。

「新聞やテレビのニュースでも取り上げられましたが、二十人近くが被害に遭ったとか。姉は顔を刺されて、右の頬がこんなに膨らんでしまいました。救急車で運ばれたんです。二日ぐらい入院した記憶があります」

右手で頬が腫れている様子を示した。

「ハチ毒のアレルギーがあったのは、わかっていたのですか」

「わかっていました。歯医者で治療を受けたとき、局所麻酔でショック症状を起こしたんです。歯医者にアナフィラキシーショックだろうと言われて、総合病院を受診しました。そのときにさまざまな薬とのアレルギー反応を調べたんです」

今度は母親が答える。

「親知らずを抜いたり、虫歯の治療をしたりして、局所麻酔を受けた経験があるんですけどね。昔は出なかったのに、突然、発症しました。アレルギーはわからない部分が多いと担当医も言っていましたね」

確かに弥生も似たような話をしていた。幸乃の場合、拒食症になったことが、原因のひとつかもしれない。充分な栄養を摂れなかったため、免疫力が落ちて発症したのではないだろうか。

「マラソン大会のとき、自己注射薬の『エピペン』は持っていなかったのですか」

凛子は訊いた。

「持っていました。でも、受付に預けておいたバッグに入れてあったとか。走っていた最中に襲われましたからね。バッグを持って来てもらう前に救急車が到着したらしいんです。応急処置を施してもらいながら救急搬送されたと聞きました」

史江は答えて、立ちあがりかける。

「アレルギーの検査結果、あった方がいいですよね？」

「はい。写真に撮らせていただけると助かります。病院は守秘義務を持ち出して、なかなか見せてくれませんから」

凛子は携帯を掲げて、答えた。

「持って来ます。ついでにお茶も淹《い》れ替えて来ます」

廊下に出て行く史江を、麻衣は目で追いかけている。

「気が利《き》いているうえ、頭脳明晰。それにお姉様よりも素直で扱いやすそうですね」

小声で呟いた。

「久保田さん」

すかさず窘めたが、時江は笑っていた。

「あなたは幸乃に似ていますね。いえ、顔じゃありません。雰囲気がなんとなく似ているんです。いつも、なにかに対して怒っているというか。苛々《いらいら》して、当たり散らす機会を狙っているような気がします。なにがそんなに不満なんですか?」

問いを投げた。

さすがにストレートすぎたのかもしれない。

「……………」

麻衣は答えに窮したようだった。

「失礼しました。本当は幸乃に訊いてみたかったんですよ。なぜ、わたしたちと距離を置いたのか。なぜ、渋谷の風俗店に勤めたのか。いったい、なにが気に入らなかったのか。訊いて……みたかったんです」

しかし、幸乃はもういない。

時江と史江は涙を見せないが、泣かないからといって即、犯人とは言えなかった。平静に見えるが、内心、動転しきっているのではないだろうか。幸乃の死を実感できていない可能性もある。

(でも、完全に犯人候補から外れたわけじゃない。できれば、この二人には無関係でいてほしいけど)

自己注射薬のエピペンを、幸乃のバッグから抜き取ることができたのは、彼女の近くにいた人物の可能性が高い。家族に会う機会が少なかったとはいえ、幸乃はきちんと帰っていたように思える。

風呂に入ったときなどを狙えば、自己注射薬を抜き取ることはできただろう。そのうえであらかじめ用意しておいた自己注射薬――アレルギーを起こす物質を入れたものにすり替える。ふたたびバッグに戻しておけば、幸乃が気づくことはない。

(幸乃さんは几帳面な性格だった。朝、バッグの中身を確認したんじゃないかしら。それを知っているからこそ、自己注射薬を抜き取ったままにはしておかなかった)

性格を知り尽くしている家族だからこそ、可能になる完全犯罪。しかし、と、別の疑問も湧いている。

家族以外のだれかが、自己注射薬をすり替えておいたうえで、使用済みの注射器を抜き取ったことも考えられる。大胆にも人が大勢行き交う渋谷のスクランブル交差点で……。

(もう一度、中村修に会ってみた方がいいかもしれない)

凛子の脳裏には、幸乃が死んだとき、一番近くにいた男が浮かんでいた。

3

「お待たせしました」

戻って来た史江が、検査表を差し出した。凜子は携帯で写した検査表を長田弥生にすぐメールする。これでより詳しい調査結果が出るはずだ。

「頭痛薬などの鎮痛剤にも、アレルギーがあったんですね」

検査表にざっと目を通して、訊いた。

「はい。姉は頭痛持ちでした。そのため医者から処方された薬、アレルギーの出ない鎮痛剤を持っていました。朝食の後、毎日飲むと聞いた憶えがあります」

史江の説明に、時江は苦笑いを浮かべた。

「幸乃の朝食というのは、朝昼兼用の食事でした。ふだんは会社で摂るお昼が、朝食を兼ねていたのではないかと思います。土日も家では食べませんでした」

「そうですか」

凜子は手帳を繰って、幸乃のバッグに鎮痛剤の箱や薬入れが残っていたかどうかを確かめた。記憶どおり、薬の箱や薬入れは入っていなかった。疑問符を付けて、次の質問に移る。

「亡くなった土曜日の前日ですが、家には何時頃に戻って来ましたか」

「帰って来たのは、土曜日の朝方だったと思います。着替えに戻っただけのようでした。すぐに出て行ってしまいましたから」

史江が答えた。

「つかぬことを伺いますが、幸乃さんは、ストーカーの被害には遭っていませんでしたか。あるいはだれかに脅されている、気味の悪い客がいた、会社の同僚につきまとわれているなどなど、話を聞いたことはありませんか」

目は自然に史江へ向いていた。幸乃は、母親とはほとんど接する機会がなかったように感じている。しかし、妹とは多少なりとも言葉をかわしていたのではないだろうか。

「いえ、聞いた憶えはありません」

史江は頭を振る。

「自己注射薬については、いかがでしょう。幸乃さんのバッグには、入っていませんでした。ご自宅に忘れていったのでしょうか」

「ありませんでしたよ」

時江が答えた。

「最初に来た警察官の方に言われましたので、幸乃の部屋はもちろんのこと、家中を探したのですが見つかりませんでした。会社に置いたままにしていたのかもしれません」

「それでは、青い手帳はどうですか。お母様の手帳のような」

座卓に置かれていた臙脂色の手帳を目で指した。

「小さな手帳だと思います。綺麗な青い色の手帳だったとか。ご覧になったことはありますか」

デリヘルの店長曰く『青い醜聞手帳』には、客の名前や年齢、支払った金額までもが記されていたらしい。もし、幸乃が殺されたのだとすれば立派な証拠品になる。当然、犯人は持ち去っただろう。

「いいえ、わたしは見ていません」

時江に視線を送られた史江もまた、小さく頭を振る。

「わたしも知りません。携帯はなかったんですよね?」

「はい。現在、調査中です」

凜子は答えたが、「もしかすると」と思っていた。幸乃はもう一台、プリペイド式の携帯を持っていたのではないだろうか。客や特別な相手、そう、親密だった相手との連絡などに、別の携帯を所持していた可能性もある。

「幸乃さんの部屋を拝見できますか」

申し出に、史江が立ちあがった。

「ご案内します」

「失礼します」

凜子と麻衣は母親に会釈して、史江のあとに続いた。ひっそりと静まり返った廊下を、三人は無言で歩いて行った。二階に続く廊下は、歩く度にミシミシという音をたてた。古い造りであるため、今の建売のように二階にまでトイレはないようだ。廊下の手前が史江、奥が幸乃の部屋なのだろう。右手には、建物に似合いの古い物干し台が見えた。

二階にあるのは、姉と妹の部屋だけだった。

「どうぞ」

史江が奥の部屋の扉を開ける。とたんにオーデコロンの薫りが、ふわりと流れ出てきた。匂いに敏感な凜子は、倒れていた幸乃の近くに屈み込んだとき、鼻腔をくすぐった花の薫りだと気づいた。

和室の八畳間は、思いのほか綺麗に使われていた。畳にベッドという和洋折衷だったが、違和感なく融《と》け込んでいる。壁際に並べられた洋服簞笥《だんす》と整理簞笥、鏡台のセットは、桐製の高価な品に思えた。

派手な安っぽい部屋を想像していたのか、

「へえ、意外な感じの部屋ですね」

麻衣の口から素直な感想が洩れた。

「桐簞笥や鏡台のセットは、姉が〈児玉〉に入社したとき、父が贈った品なんです。父も同じ会社でしたから、嬉しかったんでしょう。亡くなる直前でしたが無理をして家具屋に行きました。母は同行しませんでしたが、父はそのときにわたしにも同じセットを買ってくれて……長くないことを知っていたのかもしれません。早めの卒業祝いだと言っていました」

しみじみした史江の言葉に、麻衣は唇をゆがめる。

「デリヘル嬢に変身するときの衣裳は、洋服簞笥の中ですか」

窘める前に、史江は答えた。

「ここにはありません。わたしに見られたのが、いやだったんだと思います。母もきつく叱りましたしね。以来、自宅には派手な服や靴は置かなくなりました。これはわたしの想像ですが、どこかに部屋を借りていたのかもしれません」

なるほど、と、凜子は思った。どこかに借りた隠れ家に寄ったからこそ、あの時間帯になったのかもしれない。そうであるならば、その隠れ家を探す必要があった。おそらく倹約家だったであろう幸乃は、部屋を借りるより安いレンタル倉庫を借りていたことも考えられた。

「少し調べても、いいですか」

凜子は史江に確認する。

「はい」

「久保田さんは、ベッドとサイドテーブル、あと鏡台もお願いします」

頼んだが、返事はなかった。凜子はハンカチを使いながら、指紋が付かないように箪笥の抽出《ひきだし》を改める。幸乃の几帳面な性格を表すように、ブラウスや洋服はもちろんのこと、下着類まで綺麗に収められていた。

「これがサイドテーブルの上の抽出に」

麻衣がＡＳＶ特務班のチラシをベッドに置いた。初めて渡った新宿署のチラシだった。

凜子は不思議な思いで手に取る。

「幸乃さんは、警察に相談するタイプには思えませんが」

その呟きは無視された。

「お父様？」

辛口の相棒は、サイドテーブルの写真立てを史江に見せた。成人式だろうか。振袖姿の幸乃と式服を着た男性が写っていた。仲睦まじく身体を寄せ合い、二人とも素晴らしい笑顔を向けている。

「ええ」

史江は小さく頷いた。

「まだ、父に膵臓ガンが見つかっていないときの写真です。姉は顔立ちも性格も母親似ですが、わたしは両親のどちらにも似ていないんですよね。母の話では、母方の祖母に似ているとか。そう言われても、ぴんときませんでしたが」

「このチラシはどうでしょう。お姉様が持っているのを知っていましたか」

凛子は、チラシを渡した。

「はい。見せてもらいました。『ただの税金泥棒だと思っていたけど、警察にも多少はましな人間がいるのね』と……」

不意に言葉を止める。ばつが悪そうな顔をして、二人を見やった。

「すみません、失礼なことを」

「気にしないでください。真実を言われて怒るほど若くありません。仰るとおり、警察にも多少はましな人間がいたんでしょう」

よく出る癖なのか、麻衣はまた、肩をすくめた。

「久保田刑事の言うとおりです。特務班は、性被害者を救うべく、立ち上げた部署です。警察への見方が変わったのであれば、非常に喜ばしいことだと思っています。それよりも、史江さん。けっこうお姉様と話をしていたんじゃないですか。教えていただけたのは幸いでした」

凛子は言い添える。と同時に、もしやという不吉な思いにとらわれていた。

(幸乃さんは、レイプされたのだろうか。身近にいるだれかに……それが原因でデリヘル嬢になった。やけを起こしたのかもしれない。特務班に相談しようと思っていた

のかもしれないわ）

持っていたチラシが、急に重くなったように感じた。凜子も街頭に立ち、配った憶えがある。ひとりの女性の人生を救えたかもしれないチラシは、役に立つことがないまま、サイドテーブルの抽出に眠っていた。

「もしかしたら」

凜子は呟いた。幸乃はあの日、渋谷に渡った警察庁広域機動捜査隊ＡＳＶ特務班へ、相談に来ようとしていたのではないだろうか。隠れ家に寄った後、渋谷署に向かったのかもしれない。スクランブル交差点を渡って少し行けば渋谷署だ。

「なんですか。途中でやめないでくださいよ。気持ち悪いんで」

麻衣にせっつかれて、目をあげる。

「あ、ごめんなさい。時々こうなるんです。自分の考えにとらわれすぎて、まわりが見えなくなってしまうんですよ」

凜子は答えて、話を変えた。

「『人間は生き、人間は堕ちる。そのこと以外に人間を救う便利な近道はない』。お姉様は坂口安吾が好きだったのですか」

史江に目を向ける。

「たぶん好きだったと思います。確かサイドテーブルの抽出に、坂口安吾の文庫本を入れていたような」

目を向けた史江を、麻衣が受けた。

「これですかね」

サイドテーブルの二段目の抽出から文庫本を出した。おそらく幸乃が自分でやったのではないだろうか。美しい包装紙でカバーされていた。

「坂口安吾。間違いないです」

辛口の相棒が差し出した文庫本を受け取る。幸乃が息を引き取ったとき、近くにいた中村修は、相当、親しい関係だったのではないだろうか。他の常連客とは一線を画していたように思えた。

「あ」

凜子は携帯のヴァイブレーションを感じた。

「ちょっと失礼します」

断わって、廊下に出る。物干し台が見えるガラス窓に近づいて受けた。

「夏目です」

相手は渡里だった。

「中村修に連絡をつけた。所轄の捜査員から聞いた話では、どうも関西へ出張に行っていたらしいな。捜査員は午前中、会社に電話をしたらしいが、まだ出勤していなかったようだ。午後から出ることになっているとか」

すでに所轄の捜査員が、中村の会社に連絡を入れたようだ。

「それでは、中村修本人に直接会って話をしていないわけですか」

「そうなるだろうな。自宅は相沢幸乃と同じ路線、京王井の頭線だが、渋谷に会社がある。捜査員は、まずは渋谷署に近い会社へ行って話を聞こうと思ったんだろう。中村修はそろそろ会社に着く頃かもしれない」

「わかりました。お話ししたと思いますが、中村は青い醜聞手帳については、なにも言っていなかったんですよ。わたしはそれがちょっと引っかかっています。相沢幸乃が勤めていた会社へ行く前に、中村の会社に寄ります」

「気になるのなら行ってくれ。新しい相棒はどうだ？　壊し屋の異名どおりか？」

渡里の口調は、どこか愉《たの》しげだった。忌《い》み嫌うよりも受け入れて、一緒に仕事をする。受け入れられないときは、受け止めるだけでもいい。聞き流しながらも、プラスになる点は自分のものにしろ。

そんなアドバイスが隠れているように感じた。

「どうにかやっています」

多くは答えない。

「では、これから中村修の会社に行ってみます」

「わかった」

相沢幸乃は、誤ってアレルギーを起こす薬を飲んだのか。事故なのか、自死なのか、病死なのか。あるいは……他殺なのか。青い醜聞手帳や自己注射薬『エピペン』、常備していたと思われる鎮痛剤、携帯などは、最初から幸乃のバッグに入っていなかったのだろうか。それともだれかに抜き取られたのか？

渋谷のスクランブル交差点で、仰向けに倒れていた幸乃の姿が、凜子の脳裏に焼きついていた。

4

凜子と麻衣は、中村修の会社を訪ねた。

「時間の無駄じゃないですか」

辛口の相棒は通された応接室のソファに、浅く腰掛けている。すぐに動ける姿勢を保っているように見えた。居心地が悪そうだった。

「相沢幸乃が勤めていた児玉自動車に、行った方がいいと思いますけどね。中村はデリヘルの客だったようですが、はじめは気づかなかったとか。無理もないと思いますよ。カツラを着けて、厚化粧をすると女は印象が変わります。夏目さんは、いったい、なにが気になっているんですか」

「色々気になっています」

曖昧に答えて、応接室のテーブルに置かれた商品カタログを見る。中村が勤めている電機会社は、規模こそ大きくないものの、数々のヒット商品を飛ばしていた。最近の中で秀逸《しゅういつ》なのは固定電話のような形をした携帯電話だろうか。

重くて持ち運びに不便だと思うのだが、けっこう売れているようだった。

「その固定電話型の携帯電話」

麻衣がカタログを覗き込んだ。

「大ヒットとまではいかないものの、中高年を中心にして売れているとか。携帯は小さくてなくしちゃうらしいんですよね。で、固定電話の形にしてみたところ、需要があったんでしょう。テレビのニュースで取り上げていたのを見ました」

話が終わらないうちに、ノックの音がひびいた。

「失礼します」

中年男性が入って来る。

「遅くなりました。申し訳ありません」

一礼して顔をあげた。福々しい顔どおりに、身体もそこそこ肉が付いている。太っているというほどではないが、会った人間は小太りという印象を受けるだろう。垂れ目気味の顔は、パンダのようで愛嬌があった。

「中村修です」

名刺を差し出された瞬間、

「…………」

凜子は、まじまじと中村を見つめていた。悪寒《おかん》に似たものが身裡《みうち》を走り抜ける。中村修が引っかかっていた理由、その答えが目の前に立っていた。

「中村修さん、ですか」

間のぬけた質問が口をついて出た。たった今、そう名乗ったではないか。名刺も差し出している。

が、訊かずにいられなかった。

「はい」

中村も女刑事の異変を察したに違いない。

「あの、どうかしましたか」

怪訝そうに訊いた。

「先週の土曜日、東京にいましたか」

二度目の確認も立ったまま問いかけた。麻衣がどんな表情をしているのか、それを見る余裕すら失《な》くしていた。

「いえ、出張で関西にいました。支社があるんです。本日の午前中ぎりぎりまで支社で会議をしていました。九州の支店長が、今朝でなければ会議に参加できなかったんですよ。それで戻るのが今日になりました。自宅にも寄らないで出社した次第です」

「この男を知っていますか」

凜子は素早く携帯を操作して、贋《にせ》中村の画面を向けた。無駄だとわかっている。答えは想像できた。が、これまた、確認するしかなかった。

「知りません」

中村は相変わらず怪訝な表情で、向かい側のソファに座る。二人を交互に見比べていたが、麻衣も驚きのあまり言葉を失っているようだった。

「すみません。少し時間をください」

凜子は言い、廊下に出る。すぐ渡里に連絡した。上司は黙って聞いていたが、ただならぬ事態であるのはわざわざ告げるまでもない。

「警察関係者が関わっているな」

ぼそっと言った。

「おそらく、そうではないかと思います」

凜子は同意する。贋中村から免許証を預かった桜木は、手順に従い、警察庁のデータバンクに身許照会していた。しかし、異状は発見されていない。すなわち本物の中村修のデータが、贋中村のデータに改竄《かいざん》されていたことになる。

「もう一度、警察庁のデータバンクを確認してみよう。ハッキングしたんだろうが、犯人を割り出せるかもしれない。本物の中村さんに免許証の仔細《しさい》を確認してくれ」

「わかりました」

「現状では殺人事件とは断定できないが、その可能性が高まってきたな。相沢幸乃は意図的に、アナフィラキシーショックを起こすアレルギー物質を投与されたのかもしれない。あらかじめ自己注射薬をすり替えておいたか」

自問のように呟いた。注射器の中に入っていたのは、ショックを抑える薬ではなく、ショックを起こさせる薬だったのではないか。

「あるいは、常備していた鎮痛剤をすり替えたのか」

凜子は仕入れたばかりの話を返した。たった今、得た情報であるため、まだメールしていなかった。

「鎮痛剤を持っていた可能性もあるのか」

訊き返した渡里に同意する。

「はい。家族の話では、アレルギーを起こさない鎮痛剤を、医者から処方してもらっていたとか。毎朝、飲んでいたようです。すり替えておいた殺人物質、敢えてそう呼びますが、それを摂取したために相沢幸乃は倒れた」

「仕込んでおいたのは、鎮痛剤か、自己注射薬か。しかし、贋中村は警察官が職質や所持品検査をしたはずだろう。不審物は持っていなかったんじゃないのか」

重要な問いが出た。凜子も同じ疑問を持っていた。

「近くに協力者がいたんでしょう。その人物に使用済みの自己注射薬、もしくは鎮痛剤、あるいは両方かもしれませんが、危ないものを渡しておき、なにくわぬ顔で交番の事情聴取を受けた。携帯も二台、あったのかもしれませんね。青い醜聞手帳も持ち去ったんじゃないでしょうか。それにしても、警察庁のデータバンクを改竄していたとは」

凜子は唇を嚙みしめている。身許照会が虚《むな》しく思えた。だれが改竄したのか、なにを信じればいいのか。データバンクへの疑惑は、警察庁への疑惑に繫がる。なにかと対立の多い警察庁と警視庁の間に、さらなる軋轢を生み出しかねない流れになっていた。

「本物の中村修への聴取が終わったら、一度、渋谷署に戻って来い。班会議を開いた方がいいだろう」

「了解です」

いったん終わらせて、応接室に戻る。

「中村さんは、自宅の車庫に停めておいた車のダッシュボードから、二カ月ほど前に免許証を盗まれたそうです。車上荒らしでしょう。所轄に確認しましたが、被害届は受理されていました」

麻衣は、凜子がソファに座るまでの間に報告を終えた。達者なのは口だけではない、ちゃんと仕事もできる女なのだと、示しているように思えた。

「ダッシュボードに免許証を入れたままにしておいたのは、わたしの責任です。盗まれた日は休日で自宅にいたんですよ。だから、つい大丈夫だろうと……ご近所さんも軒並《のきな》みやられました」

中村が補足する。

「この女性はご存じですか」

凜子は、母親の時江から預かった相沢幸乃の写真を出した。中村はじっと見つめていたが、

「知りません」

頭を振る。

「うちの製品を買い求めていただいたお客様かと思いましたが、違いますね。この女性に会ったことはありません」

麻衣から概要を聞いたに違いない。ひとりの女性が亡くなっていると知って、少し顔が青ざめていた。贋中村の目的はこれで達成されたのだろうか。住所や家族構成を知られた本物の中村修に危険は及ばないだろうか。

「渋谷のデリバリーヘルス店はご存じですか」

続いて凜子は、幸乃が登録していた店を映し出した。中村は苦笑を滲ませる。

「知りません。幸いにも女房とは円満でしてね。デリバリーヘルスのお世話になったことはないんですよ。それに忙殺されています。睡眠時間を確保するのが、やっとの状況ですから」

つい疑惑の目を向けたくなるが、免許証を偽造されたうえ、彼の贋者に凜子は会って話をしている。本物の中村は仕事や家庭は順調、忙しすぎるのが悩みという、いたって普通の一般人に見えた。

「こんなに簡単に免許証を偽造されてしまうとは」

中村は言った。

「恐ろしい世の中になりましたね」

他人事《ひとごと》だった事件が、いつの間にか自分事《じぶんごと》になっていた。すぐさま警察に免許証を盗まれたと届け出たにもかかわらず、巻き込まれた。

「ありがとうございました」

凜子は暇《いとま》を告げる。

「すでに免許証を使われてしまったため、この後はなにも起きないと思いますが、気をつけてください。ご自宅近辺のパトロールを増やすよう、所轄に要請しておきます」

「そうしてもらえると助かります」

身近で起きる悪質な犯罪。

中村は最後まで不安な表情をしていた。

5

渋谷署では、取調室の前の廊下で騒ぎが起きていた。

「わかっているんだよ。星子もおれのことが好きなんだってな。まさに名前どおりの星のように輝く両目に、あんたの熱い気持ちが浮かびあがってるよ。だから、おれの担当になったんだろ。隠さなくてもいいさ」

大声を出しているのは下着泥棒の老人——西川弘司《にしかわこうじ》、八十一歳。取り調べを受けていたに違いない。精神科医の藤堂が、中井星子を庇うようにして前に立っていた。

「わざわざ言う話ではないと思いますが、中井さんを指名したのは、西川さん。あなたですよ」

藤堂は毅然《きぜん》として告げた。

「彼女じゃなければ、なにも話さないと言ったじゃないですか。ここはキャバクラじゃないんです。普通は指名なんか受け付けませんが、ご高齢であることを考慮して、早く取り調べを終わらせようとしたんです。それで中井さんにお願いしました」

「この大嘘つきめが」

摑みかかろうとした西川を、近くにいた二人の警察官が両側から押さえつけた。あまりにも声が大きいため、他の取調室や部署から警察官が顔を突き出していた。

「おい、星子。黙っていないで、おまえもなんとか言え。おれが好きでたまらないんだろう、ええ、そうだろう？」

「わたしは西川さんに恋愛感情は持っていません」

星子はきっぱり否定する。

「いきなり胸を摑まれて、驚くとともに不快感を覚えました。取り調べ中なんですよ。藤堂先生はもちろんのこと、記録係の警察官も見ています。窃盗に痴漢行為が加わりました。おとなしく取調室に戻ってください。この後は男性警察官が、あなたを取り調べます」

「ふ、ふざけるなっ」

西川は唾をとばして、わめいた。

「これだから女ってのは油断ができないんだ。意味ありげな目を向けていたじゃないか。あんたの方から誘ったんだぞ。わかっているだろう。自分の気持ちをごまかすな。おい、星子！」

いる。平気で警察官を呼び捨てにすること自体が異常だった。だれが見ても常軌《じょうき》を逸《いっ》して

ひとり当の西川だけが、事態を把握できていなかった。

「いいから来い、星子。さっさと来いって言っているんだよ。聞こえないふりをするな、待て、どこへ行く」

「今日は無理ですね。留置場にお戻りいただきましょうか」

藤堂の指示で、西川は警察官に連れて行かれた。廊下には罵声がひびき渡っている。老人なのだが、身長は百八十センチ近くある。顔を真っ赤にして暴れるさまは、さながら赤鬼のよう。四人がかりでなかば引きずるようにして、留置場に向かった。

「最近の年寄りは、モンスター化していますね。西川弘司の場合、興味があるのは色の道だけのようです。若い頃の様子がわからないため断定はできませんが、行為障害のひとつ、セックス依存症の可能性が大きいかもしれません」

呆れ顔で藤堂は告げた。行為障害は、セックス依存症やギャンブル依存症、買い物依存症、アルコール使用障害などの総称だ。むろん薬物の依存も含まれる。

「大丈夫ですか」

と、精神科医は星子に訊いた。

「はい。あまりにも強く摑まれたので少し痛みますが」

自分の胸にそっとふれる。机を挟んで座っていたはずだが、西川は背が高い分、腕も長い。不意を衝《つ》かれて狼狽えながらも、泣いたりしない点は評価できた。

「藤堂先生が仰っていたとおりですね。西川弘司は、中井さんが喜んでいると思い込んでいます。『認知のゆがみ』が生じている。自覚がない分、たちが悪いというか」

凜子の言葉が終わらないうちに、生活安全課の女性課長が、別の取調室から顔を突き出した。

「中井さん、藤堂先生」

「お呼びがかかりました。立ち話をする暇もありません。忙しいですね」

藤堂は言い、星子とともに女性課長のもとに向かった。一礼して、凜子は麻衣と階段をあがり始める。

「夏目さんのモトダンも、セックス依存症じゃないんですか」

麻衣が言った。

「古川警視長が口にするのは、それだけですよ。この間は警察庁や所轄の中でやろうと言われました。きっとスリリングだろう、一度やってみたいんだと言っていましたよ」

反論の気配を察したに違いない。

「もちろん断りましたけどね」

早口で言い添えた。凜子は黙って階段をあがる。なにかにつけて麻衣は、古川の話を持ち出そうとする。それだけでも不愉快なのに、いつも本人がオフィスにいるのだから、腹立たしいことこのうえない。

「戻りました」

特務班の扉を開けたとたん、

「警察庁に所属している特務班が、なぜ、警察庁のデータベースにアクセスできないんですか。おかしいでしょ。今までは平気だったじゃないですか。許可してください」

井上友美が大きな声をあげていた。オフィスにいるのは、渡里と桜木、そして、なにかと話題の多い古川輝彦だった。

「しかるべき手順を踏めって……」

訴えの途中で渡里が、別の電話機の受話器を取る。

「警察庁広域機動捜査隊ASV特務班の渡里です。我々の捜査については、最優先事項で協力してもらえることになっているはずですがね。調べたいのは、中村修。住所は……え、すぐに調べるのは無理？」

話しながら、ボスの目は古川に向けられていた。代わってくれという訴えに思えたが、肝心の古川はこそこそとオフィスを出て行く。強い相手には従順、弱い相手には居丈高という常日頃の態度どおりだった。

「逃げ足だけは早いな」

渡里は忌々しげに受話器を置いた。

「呼んで来ます」

いち早く麻衣があとを追いかける。友美が大仰に目をみひらいた。

「勇気がおありになるというか、愚かと言うべきか。古川警視長への恋心を隠そうとはしないわけですね」

皮肉に賛同するほど暇ではない。

「特務班の捜査を妨害する動きが出ているのでしょうか」

凜子は渡里に問いかけた。

「そうでないことを祈るばかりだ」

「電話でも言いましたが、贋者の中村修には、協力者がいたと思います。事件当時のスクランブル交差点の映像を精査した方がいいのではないでしょうか。人が多すぎて怪しい人物を特定するのは、むずかしいと思いますが」

仕事の話に集中する。古川については、いない方が楽だった。

「わかっている。すぐに取りかかろう」

渡里はオフィスの前に立った。

「座ってくれないか。全員は揃っていないが、班会議だ」

席に着く間に、麻衣が戻って来る。古川は姿を消してしまったのだろう。一緒ではなかった。

「渋谷のスクランブル交差点において、相沢幸乃に接触した中村修は、贋者だったことが判明した。他殺の可能性が高まったのではないかと、わたしは考えている」

夏目、と呼ばれて、凜子は渡里の隣に行った。

「妹さんの話によれば、彼女は毎朝、医者に処方されたアレルギーの出ない鎮痛剤を飲んでいたそうです」

話す内容を渡里みずからボードに記している。これも特務班の特徴だった。たとえ上司であろうとも率先して動くのが常。他殺の疑いが濃厚になったことも相まって、緊張感が高まっていた。

「幸乃さんは、自己注射薬『エピペン』を取り出そうとしたのかもしれません。ところがバッグには入っていなかった。具合が悪くなってしまい、その場に膝を突き、最初はうつ伏せに倒れた。ところが、亡くなったときは仰向けの状態でした」

「凜子さんは、それが引っかかったと言っていましたよね」

桜木が声をあげた。

「ええ。幸乃さんはバッグに自己注射薬がなかったため、これはおかしいと思ったのかもしれません。近くに犯人がいるのではないかと考えて、彼女は最後の力を振り絞った。犯人の顔を見ようとしたのかもしれません」

「さすがは、ミラクル推理の女」

麻衣がぼそっと言った。皮肉だろうか、それとも多少の称賛が込められているのか。唇をゆがめたりはしていない。凜子は右から左に聞き流した。

「断定はできませんが、おそらく幸乃さんのバッグからは、いくつかの品物が消えています。デリヘル店の店長が言っていた青い醜聞手帳、妹さんの話に出たアレルギーの出ない鎮痛剤、そして、自己注射薬『エピペン』。もしかすると、プリペイド式携帯も持っていたかもしれません。犯人、あるいは犯人に関わりのある人物、贋中村ですが、非常に詳しい情報を持っていました」

凜子は自分の手帳に記した贋中村の話の一部を読みあげた。

〝そこが彼女のいいところでした。特になにか言うわけではないんですけどね。寝物語に聞いてもらうと、それだけで心がなごんだんです。殺伐とした砂漠家庭に戻る元気を取り戻せた〟

会ったことのある者でなければ知り得ない情報。

「贋中村は、幸乃さんの客だったかもしれない？」

友美が自問のような問いを投げた。

「もしくは、贋中村の知り合いが常連客だったのか。いずれにしても、幸乃さんに接触していた人間がいたのは確かでしょう。協力者の存在を感じます。渡里警視にはお話ししたのですが、贋中村は制服警官の職質や所持品検査をパスしています。不審なものは持っていませんでした」

「死亡前夜、金曜日の夜から土曜日にかけて、相沢幸乃と会った人物が怪しいですね」

麻衣が的確な疑問を提示する。凜子は頷き返した。

「はい。その人物が、幸乃さんのバッグに入っていた鎮痛剤、もしくは自己注射薬を、アレルギーを引き起こす殺人物質が入ったものにすり替えた疑いがあります。鎮痛剤と自己注射薬の両方を持ち去ったのは、両方に殺人物質を仕込んでいたからかもしれません」

いったん言葉を切って、続ける。

「幸乃さんを確実に殺すために」

自分の言葉が重くひびいた。メモを取っていたメンバーたちの手が、一瞬、止まる。目を上げて、凜子を見た。

「病死、自死、他殺、誤って薬を飲んだことによる事故。どれも完全には否定はできませんが、やはり、他殺の可能性が大きくなったと感じています。特務班は他殺の線に沿って、慎重に捜査を進めるべきではないかと思います」

「わたしも夏目の意見に賛成だ」

　渡里が告げた。

「警察庁のデータベースに、アクセスの許可が出ないことも引っかかっている。これまた、あくまでも推測だが……相沢幸乃と関係を持っていただれかが、圧力をかけたのかもしれない」

「青い醜聞手帳に名前が載っていた人物、ですか」

　桜木が呟いた。心なしか、顔が青ざめていた。

「もしかしたら、警察庁のだれかが、幸乃さんと関係を持っていた可能性も、ある？」

　継いだ友美も頬が強張《こわば》っているように見えた。思わぬ方向に飛び火しかけているのだろうか。それゆえ、無理やり抑え込もうとしているのか。

「失礼します」

　扉がノックされて、中井星子が顔を覗かせる。

「通信指令センターから連絡が入りました。児玉自動車でなにか騒ぎが起きているようです。警察官の要請があったとか。確かこの後、児玉自動車に行くと聞いた憶えがありましたので、念のためにお知らせをと思いました。連絡は来ていますよね？」

「待ってください。おかしいですね。通信指令センターから連絡が入れば、音声で知らせるはずなんですけど」

友美が立ちあがって、パソコンの前に行った。

「あれ？」

素っ頓狂な声同様の表情を見せる。

「電源がオフになっちゃってます。警察庁にデータベースへのアクセス不能を問い質《ただ》した後、だれもさわっていないのに」

友美の不審は、凜子たちの不審でもあった。特務班で使うパソコンは簡単には遠隔操作できないのだが、所属先の警察庁であればできなくもない。

パソコンの故障なのか、あるいは……意図的に電源をオフにしたのだろうか？

「とにかく」

渡里が重い空気を振り払うように大きな声を出した。

「夏目と久保田は、児玉自動車に行ってくれ」

「はい」

凜子は鞄とコートを持ち、桜木に告げる。

「悪いけど、児玉自動車に関するデータを送ってもらえるかしら。車の中で確認します」

「了解です」

桜木は力強く答えた。

行く予定だった会社で、どんな騒ぎが起きているのか。もしや、相沢幸乃に関わる騒ぎだろうか。

いやな胸騒ぎがあった。

第四章　スクランブル闇《ダーク》

1

　児玉自動車に向かう覆面パトカーの助手席で、凜子は桜木と携帯でやりとりしている。運転は久保田麻衣にまかせていた。タブレットに送られた〈児玉自動車〉のデータを見ながら、携帯をスピーカーホンにしている。麻衣にも聞かせるためだった。

「凜子さんも知っていると思いますが、児玉自動車は、トラックのタイヤが外れるという前代未聞の死亡事故を起こした会社です」

　桜木が言った。タブレットの画面には、事故当時の新聞記事やインターネットの情報が映し出されていた。

「よく憶えています。ベビーカーの子供と一緒に、母親も亡くなった事件ね。確かその後、リコール隠しで問題になった」

　リコールは、回収や無償修理を行うサービスの一種だ。しかし、〈児玉〉はこの事故を隠蔽《いんぺい》しようとしたため、経営危機に陥った。

「そうです。そのとき〈児玉〉は、東京証券取引所から『特設注意市場銘柄』の指定を受けました。問題のある企業なので株式売買には気をつけてくださいと、投資家に注意喚起するものです。上場企業があまりにもひどい問題を起こせば、上場は廃止されますが、いきなり上場廃止にはしないで、一年か一年半執行を猶予し、更生するかどうか見極めるようですね」

「へえぇ、さすがは雑学王。政治や経営、株式のことにまで通じているとはね」

麻衣が運転しながら皮肉を口にする。なにかひと言、言わずにいられない性格なのだろう。凜子は右から左に聞き流した。

「続けてください」

「はい。さらに燃費データの改竄に加え、国の法令とは異なるデータ測定方法の使用、走行データの机上計算という三つの嘘が同時に発覚しました。ですが、なんと言っても児玉ブランドですからね。親会社が結束して、児玉自動車を守ったようです」

桜木の説明に従い、タブレットに親会社の社名が出る。児玉重工、児玉商事、東京児玉銀行。三社とも上場企業だった。

「相沢幸乃さんは、開発部に所属していたんですよね」

桜木の問いに、凜子は答えた。

「ええ。妹の史江さんによれば、幸乃さんは非常に喜んでいたらしいわ。女性が開発部に配属されるのは、珍しいんじゃないかしら。以来、十年近く同じ部にいたわけでしょう。優秀だったんだと思うわ」

「同感です。ただ、〈児玉〉の開発部門は、社内では『閉鎖された特別な組織』と言われていたようです。特に性能実験部と認証試験部は『自動車販売地域ごとに担当者が固定されており、横との交流がほとんどない』状態だったと聞きました。互いに踏み込めない闇の部分が、部内にあったんじゃないでしょうか」

「ははは、特務班と似ているじゃない。踏み込めない闇の部分を、全員が抱えているでしょう。一見、オープンにしているように見せかけつつ、肝心なところは蚊帳の外という感じで新人は弾《はじ》き出される。相沢幸乃の気持ち、わかるなあ」

またもや、麻衣が揶揄するような意見を述べた。が、今は桜木との話に集中する。

現在の児玉自動車の内情を頭に入れなければならない。

「開発部門について、他にはなにかありますか」

話を進める。

「社内では開発部門の力が強かったようですね。しかも部内には『上の言うことは絶対』という上意下達の空気が蔓延《まんえん》していた。いや、今も同じでしょうから蔓延している、ですかね。役員も出席する社内会議で決定した目標は絶対で、『達成できない』と報告するのは不可能だったとか」

「なるほど」

凛子は手帳を確認する。

〝上役たちはなにもわかっていないのよ。馬鹿ばっかりだわ。救いようがない〟

かつて幸乃は妹にそう告げていた。意見を上申しても、潰されることが多かったのかもしれない。父を喪って痛手を受けていた幸乃の心は、次第に荒《すさ》んでいった。

「結局のところ、児玉自動車が追い込まれた理由は、なんだったんですかね。トラック事故の隠蔽やリコール隠し、燃費データの改竄などなど、原因はいくつかあるように思いますが、経営危機に陥った本当の理由は、なんだと考えますか？」

横から麻衣が疑問を投げた。

「私見ですが」

断りを入れて、桜木は言った。

「ひと言で表せば『顧客の目線に立てない』ことでしょうね。親会社がてこ入れする前の〈児玉〉は、取引先の大部分が官公庁や競争不要の電力会社でした。ＢｔｏＢ――企業間取引だったわけですよ」

「顧客との間に問題が発生しても外に洩れないため、内部で秘密裏に処理しがちになる。隠蔽体質が改善されなかったのは、〈児玉〉の根深い複数の闇にだれもふれられなかったからでしょうね。混合する闇、交叉する闇。スクランブル闇《ダーク》だわ」

凜子は造語を呟いた。

「お、出ましたね。児玉自動車に巣くう『スクランブルダーク』ですか。これまた、私見ですが、身の丈に合わない技術を追求することに血道をあげ、市場が求める声に耳を傾けるのを怠った結果が、今の児玉自動車だと思いますよ」

「社長や重役、社員との関係はどうだったのかしら」

「いい話は出ていません。社長はもちろんのこと、重役や社員にいたるまで非常にプライドが高いようです。お互いの関係については、表面上は取り繕《つくろ》っているでしょうが、裏にまわればというやつでしょう。歴代の社長同士もまた、仲が悪かったようです。親会社の児玉重工が経営を立て直すために、社外の取締役として何人かを送り込みましたが、はたして、うまくいっているのかどうか」

「今の社長は、児玉重工から送り込まれた人？」

凜子の質問に即応した。

「違います。児玉潤二《じゅんじ》、七十二歳。名字でわかるように、創業者の児玉一族ですよ。長男はリコール隠しを含む諸問題の騒ぎのとき、責任を取って辞任。会長に退いたんです。その後釜《あとがま》に取締役のひとりだった次男が収まりました。辞任して会長の座に就くというのも、どうかと思いますけどね」

「〈児玉〉の乗用車を知り合いが持っていましたが、故障しやすかったみたいです。

タイヤが外れたことはないようですが、エンジントラブルは日常茶飯事だったとか。二度と買わないと言っていましたよ」

麻衣が珍しく一般人の情報を口にした。皮肉や悪態さえなければ、そんなにやりにくい相手ではないのだが、それなくして久保田麻衣は成り立たないのかもしれない。

「車の性能がよくないからでしょう。児玉自動車は、海外ではブランド力を発揮しません。人気ありませんよ。日本の中だからこそ、〈児玉〉の名は通用するんです。まさに井の中の蛙《かわず》ってやつですね」

桜木の説明を手帳にメモしていた凜子は、先刻から麻衣が何度となくルームミラーを見ることに気づいた。

肩越しに振り返った後、

「違反車でも見つけたの？」

試しに訊いてみる。

「いえ、ちょっと混《こ》み具合が気になっただけです」

「そう」

いささか腑に落ちなかったが、運転中なので、それ以上は訊かなかった。

「児玉社長と対立している重役の名前はわからないかしら」

いくら桜木でもと思ったが、

「自分が聞いた名前は、児玉重工の取締役でありながら、児玉自動車の社外の取締役を兼任している橋本康平《はしもとこうへい》です。遣《や》り手らしいですよ」

即答した。

「すごいわね。よくそこまで調べられたじゃない」

「渡里警視が言っていたんです。渡里警視は古川警視長に聞いたとか。詳しいんですね。古川警視長は政財界の話に精通しているとか」

古川家は代々政財界の重鎮を輩出していた。一流大学を出た後は、政治家をめざして秘書になるか、官僚をめざして役人になるかという選択肢しか用意されていない。それを凜子の息子の賢人にも押しつけるため、最近はパティシエ希望の賢人が、父親の家に行くのをいやがるようになっていた。

「そういう家なのよ」

凜子は軽く受けて、続ける。

「わたしの勘違いかもしれませんが、死亡事故が出たエアバッグ問題。事故が起きてエアバッグが膨らんだまではよかったものの、それが爆発して運転者が死亡した事件だったかしら。あの会社と児玉自動車の記事を新聞で読んだ憶えがあるんだけど」

「あ、言われて思い出しました。そういえば、ありましたね。自動車部品大手メーカーの〈フジムラ〉だったかな。すみません。エアバッグ関連については、後で調べてメールします」

「〈フジムラ〉で検索してみるからいいわ。インターネット以外でなにかわかったら、お願いします」

「わかりました。自分たちはこの後、相沢幸乃さんが登録していたデリバリーヘルス店に行ってみます。店長によると、相沢幸乃さんが死亡した前夜——金曜日の客については、ゼロとのことでしたが、なんとなく気になるんですよ。プリペイド式の携帯を持っていたかどうかも、ついでに訊いてみようと思いまして」

「わたしからも、ついでにお願いします。児玉グループには、警視庁のOBが再就職していると思うんですよ。児玉自動車にもいるんじゃないでしょうか。すでに渡里警視が調べているかもしれませんが、念のために調べてほしいと伝えてください」

児玉グループには、利用者の身許照会の便宜《べんぎ》を図るため、警視庁のOBが常時十人近くいるとされていた。かれらのうちのだれかが、警察庁の関係者に連絡をして、特務班の捜査を妨害した可能性もある。

金がらみの厄介な関係が成り立っているのかもしれなかった。

「了解です。とにかく新たな話を仕入れたときは、メールします」

「お願いします」

電話を終わらせて、タブレットの画面をカーナビに切り替える。覆面パトカーは、銀座通りを走っていた。あと少しで〈児玉〉に到着する。

凛子はもう一度、肩越しに後ろを見やっていた。

「どうしたんですか」

麻衣がちらりと目を走らせた。

「いえ、別に」

答えて、自動車部品メーカー〈フジムラ〉を検索する。日米で大量リコール問題を抱える会社だが、米連邦破産法第11章——日本の民事再生法に相当する法律が、アメリカの子会社に適用されることになっていた。再建を進めやすくするためであるのは言うまでもない。

「なるほどね。〈フジムラ〉の外部専門家委員会は年末までにスポンサーを決め、再建計画をつくる方針、ですか」

「〈フジムラ〉のスポンサーに、児玉自動車が名乗りをあげていた?」

麻衣が訊いた。面パトは児玉自動車の会社に着き、駐車場に入る列に並んでいた。

「インターネットには、そこまで詳しく出ていないわ。でも、その可能性は高いかもしれないわね」

凛子は見るとはなしに一階のショールームを見やっている。児玉自動車の一階にはガラス張りのショールームが作られており、発売されたばかりの小型車が陳列されていた。一般人向けの小型車には、見向きもしなかった児玉だが、さすがに世の中の流れを無視できなくなったのだろう。ショールームに並んだ数台は、女性ユーザーを意識した色やデザインになっているように思えた。

「わたしは先に行っています」

凛子は告げ、車からおりた。〈児玉自動車〉の正面玄関に足を向ける。扉の前に立っていた警備員に警察バッジを見せて、受付に行った。

2

右手に広いショールームを配した一階は、ウィークデーとあって、客はほとんど見あたらなかった。特に騒ぎらしきものは起きていないように思えるが、この階ではないのかもしれない。

凛子は二人の受付嬢に、警察庁広域機動捜査隊である旨を告げた。

「通信指令センターに通報があったため、まいりました。なにかありましたか」

掲げた警察バッジに、ひとりの受付嬢の大きな目が釘付けになっていた。綺麗にマスカラされた長い睫毛《まつげ》をしばたたかせている。もうひとりは理知的な冷たい美人タイプで、切れ長の目を真っ直ぐ向けていた。

「少しお待ちください」

冷美人は特務班の訪問を伝えたが、

「すでに警察官が来ているそうです。お帰りくださいとのことでした」

そっけなく言った。

「では、開発部門に在籍していた相沢幸乃さんの上司に連絡してください。相沢さんの話を伺いたいんです。たまたま今回の騒ぎと重なったため、先に騒ぎの件を訊いた次第です。相沢さんの上司に話を聞いてから帰ります」

「相沢さん、ですか」

冷美人は当惑気味に、隣の同僚と顔を見合わせる。すでに幸乃の死は会社中に広まっているのではないだろうか。もっとも話題になっているのは死んだことよりも、昼は一流企業の社員、夜はデリバリーヘルス嬢という意外な素顔かもしれないが……。

「あの、相沢さんは本当に」

睫毛美人は途中で言葉を切る。言葉にされなかった部分は、デリヘル嬢の質問だろう。凜子は聞こえないふりをした。

「上司を呼んでください。所轄の警察官が来たかもしれませんが、あらたな話が出るかもしれません。連絡してください」

強く要請した。渋々という感じで冷美人が受話器を取る。この分では通報のあった騒ぎの件も、本当に警察官が来ているかどうか。警察官は追い返せという通達が、事前になされていたように感じられた。

「すぐにまいります」

冷美人の言葉に、頷き返して、携帯を確認する。珍しくなんの連絡も来ていなかった。

ほどなく、エレベーターが開き、がっしりした体格の男が現れる。年は五十代なかば、身長は百八十センチ近くあるかもしれない。窺うような鋭い目に、古参の遣り手という様子が浮かびあがっていた。

「企画部の小平《こだいら》です」

素早く名刺交換する。部長の肩書きが記されていた。

「警察庁広域機動捜査隊の夏目です。あの、相沢さんが所属していたのは、開発部ではないのですか。ご家族の話では、十年ほど前に配属されたとのことでしたが」

「異動になったんですよ。三年、いや、四年ぐらい前でしたか。開発部は男の世界ですからね。きつかったのかもしれません。相沢自ら部署替えを訴えまして」

プライドの高い幸乃らしいと言うべきだろうか。異動した件を幸乃は、母や妹に伝えていなかったのかもしれない。二人はひと言も企画部だとは言っていなかった。

「四年前に異動したんですか」

確認するように言ったが、小平は、出入り口付近をじっと見つめている。凜子や渡した名刺には、ろくに目もくれなかった。

「それであなたの上司の方は、どちらですか。捜査の場合、二人一組が鉄則ですよね。男性刑事は遅れているのですか」

わざとらしく周囲を見まわしている。いやがらせに違いない。桜木の説明どおり、児玉の社員はプライドが高いうえ、はなから女性警察官を馬鹿にしているようだった。受付嬢も社風で選んだのか、睫毛美人が嘲笑を滲ませていた。

「今、相棒の女性刑事が来ます。地下駐車場に車を停めに行っておりますので」

凜子もまた、わざと大きな声で言った。挑戦的だと思ったのか、ちっぽけなプライドが刺激されたのか。

「お帰りください」

小平は胸を張って、昂然《こうぜん》と顔をあげた。

「先程、所轄の警察官が来ました。質問に対しては、可能な限り答えたつもりです。所轄でお訊きください」

「子供の使いじゃないんですよ。はい、そうですかと帰れません。似たような質問になるかもしれませんが、話しているうちに思い出すこともあります。少しお時間をいただきたいと思います」

「お帰りください」

小平は同じ言葉を返した。

「夏目さん、でしたか」

名刺を見て、目をあげる。

「相沢の件につきましては、会社として話すことはありません。迷惑しているんです。早朝からマスコミ関係の連中が、押し寄せましてね。まいりましたよ。変わったところのある女性でしたが、まさか、おかしなアルバイトをしていたとは」

「会社ではどうでしたか。特定の男性と交際していませんでしたか。ストーカーされていた、気味の悪いメールがよく来る、家の近くを不審な人物がうろついている、などなど、なにか聞いていませんか」

凛子はかまわず問いかけた。

「相沢さんから聞いていませんか。困っていることが……」

「帰ってくださいと言っているじゃありませんか！」

小平は声を荒《あら》らげた。頬が少し赤く染まり、仁王立ちになっている。この無礼な女刑事めがという顔をしていた。

「男性警察官が同道しないような相手に、話すことはない。さっさとお帰りください。帰らないようであれば、警備員を呼びますよ」

「どうぞ」

負けじと凜子が睨みつけたとき、

「なにかありましたか」

背後で憶えのある声がひびいた。古川輝彦がにこやかに歩いて来る。久保田麻衣も一緒だった。

（そういうことですか）

彼女が何度もルームミラーを気にしていたのは、古川がついて来ているかを確認するためだったのだろう。勝ち誇ったような表情をしていた。

「警察庁の古川です」

古川は作り笑いで名刺を差し出した。とたんに小平の表情が変化する。名刺を受け取る姿勢がすでに腰の低い状態だった。

「古川警視長」

名刺と古川を少しの間、見比べていた。

「社長から話は伺っております。お父上はさまざまな所轄の警察署長を務められたと聞きました。叔父上は厚生労働大臣でしたか。古川家は名門中の名門でございますね」

満面の笑みで応じた。さりげなく古川の背広に付いていた埃を払ったりしている。面従腹背《めんじゅうふくはい》を絵に描《か》いたような応対ぶりだった。

「いやいや、たいしたことはありません。政財界は小者ばかりになった、などと、父は言っていますよ。私腹を肥《こ》やすことにのみ、情熱を傾けている。民のために働こうという志のある者がいなくなった、と」

「仰るとおりです。無能な役人ばかりですよ。我が社があらぬ疑いを掛けられたときも、狼狽えるばかりでした。いち早く逃げる輩《やから》もいましたよ。ああいうときに、人間の本性が出ますね」

平然と告げる小平自身が、いち早く逃げる輩のひとりに思えた。第一、あらぬ疑いというのはなんなのか。現実にリコール隠しや諸問題を引き起こしていたではないか。上っ面《つら》だけの追従に付き合うつもりはない。

「相沢幸乃さんのオフィスに案内してください」

凜子は言った。

「同僚たちの話を聞きたいのです。先程、仰っていた男性の上司がまいりました。断る理由はありませんよね？」

「いや、しかし、すでに……」

反論しようとした小平の肩を抱き、古川は少し離れた場所に行った。小声でなにやら話をしている。時折、小平は凜子に目を走らせていた。

「じつはうちの女房なんですよ」

麻衣が隣に来て、実況中継のように告げた。

「仕事のときは結婚前の名字を名乗っているんです。わたしの母親と折り合いが悪いものですから、やむなく別居の形を取っていますがね。事実上の夫婦です」

にやりと笑った。

「なぁんてね。男二人の内緒話の、実況中継をしてみました。見ててごらんなさい。あの部長、ころりと態度を変えますよ」

言い終わらないうちに、小平がこちらに来た。よく揉《も》み手せんばかりの態度と言うが、本当に揉み手をしていた。

「失礼いたしました。今、古川警視長から伺いまして、驚いた次第です。いや、夏目警部補もお人が悪い。自己紹介のときに話してくだされぱよいものを」

ささ、どうぞ、と、エレベーターを示した。古川はよくも悪くもマイペースだ。陳列されていた何台かの小型車のところに行く。

「このピンクのやつ、君に似合いそうだ。じきに誕生日だろう？　貧乏ったらしい中古車なんか、だれかにくれてやればいい。一台、届けさせるよ」

「要《い》りません」

即答したが、古川と小平は聞いていなかった。

「ありがとうございます。すぐに手配をいたしますので」

相変わらず揉み手しながら、受付嬢になにか告げている。おおかた担当者を呼んでいるのだろう。凜子は強い警戒心が湧いていた。

（わたしが中古車を買ったのを知っている。賢人は男の子には珍しく、車に興味がない。中古車かどうかさえ、気にしていなかった）

月に一度ぐらいの割合で、賢人は古川家に泊まりに行っている。そのとき話をしたことも考えられるが、おそらく違うのではないだろうか。調査会社、あるいは見張り役と称して極秘に警察官を配しているのかもしれない。油断できなかった。

「いいですねえ。わたしも一台、ほしいわ」

麻衣が能天気な言葉を口にする。受け取ったが最後、どんな要求を突きつけられるか、わかったものではない。考えただけで鳥肌がたってくる。

「古川警視長。その素敵なピンクの小型車、久保田さんに差し上げてください。わたしは中古車で充分ですから」

言い放って、エレベーターホールに足を向けた。相沢幸乃が開発部ではなく、企画部に異動していた件をメールする。麻衣の携帯にも流れたのだろう。エレベーターホールで隣に来た。

「情報は常に共有ですか。特務班には、抜け駆けして手柄を独り占めしようなんていう勇気ある警察官はいないんですかね」

かちんとくる皮肉が出た。

「あなたは、その勇気ある警察官なの?」

凜子はつい切り返していた。直後に後悔したが、麻衣は黙り込んでいる。皮肉や厭味を言うのは得意だが、ストレートに返されるのは苦手なのかもしれない。相沢幸乃の母親との対話を見たときに、そう感じていた。

「ご案内いたします」

少し遅れて来た小平が、ちょうど到着したエレベーターの扉を押さえた。後ろにいた古川を、凜子は先に乗せてやる。部下として当然の行動なのだが、警視長は意気揚々と乗り込んだ。

(これがずっと続くのかしら)

早くも弱音を吐きそうになっていた。

3

企画部のオフィスは、通夜のように静まり返っていた。

だれかが飾ったのだろう。相沢幸乃のデスクには、白い花が供えられている。凜子は小平に頼み、小会議室に聴取の場を設けてもらった。長机を挟んで順番に話を聞いていったが、箝口令《かんこうれい》が敷《し》かれているのか。

（あたりさわりのない答えしか返ってこない）

相沢幸乃とはほとんど付き合いがなかった、仕事で話をしていただけ、私生活についてはなにも聞いたことがない、などなど、上司や重役たちは同席していないのに、要領を得ない答えに終始していた。

幸乃と同世代、つまり、凛子とも同世代の女性――塩谷真澄《しおやますみ》の番になったとき、

「相沢さんは、社内に恋人がいましたか」

凛子は踏み込んだ問いを投げた。聴取を始める前に許しを得て、小型録音機をまわしている。隣には久保田麻衣が座り、後ろには古川が立っていた。時折、凛子の肩に手を置くのが非常に不愉快だった。

「あ、いえ……わたしが知る限りはいなかった、と思います」

真澄は躊躇いながらも答えた。薄化粧を施していたが、疲れているような印象を受けた。圧倒的に男性社員が多い中、口には出せない苦労もあるに違いない。

「同僚とはいかがでしょう。うまくいっていましたか」

「彼女は孤立していました。人と付き合うのが苦手だったんだと思います。仕事のときはきちんと話しましたが、それ以外は『わたしに話しかけないで！』みたいな感じの、強い拒絶姿勢を示していましたね。他の人は知りませんが、わたしは外で個人的に会ったり、お茶を飲んだりしたことはありません。とにかく無愛想でした」

ようやくまともな答えが返ってきた。やはり、女は女同士である。答える方も女性警察官に親近感が湧くのではないだろうか。

「ランチに行ったこともないんですか」

確認の質問が出た。お茶さえ飲んだことがないという返事で充分なように思えたが、念のために訊いていた。

「ランチは、一度だけですが、あります。彼女が異動して来た日に、部内の希望者全員で美味しいと評判のイタリアンレストランへ行きました。後にも先にもそれだけです」

「イタリアンレストランですか。相沢さんは食が細かったと聞いていますが、どうだったでしょう。食べていましたか」

「いいえ、サラダとデザートを食べただけでした。彼女、お弁当を持って来ていたんですが、小さなタッパウエアに入っているのは、いつもほんの少しのサラダだけでしたね。『それで足りるの？』と訊いた憶えがあります」

「相沢さんはなんと答えましたか」

「多すぎるぐらいよ、と」

真澄は苦笑いした。

「だから、ほっそりしているんだな、と思いました。わたしはつい食べ過ぎてしまう方なので」

挨拶代わりの話は、これぐらいでいいだろう。強張っていた表情がゆるんだのを見て、本格的な聴取を始める。

「相沢さんは開発部から企画部に異動したようですが、開発部でミスをしたとか、上司と折り合いが悪かったとか。そういう理由があったのでしょうか」

質問役は凜子にまかせているらしく、麻衣は隣でメモを取ることに専念していた。古川は凜子の肩に手を置いたまま、さりげなく身体を寄せていた。

「詳しい事情はわかりません。でも、企画部の方が肌に合うと言っていました。一階のショールームに陳列されている小型車。あれは相沢さんの企画なんですよ。彼女が四年前に異動したとき、最初に出した企画なんです」

「へえ、そうだったんですか」

凜子は、胸にふわりとあたたかいものがあふれるのを感じた。言われてみれば、並んでいたパステルカラーの小型車は、どこか得意げな様子にも見えた。

〝どうよ？〟

とばかりに胸を張る幸乃が脳裏に浮かんでいた。

「上司たちは反対したのではありませんか」

ほころんだ部分から堅い壁を切り崩しにかかる。他殺だった場合、家族と同じぐらいに会社関係者も怪しかった。そこにデリヘルが加わるのだから、よけい厄介な話になる。

交叉する闇。

スクランブルダークだ。

「はい」

真澄はとたんに声が小さくなる。無意識だろうが、後ろの扉をちらりと肩越しに見やっていた。

「ご安心ください。ここでの話は、絶対、外に洩れませんので」

絶対の部分に力を込めた。

「本当ですね」

強い口調の確認に、凜子もまた、きっぱりと言い切る。

「お約束します。絶対に他言はしません」

「悪口は言いたくないんですが」

言いにくそうに切り出した。

「相沢さんが企画を出したとき、一番反対したのは小平部長でした。それを彼女は『この会社は絶滅危惧《きぐ》種ならぬ、絶滅危惧社ですよ。今のままでいったら親会社や大手企業に吸収合併されて終わりです。それでもいいんですか』と詰め寄ったんです」

そのときのことを思い出したのかもしれない。真澄は自然な笑みを浮かべていた。さらに続ける。

〝児玉自動車は、お客様を見ていない。お客様の目線に立っていないんです。身の丈に合わない技術を追求するのは、もうやめませんか。市場が求める声に耳を傾けましょう〟

そして、幸乃は小型車の企画書をあらためて推《お》した。

「女性をターゲットにした方がいいと言いました。車の色はピンクや水色、黄色といったパステルカラーを中心にする。座席のシートカバーも同系色の柄物、これは動物をデザインした模様と明言していましたが、この柄物のシートカバーは、デザインを変えて何種類か揃える。汚れたときは簡単に取り外せて洗えるようにした方がいい」

メモしておいたらしく、手帳を取り出していた。

「女性が子供を保育園に送り迎えしたとき、『わあ、可愛い』と思わず嘆息が洩れるような小型車。『どこの車なの。わたしもほしいわ』と思えるような小型車。相沢さんは、明確にコンセプトを打ち出していました」

少し気持ちが昂《たか》ぶっているのか、早口になっていた。

「でも、小平部長は反対した」

凜子は敢えて口にする。小平は前夫の古川同様、男社会の遺物だと感じていた。警察や自動車関係の会社は、圧倒的に男性社員が多いだろう。小平に会った瞬間、渡り歩いて来た所轄の部署と似た空気を感じていた。

「そうです。でも、社外の取締役、うちの場合は、親会社の児玉重工から二人来ているんですが、その二人が諸手《もろて》を挙げて賛成したんです。相沢案こそ現状を打破する企画だと言って、なかば強引に推し進めました」

同じ女性として誇らしかったのか、滑らかな口調になっていた。表情も自然にほころんでいる。凛子は口をはさまない。自由に喋らせていた。

「相沢さんの企画は大当たりだったと思います。試作車を見た瞬間、立ち会った全員が声をあげました」

なんて可愛い車なんだろう。うん、これは絶対に売れる。女性に受けるだろうな、と、社員たちは口々に感想を洩らした。

「相沢さんの反応は？」

凛子は訊いた。

「特にいつもと変わらなかったですね。後は営業の仕事だと思っていたのかもしれません。淡々としていました。ご存じかもしれませんが、先月、発売したばかりなんですよ。人気がすごくて、生産が追いつかない状況です。工場では嬉しい悲鳴が続出していると聞きました」

ふと真澄の表情がくもった。

「ただ……企画を推したのは自分だと、小平部長が言い出したんですよ。部内では笑い者ですけどね。さすがに相沢さんは、いやな顔をしていました」

小さな吐息が出る。

「あれが原因なのでしょうか」

自問のような、問いかけのような言葉だった。幸乃が小型車の企画を出したのは、四年前。幸乃の妹の史江が、上役に対する姉の言葉を聞いたのもその頃だ。めったに仕事の話はしなかったため、記憶に残ったのだと言っていた。

(でも、上司の小平が企画云々《うんぬん》を口にしたのは、つい最近の話だわ。もしかすると、四年前に小平からきつい言葉を投げかけられていたのかもしれない)

凜子は、曖昧な問いかけには答えない。

「相沢幸乃さんをどう思っていましたか」

個人的な感想を求めた。

曖昧にかわされるかと思ったが、

「かっこいいと思っていました」

真澄は即答した。

「社内や部内でなにが恐いかと言えば、知らないうちに孤立したり、意図的に孤立させられたりすることです。これは学校でも同じかもしれませんが、無視や仲間外れにされるのは本当に恐い」

ぶるっと大仰に震えて見せた。

「みんなと同じようにしなければ、自分だけ目立ってはいけない、目立てば潰される。いじめが常態化している学校で、わたしたちはそれをいやというほど学ぶんです。会社勤めをはじめてすぐに、ああ、学校と同じなんだなと悟りました。特に〈児玉〉はその傾向が強いかもしれません」

自分だけ目立とうとすれば潰される。足並みを揃えるのが肝要、上司に逆らうのなどは以《もっ》ての外《ほか》、言われたことを忠実に守っていればいい。

「相沢さんは、違いました」

真澄はそう言った後、微妙な間を空《あ》けた。凜子は急かさない。重要な話が出る気配をとらえていた。

待ちきれなかったのだろう、

「それで？」

麻衣が促した。答える気をなくすのではないかと思ったが、真澄は凜子に目を向けたままだった。

「社内では、かなり前から噂が広まっていたんです」

黙って頷き返した。続けてくださいという無言の合図を送っていた。

「相沢さんによく似た女性が、渋谷のラブホテルから出て来るのを見た。どうも渋谷近辺のデリバリーヘルスにいるらしい。この間は専門の旅館から中年男と一緒に出て来た。カツラを着けていたが、本当にそっくりだったよ」

社内の噂話を口にして、続ける。

「あるとき、給湯室で相沢さんと二人きりになったんです。わたし、訊いてみました、冗談半分のつもりで」

デリバリーヘルスにいるという話は本当なの？

幸乃は平然と答えた。

〝あら、見られちゃったのね。そうよ。デリバリーヘルスに登録しているの。言っておくけど、お客がわたしを選ぶんじゃないわよ。わたしがお客を選んでいるの。そして、抱いてあげる。可愛いもんよ、男なんてね〟

笑っていた。

「鳥肌が立つと言うんでしょうか。毛穴がぷつぷつと開くような、背筋がぞくっとするような……初めてでした、あんな感覚。すごいなと思いました」

「なにがすごいと言うんですか。しょせんはデリヘル嬢でしょう。平気で身体を売っていたじゃないですか。理解できませんよ」

麻衣はいつもどおりだった。幸乃の母親も言っていたが、常に怒りを裡に秘め、攻撃的な様子を見せる。もっとも、会社では孤高の女を装っていた幸乃も、家族に対しては似たような言動を取っていたようだ。身内には我儘《わがまま》な真実の姿を、見せていたのだろうか。

「そう、あなたには理解できないでしょうね」

視線を向けた真澄は、少し憐《あわ》れんでいるように見えた。

「あなたは、男性社会にすっかり染まってしまっているんですね。結局、自由に生きようとする女性を追い詰めるのは、あなたのような女性なんですよ。わたしはそのことを、相沢さんから学びました」

「ああ、そうですか。で、憧れの変わり者の真似をして、密かにデリヘル嬢でもしているわけですか」

「久保田さん」

さすがに窘めて、凜子は話を変えた。

4

「相沢さんに対して、怨みをいだいていたような人物に心当たりはありませんか。あるいは、ストーカーや悪戯《いたずら》電話、無言電話、いやがらせのメールなどなど、おかしな人物に付きまとわれていたという話を聞いていませんか」

「わたしは聞いていません」

　真澄は答えた後、

「先程の答えにはならないかもしれませんが、女性の多くが自分をどこまでも貶《おとし》めてみたいという衝動を持っているんじゃないかと思うんです。堕落願望とでも言うんでしょうか。もちろん実行する人は少ないでしょうが、相沢さんは実行した。いとも簡単に、です。それがすごいと、わたしは思っているんですよ」

　麻衣に向かって告げる。反抗的な女刑事は、無言でメモを取っていた。答えに詰まると聞こえなかったふりをするか、黙り込むのだろう。

「マラソン大会のことですが」

　凜子は聴取を続けた。

「相沢さんはハチに刺されて、救急搬送されたとか。どんな様子でしたか」

「ひどく具合が悪そうでした。青くなるのを通り越して、顔が白っぽくなっていましたね。わたしも近くにいたのですが、幸いにも刺されずに済みました。ハチって黒い色に反応するらしいんですよ。相沢さんも知っていたんじゃないでしょうか。上下ともに白い服だったのですが、運悪く右の頬を刺されてしまいました」

「会社の人のほとんどは、相沢さんが刺されたことを知っているのでしょうか」

念のために確認する。幸乃がアナフィラキシーショックを起こしたのは、歯医者の麻酔だったため、ハチに刺されるまで同僚たちは知らなかったはずだ。しかし、マラソン大会以降は周知の事実となっている。

犯人を絞り込むのが、むずかしくなっていた。

「おそらく知っていると思います。何人か救急搬送されたのですが、相沢さんは一番ひどい状態でしたから」

自分の手帳を見ていた真澄は、ふたたび凜子に目をあてる。

「テレビやインターネットでは、アナフィラキシーショックを起こして亡くなったようだと出ていました。そうなんですか。また、ハチに刺されたんですか」

「申し訳ありませんが、捜査中ですのでお答えできません」

かわして、新たな問いを投げる。

「相沢さんのお父様は、この会社に勤めていました。お父様については、いかがでしょう。話していましたか」

「いいえ、彼女の父親が勤めていた話は、今、初めて知りました」

答えが終わらないうちに廊下が騒がしくなる。言い争っているような大声が、小会議室の中にまで聞こえて来た。

「ありがとうございました。なにか思い出したりしたときには、渡した名刺に連絡してください」

「わかりました」

「よろしくお願いします」

凜子は会釈して、廊下に出る。

奥の部屋の前に数人の男が立っていた。だれかが呼んだのだろう。エレベーターの扉が開き、二人の警備員がおりて来た。

「児玉社長。もう一度、考え直してくれませんか」

男が頭をさげている。年は四十代から五十代前後、作業服にネクタイを締めていた。工事現場の監督のような雰囲気を持っていた。

「何度、言われても同じ答えしか返せないね。うちは〈フジムラ〉への援助は行わない。スポンサーにはならないよ。会社の再建云々は、担当者が勝手に進めていた話だ。わたしは一度も聞いたことがないんでね。これ以上、話をするのは、お互いに時間の無駄だと思うんだが」

応対していたのは、七十前後の紳士然とした男だった。会話からして、おそらく社長の児玉潤二に違いない。葉巻が似合いそうな男は、高級スーツや縁なし眼鏡で、見た目は上品に装っていた。

「しかし、相沢さんは請け合ってくれたんです。話は九分九厘、まとまりかけている。

安心してくれ、と」

今度は年配の男が言った。児玉同様、七十代なかばぐらいではないだろうか。若い方の男とは、親子のように思えた。胸元に会社名が入った同じ作業服にネクタイ姿で、顔がよく似ていた。

「相沢幸乃か」

児玉は露骨に唇をゆがめる。

「我が社の面汚しだよ、彼女は。父親の知り合いが推薦したため、入社させたがね。よりにもよって、売春をしていたとはな。いずれにしても、担当者の相沢は死んだ。その時点でスポンサー話はご破算だよ」

「死んだ?」

年配の男の顔つきが変わった。

「今のそれは本当なのか。ニュースでは病院に運ばれたと言っていたが、その後、亡くなったのか?」

救いを求めるように息子を見る。息子らしき男が頷き返したとたん、年配の男はじりっと児玉に迫った。

「あんたが殺したのか、だれかを使って彼女を始末したんじゃないのか。いなくなってくれた方がいいと思っていたんだろう? うちとの話を反故《ほご》にできるうえ、人気爆発の小型車の儲けはすべて会社のものだ。特別ボーナスが惜しくなったのか、どうなんだ、ええ、社長！」

「よせ、親父」

息子が止める前に、男性秘書や二人の警備員が年配の男を取り押さえていた。通信指令センターに入った通報は、藤村《ふじむら》親子が来たときに行われたのではないだろうか。

凜子はおもむろに警察バッジを掲げる。

「警察庁広域機動捜査隊の夏目です。後ろにいるのは、古川警視長と相棒の久保田刑事。少しお話を聞かせてください」

「お。古川君」

破顔した児玉に、古川は歩み寄る。

「ご無沙汰《ぶさた》しております。相沢幸乃の件でまいりました。接客中と承りましたので、同僚や社員の方々への聴取を行っていた次第です」

親しげに握手をしていた。凜子は児玉を見ているうちに、自分たちの結婚式の参列者だったのを思い出していた。

向こうも気づいたのだろう、

「奥さんが聴取役か」

ちらりと凜子に目を走らせた。古川は知人関係に事実婚を続けている旨、話しているように感じた。ついさっき久保田麻衣が実況中継と称して口にした内容は、常日頃、似たような話をしているからではないのか。麻衣はそれを聞いていたからこそ、言えたのではないだろうか。

「児玉っ、ちゃんと答えろ！」

年配の男は羽交い締めにされながらも叫んだ。

「〈フジムラ〉のスポンサーに名乗りをあげたのは嘘なのか。一度目の顔合わせのときは、あんたも同席していたじゃないか。乗り気だからこそ、出席していたんじゃないのか。なぜ、急に気が……ははーん、読めたぞ」

訳知《わけし》り顔になる。

「安く買い叩くつもりだな。負担額が気に入らないってわけか。だが、うちになにかあれば、エアバッグの安定供給はできなくなるぞ。それでもいいのか」

「やめろ、親父」

息子が強く手を引いた。エレベーターを開けておいた男性秘書が、「どうぞ、早くお帰りください」と仕草で示している。歩き出した親子に、凜子は駆け寄った。

「警察庁広域機動捜査隊の夏目です。失礼ですが、自動車部品メーカーの〈フジムラ〉さんですか」

「そうです」

息子の答えを受けた。

「相沢幸乃さんの件で、みなさんからお話を聞いているんです。明日にでも会社の方へ伺いますが、ご都合はいかがでしょうか」

「おお、いつでも来てくれ。相沢さんは、この会社のやつらに殺されたんだ。前に聞いたことがある。危ないかもしれないと言っていた」

「やめろって言ってるじゃないか。名誉棄損《めいよきそん》で訴えられるぞ。下手なことは言わない方がいい」

藤村が遮って、父親と一緒にエレベーターに乗り込む。

「失礼します」

頭をさげる姿が、扉の向こうに消えた。せめて、名刺交換をして、スクランブル交差点の贋中村修だけでも確認してほしかったのだが……。

〝相沢さんは、この会社のやつらに殺されたんだ。前に聞いたことがある。危ないかもしれないと言っていた〟

凜子は藤村の父親の言葉を手帳に記していた。前になにを聞いたのだろう。殺されるかもしれないと幸乃は言っていたのだろうか。

「夏目刑事。児玉社長がお呼びだ」

古川が社長室の扉を開けたまま、待っていた。今日は〈児玉〉の聴取に集中するべきだろう。麻衣は先に入っていたらしく、廊下に姿はなかった。

「失礼します」

凜子は社長室に入る。

5

大きな一枚ガラスを用いた社長室は、眼下の素晴らしい風景を一望できた。据《す》えられた木製の机は、艶《つや》やかな光沢を放っている。児玉グループを作ったのは、江戸時代に始めた金融業や製鉄業だと言われていた。明治になってから、まずは児玉商事を興《おこ》して、そこから銀行、自動車会社と手を広げていったとされていた。

児玉の後ろに飾られた大きな額は、名のある書家の手によるものかもしれない。文字自体が、美しいデザインのように見えた。

「社長ったら、お上手ですね」

麻衣は軽やかな笑い声をあげている。

「本当のことだよ。新作の小型車は、君のような子供を持つ美人にこそ、乗ってほしいんだ。チャイルドシートなども取り付けやすくなっている。ピンク色が一番人気だが、久保田刑事だったたか」

児玉は机に置かれていた名刺を見て、目をあげた。

「はい。久保田です」

「君には、淡い若草色のやつが似合うんじゃないか？」

上から下までなめるように、麻衣の身体に視線を這《は》わせていた。好色心《すきごころ》をあらわにしている。凛子は空咳をして、一歩前に出た。

「相沢幸乃さんですが、彼女が企画した小型車は、なかなか納車できないほどの人気ぶりだとか」

まずは挨拶代わりの話を向けた。

「そう。お客様には申し訳ありませんがと、納車の遅れをお伝えしている。うちの娘も乗っているんだがね。燃費もよくて、大人気だ」

「それで次に相沢さんは、自動車部品メーカー〈フジムラ〉への出資を企画した。エアバッグで世界を席巻《せっけん》しましたが、死亡事故が連続してしまい、今はリコール費用が膨《ふく》らむばかり。これは好機と見て取った相沢さんは、〈フジムラ〉へのスポンサー話を打ち出した」

「そういうことになるな。しかし、あまりにも負担額が大きすぎると我々は判断したんだよ。毎週金曜日に執り行われている児玉グループの児玉会にも、議題としてあげたんだがね。反対多数で否決されたわけだ」

話の一部が、頭に残った。

「金曜日に執り行われる児玉会ですか」

手帳を確かめる。幸乃は死ぬ前夜の金曜日にだれかと会っていたのではないか。そのときに自己注射薬の『エピペン』や医者から処方されたアレルギーの出ない鎮痛剤を、別のものにすり替えられた可能性がある。

別のもの――つまり、幸乃がアレルギーを起こす殺人物質だ。

「児玉グループの親睦会ですよ」

古川が答えた。まるで児玉の秘書のような顔をして、社長が座っている椅子の隣に控えていた。

「全グループの会長や社長が会員なんです。重要な案件は、児玉会にあげられる。そこで否決されれば、いくら児玉社長でも覆《くつがえ》すのはむずかしく……失礼しました」

言葉を止めて謝罪する。

「気にしなくてもいい。本当の話だ。児玉会で決定した内容を覆すのは非常にむずかしい。公平性をはかるためにも必要な親睦会だと言われている」

どこか得意げな表情で同意した。凜子は手帳に記して赤丸をつける。

「必要な質問ですので、ご了承ください。先週の金曜日の夜、児玉社長はどちらに……」

「ご無礼つかまつりました」

古川が強引に遮った。

「児玉会に出席されていたことは、わかっております。ホテルの料理屋での会食の後、いつものように赤坂の料亭に流れたんですよね」

「そうだ」

「では、料亭の後はいかがでしょう。真っ直ぐご自宅に戻られたんでしょうか」

凜子はくいさがる。相沢幸乃の膣には、精液が残っていた。まだ鑑定結果は出ていないが、DNA型が特定されれば、相手を特定できる。むろん任意でDNAを採取させてもらわないとだめだが、少なくとも死亡前夜にだれと肉体関係を持ったかはわかるはずだ。

「引きあげるぞ」

古川は終わらせようとしたが、

「かまわない。なにもやましいことはないんでね」

児玉は片手を挙げて制した。

「料亭からは、真っ直ぐ自宅に戻った。君も一緒だったな」

傍《かたわ》らに立つ男性秘書に問いかける。

「はい。わたしは社長をご自宅にお送りして、家に帰りました」

直立不動のまま、腰を折るようにして、答えた。金で雇われている秘書の話など、家人同様、信用できるわけがない。古川はしきりに「もう、よせ」というように頭を振っている。男性秘書が児玉の右側、古川が左側に立っているのだが、二人とも忠実な僕《しもべ》のように見えた。

「DNAを採取させていただくことになると思います」

凜子は引かなかった。

「もちろん任意ですので、拒否していただいてもかまいませんが、疑いが残るのはいなめません。すみやかに応じていただきたいと思います」

「君の奥さんは粘るねえ」

児玉はちらりと古川を見やる。

「は。申し訳ありません。ですが、ご安心ください。DNAの採取などは無用です。ここでお約束いたしますので」

「けっこう」

鷹揚に頷いた。傲岸不遜《ふそん》な態度が、板についている男だった。威圧感を与える術を心得ていた。が、相沢幸乃はこの社長を納得させて、小型車の発売を実現させている。意志の強い女性だと、あらためて思った。

(死の真相を暴かなければ)

簡単には引きさがれなかった。

「疑いが残ります。それでも、いいのですか。よけい厄介なことになるかもしれませんよ。ＤＮＡの採取は簡単に終わります。もし、よろしければ、この場で採取することも……」

「では、本日はこれで失礼いたします。ありがとうございました」

古川は凜子の腕を握り締める。

「まだ終わっていません。腕を離してください。児玉社長、防犯カメラのデータを提出してください」

「令状を持って来い」

児玉は横柄な言動で突っぱねた。

「行くぞ」

古川は強引だった。腕を引っ張るようにして、社長室から退室させられる。有無を言わせない態度だった。

「児玉社長に頼りにされているんですね」

凜子は持ち上げつつ、カマをかけてみる。

「だから呼ばれたんですか？」

当初は麻衣が古川に児玉自動車への訪問を知らせたのではないかと思ったが、流れを見ていると、児玉に呼ばれたと考えた方がしっくりくる。それはすなわち、厄介な事柄が裏に隠れているからのように思えた。相沢幸乃と最後にセックスをしたのは、児玉潤二ではないのだろうか？

「まあ、そんなところだ。君も知ってのとおり、祖父の時代からの繋がりがあるんでね。迷惑社員のせいで、会社のイメージが落ちるのは避けたいと思ったんだろう。連絡をいただいたよ」

策士《さくし》ではない元夫は正直に答えた。児玉が古川を呼びつけた裏など、考えもしないのだろう。ある意味、利用しやすい男かもしれない。

「そうですか」

凜子はエレベーターホールの前で足を止める。開いた扉から、藤村親子を追い出した二人の警備員が出て来た。二人とも還暦を過ぎたぐらいで、ここは再就職先という感じがする。綺麗な白髪になっているひとりが、古川に会釈したのを見のがさなかった。

「元警察官ですか」

すかさず問いを投げる。

「え、あ、いや、まあ、そうです」

躊躇いながらも答えた。古川は麻衣と一緒に、さっさとエレベーターに乗っている。早く来いと手招きしていた。凜子は先に行っていいと仕草で応える。

「いちおう確認させてください。お二人とも〈児玉〉への再就職は、古川警視長に頼んだのですか」

少し離れた場所で、男性秘書がなにをするでもなく佇《たたず》んでいた。凜子がエレベーターに乗るまでの見張り役だろう。ますます疑いが強まっていた。

児玉自動車には元警察官の警備員がいる、元警察官の警備員は半グレに知り合いがいる、知り合いの半グレ――贋中村修を使ったことも考えられた。

「いや、その」

答えを渋る警備員は、エレベーターを開けたままの古川を気にしていた。もうひとりの警備員が呆れたように頭を振る。

「しつこいですねえ。我々が古川警視長にこの職場を紹介されたら、なにかまずいことでもあるんですか。定年退職後も働きたいと相談した結果ですよ。別に悪いことをしているわけじゃない。警備員として真面目に働いていますよ」

早く帰したかったに違いない。古川の紹介であるのを認めた。ふたたび上に来たのは、凜子を帰すためなのかもしれなかった。

「わかりました。ありがとうございます」

仕方なくエレベーターに乗る。仏頂面の古川が、すぐさまボタンを押した。扉が閉まるのを見ながら、麻衣が隣に来た。

「けっこう上手に利用しているじゃないですか」

意味不明なことを囁《ささや》いた。

「え？」

「古川警視長ですよ。事実婚は今も続いていると思わせておいた方が、なにかとやりやすいですもんね。気にしないでください。事情はわかっていますから」

訊いたくせに、返事は聞かない。勝手にひとりで喋って話を終わらせる。我儘で自分勝手、権力におもねる傾向が強くて、独特の考え方を持っていた。麻衣と古川の常識は、おそらく一般的には非常識になるはずだ。

「久保田刑事の言うとおりだ。児玉社長が変死事件に関わっているわけがない。聴取はあれで充分だよ。あとは所轄にまかせればいい話だ」

「そうそう。ただでさえ、忙しいんですよ。よけいな仕事を増やさないでください。夏目刑事はしつこすぎます。児玉社長と相沢幸乃は、単なる雇い主と社員です。二人の間にそれ以上の関係はありません」

麻衣が自信たっぷりに言い切る。掛け合い漫才ならぬ、掛け合い反論は、気味が悪いほど息が合っていた。

（ある意味、似合いの二人なのかも）

凜子は思わず溜息をついていた。

第五章　児玉会

1

相沢幸乃は金曜日の夜から土曜日にかけて、だれと、どこにいたのだろう。膣に精液が残っていた点を考えれば、男といた可能性が高くなる。デリヘルの客なのか、個人的な付き合いのあった男なのか。

あるいは、金曜日から土曜日に性交したわけではないのだろうか。性交時期は精子の死滅時期を考慮すれば、ある程度までは割り出せる。が、相手を特定するには、捜査対象を絞り込む必要があった。任意でＤＮＡを採取しなければならないが、応じてくれるかどうか。

特務班が児玉自動車を訪問する件に対して、あらかじめ手をまわしたように思える児玉潤二は、限りなく黒に近い灰色だった。

その夜。

凜子は、ひとりで自宅のリビングルームにいた。パソコンを通して桜木や友美、渡里と班会議を行うところだった。他のメンバーは帰宅したり、各々の仕事に就いているのだろう。息子の賢人は、隣の和室で寝息をたてている。最近は二階で寝ることが少なくなっていた。

シーリングライトだけにして、仕事の準備を整える。

「では、はじめましょうか」

凜子は口火を切った。児玉自動車での聴取内容は、すでにメールで知らせておいた。

風呂上がりでスッピンだったが、気にしていられない。

「はい。デリバリーヘルスの店長は、相沢幸乃が死んだ前夜については、わからないと言っていました」

友美は言った。昼間、彼女は桜木と一緒に、幸乃が登録していた店を訪ねていた。

店長の話として告げる。

〝亡くなった人のことを悪く言いたくなかったので、この間は話しませんでしたが、ユキは店を通さないで客とやりとりすることがよくあったんです〟

それがあちこちの店を転々とする転々虫になってしまった理由のひとつだったらしい。

幸乃の言動にも問題はあったが、それ以上に、店を通さない売春行為は許しがたいことだったのだろう。

〝金曜日の夜、ユキはいつものように八時頃、一度は店に顔を出したんです。でも、挨拶だけして、すぐに出て行ってしまいました。指名がゼロと言ったのは、本人に連絡がつかなかったからなんですよ。常連客から指名が入ったのに、彼女は携帯の電源を切っていましたから〟

友美は、幸乃は他にも携帯を持っていたのではないかと店長に訊いた。彼は「おそらく」と答えた。

〝ぼくは見ていませんが、店の女の子は二台持っているのを見たようです。直《じか》に連絡を取り合う客がいたんでしょう。もちろん禁止ですけどね。ぼくはなにも言いませんでした。他の女の子もそうですが、ユキにも、ここを最後の店にしてほしかったんです〟

そう言った後、

〝結局、最後の店になってしまいましたが〟

店長は寂しげに続けた。

「二台の携帯を見たという店の女性ですが、プリペイド式の携帯かどうかまでは、わからないと答えました。ですが、たぶんプリペイド式でしょう。青い醜聞《スキャンダル》手帳と同じように、ヤバイ情報がてんこもりの携帯だったんじゃないですかね」

友美の言葉を、凜子は継いだ。

「相沢幸乃さんのバッグから携帯は発見されていない。他にも自己注射薬『エピペン』や医者から処方されたアレルギーの出ない鎮痛剤も入っていなかった。自宅にもなかったのは、だれかが幸乃さんのバッグから持ち去った証ではないのか」

手帳を見ながら続ける。

「渋谷のスクランブル交差点の防犯カメラはどうかしら。幸乃さんの最後を看取る形になった贋中村修は、重要参考人として公開捜査に踏み切っている。贋中村以外に気になる人物は見つかった？」

「まだ、調査中です。なにしろ、一回渡る度に三千人前後が行き交う巨大交差点ですからね。倒れた幸乃さんは人波に隠れてしまいますから、怪しい人物を特定するのは骨が折れると思います。贋中村の協力者を割り出せればいいんですが」

自己注射薬や鎮痛剤をおそらく持ち去ったであろう贋中村の協力者。贋中村は、自己注射薬や鎮痛剤を所持していなかった。幸乃の自宅にもなかったとなれば、どこにいったのだろうか。

「贋中村に関しての情報は？」

凜子の問いに答えた。

「何件か入っていますが、特定には至っていません。渡里警視が弥生さんと確認作業をしていました。弥生さんは科捜研に戻りましたので、後で渡里警視に代わります」

「膣に残されていた精液の分析はどう？」

小声で訊いた。膣や精液といった際どい言葉を、賢人の耳には入れたくない。起こさないよう、できるだけ声を抑えているのは言うまでもなかった。

「DNA型は判明したと弥生さんから聞きました。精液の主が特定されれば、前夜、一緒にいたかどうかはわかりますね」

しかし、前夜、幸乃と性交渉を持った男イコール被疑者とまでは断定できない。死亡原因になったと思われる自己注射薬、あるいは鎮痛剤について、知らないと言われれば、そこで捜査は行き詰まる。

自殺、病死、アレルギーを起こすものを誤って飲んだことによる事故、そして、他殺。

現段階では特定できなかった。

「そうそう、忘れないうちに知らせておきます。相沢幸乃の母親、時江ですが、関東近県の出身だとか。実家は県議を務めるような資産家だったようです。地元の高校を卒業後、東京の大学に進学。初めてひとり暮らしをしたんでしょう。後に夫となる相沢勝久とは、大学の先輩後輩の関係だったらしいですね」

「なるほど、ね」

話を聞きながら、手帳に記している。第一印象で令夫人のように見えたのは、あながち的外《まとはず》れではなかったようだ。仕草や言葉遣いなどにも育ちの良さが表れていた。

「金曜日の夜、児玉会は本当に開かれていたのかしら」

新たな疑問が口をついて出る。

「開かれていたようです。政財界に詳しい古川警視長に、渡里警視が確認しました。赤坂のどこの料亭かを訊いたんです」

画面に映っていた友美と渡里が入れ替わる。頼りがいのあるボスは、寝不足で両目が充血していた。

「児玉会については、料亭の女将《おかみ》に確認した。児玉グループの重鎮《じゅうちん》が集まっていたようだな。古川警視長によれば、この会にはＯＢも参加することがあるとか。重要案件のときは、声をかけると聞いた」

「児玉自動車の防犯カメラですが、お知らせしたとおり、データの提供は拒否されました。令状を持って来ないとだめだと児玉社長に断られたんです。ＤＮＡの採取も突っぱねられました」

「その件は、古川警視長も渋っていたがね。しかし、捜査にはどうしても必要だと言って、令状を申請したよ。許可がおりるのを待っているところだ。ＤＮＡの採取についても拒否できないだろう」

「そうですか」

金曜日の夜から土曜日の未明にかけて、幸乃は会社に出入りしていないだろうか。もしかすると、オフィスや社長室が濃厚サービスの場になった可能性もある。凛子は久保田麻衣が古川輝彦の要望として、オフィスでのセックスを望んだと言っていたのが引っかかっていた。

古川と児玉は似た者同士のように感じている。

（児玉社長は久保田さんに対して、好色心たっぷりだった。七十を超えてなお元気だと、男として証明したいのかもしれない。あの社長なら社長室でのセックスを希望するかもしれないわ）

さらに問いかける。

「贋中村の協力者かもしれない人物を、何人か挙げておきます。現段階での話ですけどね。防犯カメラのデータ解析のとき、顔認証システムで照らし合わせてみてください」

「わかった」

「警察庁のデータベースにアクセスできなかった件は、どうなりましたか」

「今は大丈夫です」

横から友美が顔を突き出した。

「一時アクセスできなくなったのは、システムの不具合によるものだとか。意図的ではないと、わざわざ付け加えていました。警察庁は、生真面目な正直者が多いですね」

形の良い唇を皮肉っぽくゆがめている。意図的ではないと、わざわざ言い添えたのはすなわち、意図的にやったということではないのか。深読みするのは当然だった。

「これからはシステムの不具合が、都合よく起きるかもしれませんね」

凛子も皮肉まじりの言葉を返した。

「いや、二度と起きてほしくないからな。井上が古巣の知り合いに頼んでくれたよ。ホットラインというか。システムの不具合が起きない回線を確保してもらった」

さすがは渡里、素早かった。

「ばっちりです」

友美がオーケーのサインを出した。彼女の古巣とは、警視庁のハイテク犯罪対策総合センターのことである。コンピュータを使ったサイバー犯罪に対抗するべく設けられた部署であるため、スペシャリスト揃いなのは言うまでもない。

「美貌を武器にしたのね」

凛子は軽口を投げたが、冗談を言い合うほど暇ではなかった。

「わたしは、〈フジムラ〉の会長、藤村国男《くにお》の言葉が気になっているんです」

手帳の一部を読みあげる。

〝相沢さんは、この会社のやつらに殺されたんだ。前に聞いたことがある。危ないかもしれないと言っていた〟

途中で息子の藤村悟郎《ごろう》に止められたため、それ以上は聞けずに終わっていた。

「本当の話なのか、怒りにまかせた作り話なのか。〈児玉〉が〈フジムラ〉のスポンサーになる話は、消えたようですからね。つい口走ったことも考えられます。明日、〈フジムラ〉に行って、詳しく訊いてみるつもりですが」

が、どこまで真実を話してくれるだろう。担当者だった相沢幸乃が、変死した状況では口が重くなるのは間違いなかった。息子が止めなければ話してくれたかもしれないが、今更悔やんでも仕方のないこと。新たな攻め方を考えるしかない。

「児玉社長のことですが、社外の二人の取締役と対立関係にあったとか。まだ調べは進んでいないと思いますが、対立関係にある二人の取締役というのは、相沢幸乃が小型車の企画を出した折、諸手を挙げて賛成した重役たちでしょうか」

「その件は自分におまかせください」

桜木が、渡里と友美を押しのけるようにして、画面に顔を出した。ソファで仮眠していたのだろう。寝惚け眼で髪の毛がボサボサだった。

「寝ていたんでしょう。無理しなくてもいいわよ」

「いいえ、大丈夫です。社外の取締役の件ですが、確かに児玉社長と対立しているようです。〈児玉〉はさまざまな問題を起こしたわけですから、質素倹約はあたりまえのはずなんですがね。ところが児玉社長は、いっこうに派手な生活を改めようとはしない」

横から友美が差し出したペットボトルの水を飲み、続けた。

「会長に退いた前社長もまた、贅沢三昧《ざんまい》の男だったとか。まずは上の者が規範を示さないとだめですからね。かなり厳しいリストラ策を打ち出したようですが、組合のもとに一致団結して、社員は応じなかったようです」

「で、ますます会社の経営は悪化した。重役が重役なら社員も社員という感じなんでしょう。自分事として、とらえていないんですよ」

横から友美が継いだ。

「その社外の取締役だけど」

凛子がそう言いかけたとき、携帯のヴァイブレーションが起きた。恋人の長谷川冬馬からのメールだった。

〝今、凛子の自宅の外にいる。ちょっと出て来られるかな〟

嬉しさとともに湧いたのは当惑。真夜中のこんな時間帯に、冬馬が訪問したことは一度もない。同時に、外が少し騒がしいのに気づいた。

「なんだか外で騒ぎが起きているみたいです。今夜はこれで終わりにさせてください。

明日はいつもどおりに出ます」

「大丈夫ですか。制服警官の手配をしましょうか」

桜木の提案には頭を振る。

「とにかく様子を見て来ます。あとでメールしますので」

凜子は言い、上着を羽織って、玄関に足を向けた。

2

外に出たとたん、

「答えろよ。なにをしていたんだ、こんな時間に、こんなところで」

長谷川冬馬の怒りに満ちた声が聞こえた。大声にならないよう、懸命に抑えているのがわかる。自宅の車庫の出入り口を塞《ふさ》ぐようにして、黒っぽい乗用車が停まっていた。その乗用車の運転席を、冬馬が覗き込んでいる。街灯の明かりを受けた長身が、シルエットになって浮かびあがっていた。

「出て来いよ。警察を呼ぶぞ」

軽く窓ガラスを叩いていた。

「どうしたの、冬馬」

凜子は走り寄る。

「こんな遅い時間に、ごめん。賢人君は大丈夫か。騒ぎに気づいて起きちゃったかな」

七歳下の二十八だが、いつも濃《こま》やかな気遣いを見せる。緊張で堅くなっていた身体が、ほっとゆるむのを感じた。

「起きていないと思うけど」

玄関を肩越しに見やって、視線を不審車に戻した。

「いつから、うちの前に車を停めているんですか。ちょうど車庫の前でしょう。邪魔なんですよね」

邪魔なだけでなく、玄関から見たとき、ちょうど死角になる位置だった。見えにくい場所に停めたことからして、いかにも怪しかった。何度も運転席の窓を叩くと、少しだけ開いた。

「疲れたんで仮眠していたんです。事故を起こしてはいけないと思いましてね。すぐに車を動かしますから」

暗い車内にいるのは、男がひとりだけだった。顔などはよくわからない。声の感じからして、五十前後ではないだろうか。

「いいから出て来いよ」

冬馬は譲らなかった。

「仮眠なんか、していなかったじゃないか。自慢じゃないけど目はいいんでね。彼女の家をじっと見ていただろう。いったい、なんの用事があるんだ。凜子にのぼせあがって、ストーカー行為をしているのか」

元警察官だけあって、詰問口調になっていた。車のドアノブに手を掛けたまま、離そうとはしない。急発進しないよう、凜子も男の動きに気をつけていた。

「わたしは警察庁に所属する警察官です」

あらためて言った。

「職務質問させてください。まずは外に出て来てくれますか」

屈み込んで告げる。事ここに至っては仕方がないと思ったのか。男は車の扉を開け、出て来た。座っていたときはわからなかったが、かなり背が高い。百八十センチを超える冬馬と変わらなかった。

年は声どおりの五十前後、これまた冬馬と同じように、ラフな恰好をしていた。街灯の明かりを受けた両目は、鋭い光を放っている。元警察官かもしれないと思った。

「免許証を見せてください」

凜子の申し出には沈黙を返した。

「…………」

「警察を呼ぼう」

もう一度、冬馬が言った。

「夏目家を見張っていたような感じがする。もしかしたら、毎日、ここに来ているのかもしれない。交番で詳しい話を聞いた方がいいんじゃないかな」

「そうね」

凜子が電話をかけようとしたとき、

「待て」

男が声を発した。

「わたしは、警備会社の社員です。夏目凜子さんの自宅を見守ってくれないかと、ある人に頼まれたんですよ。父親が亡くなったばかりで心細いだろうから、さりげなく警護してくれと言われました。不審な人物や車両が来たときには、特徴や車のナンバーを控えるとともに、夏目さんを守ってほしいと」

ははーんと凜子はぴんときた。

「雇い主は、古川輝彦さんね。そうでしょう?」

中古車を買い求めたことを知っていたのは、報告する者がいたからに違いない。見守り役ではなく、見張り役なのだ。

「守秘義務がある。これ以上は答えられない」

男は頑なだった。

「なにが守秘義務だ、ふざけたこと言うなよ。あんたがやっているのは、立派な犯罪行為だ。見守りだかなんだか知らないが、彼女は気味が悪いと思うだろう。にもかかわらず、自宅を見張るのは、覗きやストーカー行為とみなされても仕方がない。とにかく警察を呼ぶよ」

今度は冬馬が自分の携帯で通報しようとする。

「よせっ」

取り上げようとした男から、若い恋人は素早く離れた。その間に凜子は通報している。二度、三度と男の手から逃げた後、冬馬は不審者の腕を押さえた。

「あとは警察で話すんだな。あんたが懸命に庇った雇い主の助けを期待しているのであれば、諦めた方がいい。自分は関係ないと簡単に切り捨てる人だ。凜子へのストーカー行為イコール変態とみなされて、会社からも切り捨てられるぞ」

「………」

またしても沈黙で応えた。遠くの方からひびいていたサイレンが、徐々に近づいて来る。

「いい迷惑だわ」

これで息子は起きてしまうだろう。

「おれ？」

訊いた冬馬に苦笑する。

冬馬が事情を説明した。冬馬がしっかり見張っていた男は、パトカーにおとなしく乗る。最後まで名前すら明かさなかった点は、プロとして多少は尊敬できるが、冬馬が言ったように雇い主は報いてくれないかもしれない。それに気づいていないのが憐れだった。

パトカーと男の乗用車が走り去って行く。不審者の車を運転しているのは、むろん警察官のひとりだった。

「それで」

凛子はおもむろに切り出した。

「あなたは、なぜ、こんな時間に、こんなところへ？」

「先月の末に引っ越したんだよ」

冬馬はさらりと答えた。

「すぐ近くのワンルームマンションなんだ。それを知らせようと思ってさ。切手なしの手紙を投函しようとしたわけ」

差し出された手紙を受け取る。なにも言わずに黙って行動するのが、冬馬らしいと言えなくもない。驚きはしたが、心のどこかで安堵《あんど》していた。女子供しかいない家は、不安が募《つの》るばかりだった。

「そう」

「って、それだけ？」

「これを読んだら……」

「お母さん」

後ろから賢人の声が聞こえた。細めに開けた玄関扉から、少しだけ顔を覗かせている。凜子は急いで玄関先に戻った。

「うるさくて、目が覚めちゃったわね。なんでもないのよ。中に戻りなさい」

羽織っていた上着を息子に掛ける。昼間は季節外れの暑さになったが、今はひんやりとした秋の風が吹いていた。

「だれかいるの？」

賢人の目は、少し離れた場所に立つ冬馬に向いていた。顔を合わせる機会が増えているものの、賢人が心を開かないため、互いの距離はいっこうに近づいていない。冬馬は片手を挙げて、挨拶した。

「こんな時間にごめんな。お母さんに渡した手紙には、スイーツ甲子園の申込書を入れておいたよ。知っていると思うけど、団体戦と個人戦、さらに小学生部門や中高生部門に分かれている。個人部門で応募すれば、いいんじゃないかと思ってさ」

気さくな口調はいつもどおりだった。

賢人もいつものように無視するかと思ったが、

「えっ」

驚きの声をあげた。

「本当に？　本当なの？　応募してもいいの？」

目を輝かせて、凛子を見あげる。ご機嫌取りや点数稼ぎと思われるのを承知のうえで、冬馬は提案したに違いない。苦笑まじりの複雑な笑みを浮かべていた。

「わたしはいいと思うけど、お父さんは反対するかもしれないわね」

凛子の答えに、賢人の唇がへの字になる。

「もう反対されたよ。だから、お母さんには言わなかったんだ。パティシエになる夢は、夢のままにしておけってさ。古川のおばあちゃんと一緒になって言うんだもの。いやになるよ。諦めろって、しつこく言われた」

ここにきて表情や口調が、大人っぽくなっていた。賢人なりに自分がしっかりしなければと思っているのかもしれない。親友の八神紗月にも言われたが、幼かった顔が驚くほど面変《おもが》わりしていた。

「わかった。お父さんには、お母さんから話してみる。とりあえず、今夜は寝ましょう」

「うん」

相変わらず、目がキラキラしていた。

「早く手紙を開けてよ」

家に入ろうと腕を強く引っ張られる。所在なげに立つ冬馬に気づいたのか、賢人はバネ仕掛けの人形のように、ぴょこんとお辞儀した。

ぎこちないながらも、お礼のつもりだったのだろう。初めてのことだった。冬馬は破顔している。

「ありがとう」

凜子は代わりに礼を言い、「でも」と続けた。

「この様子じゃ今夜は興奮して寝ないわね。いい迷惑だわ」

「おれ？」

ふたたび訊いた若い恋人に笑顔を返した。

「冗談よ。とにかく、ありがとう。助かったわ」

名残《なごり》惜しかったが家に戻る。熱い抱擁もキスもない。父が亡くなって以来、セックスもしていない。冬馬はこの交際に満足しているのだろうか。

消えない不安があった。

凜子の自宅前にいた不審者は、依頼人の名を明かさないまま、事情聴取を終えていた。勾留して追及するつもりだったのだが、翌日の朝、釈放されていた。渡里は上からの命令と告げただけで、詳しい事情は明かさない。

ますます古川の関与が濃くなっていた。

「怪しいですよね、古川警視長。夏目さんの家を見張らせていたんじゃないでしょうか。警備会社勤務というのは事実のようですが、元は警察官だったとか。金をもらってお目付役を引き受けたに違いありませんよ」

麻衣は歩きながら言った。二人は自動車部品メーカー〈フジムラ〉を訪ねるべく、墨田区の一角を歩いている。会社に余分な駐車場はないと聞いていたため、覆面パトカーは近くの駐車場に停めていた。

「あなたは平気なの？」

凜子は答えではなく、問いを返した。不審者が古川の依頼で監視役を行っていた場合、それはそのまま元妻に対する元夫の未練を表していることになる。現在の恋人と思しき麻衣は、なんとも思わないのだろうか。

「ぜんぜん平気ですよ。わたしと警視長は、割り切った関係なんです。わたしは肉体を提供し、あちらは金銭面や仕事面の便宜をはかってくれる。どちらにとっても損はない話ですから」
平然と答えた。負け惜しみではないだろう。淡々としていた。とはいえ、売春行為
のような真似をするのは、同僚として気になるとともに、案じてもいた。
（自分を大事にした方がいい云々は、久保田さんの場合、逆効果ね）
一緒に仕事を始めて数日だが、麻衣の考え方はだいたい摑んでいる。天《あま》の邪鬼《じゃく》など
ころがあるのは間違いない。
「あなたの生き方に口をはさむつもりはないわ。ただ……困ったときは相談して。も
ちろん相談相手は藤堂先生でもかまいません。だれかに話すだけで楽になることもあ
ると思うから」
「いつもながらの優等生ぶり、感心するよりも呆れてしまいます。わたし、夏目さん
みたいなタイプ、だいっきらいなんですよ。綺麗事ばかりで本音を吐かない。見てい
ると苛々します」
「それじゃ、見なければいいわ」
皮肉を込めて反論した。麻衣は悪態や皮肉をよく投げるが、投げ返されると、それ
以上は反撃してこない。だいぶ付き合い方がわかってきた。
「次の角を左ね」

凜子は、片手に携帯を持って、地図を確かめている。準工業地帯の特徴かもしれない。敷地は狭くても、ひょろりと高いノッポビルが道の両側に立ち並んでいた。目当ての〈フジムラ〉は、比較的、広い敷地に立つビルだった。

待っていたのだろう、

「夏目さんと久保田さんでしたね」

ガラス製の玄関扉が開き、藤村国男が出て来た。昨日と同じように作業服姿で、ネクタイを締めている。後ろに控えていた息子の藤村悟郎も作業服姿だった。

「お待ちしていました。どうぞ、ご案内します」

国男は玄関扉を大きく開けた。短い挨拶をかわして、エレベーターに乗る。新しいビルではないが、きちんと手入れをしている印象を受けた。エレベーターの脇の生花は、凜子たちのためにわざわざ飾られたものではないだろう。ちゃんと生花を置くスペースが造られていたのを、見のがさなかった。

社長の藤村と会長の国男は、同じ部屋をオフィスとして使っているらしい。仕事机が二つ、窓際に並んでいた。

質素倹約を実行しているのだろうか。

「お掛けください」

国男に勧められて、二人はソファに座る。社長の藤村自ら茶を淹れて来た。それぞれの前に湯飲みを置き、会長の隣に腰をおろした。

（昨日は気づかなかったけど、藤村社長は、目元や雰囲気が相沢さんの父親にどことなく似てる）

感想は胸に秘めた。

「まだ信じられません」

口火を切ったのは、国男だった。

「亡くなる前日に会ったんですよ。相沢さんは金曜日の昼間、ここに来たんです。昨日も〈児玉〉の社長に言いましたが、スポンサー話は九分九厘、大丈夫だと請け合ってくれました。それが週明けには真逆の話になったわけですからね。とにかく、相沢さんに会って話を聞かなければと思ったんです」

「救急搬送されたらしいと、わたしが教えました」

藤村が継いだ。

「朝のニュースで見たんです。心肺停止状態だと言っていたので、亡くなったかもしれないと父に話しました。それでも納得できないと言うものですから」

「だって、いきなりでしょう。吃驚《びっくり》しますよ。いや、少し痩せたんで心配はしていたんです。それで金曜日は近くの和食の店に誘いました。ランチを食べながら会議をしようと言ったんです」

今度は国男が継ぎ、続ける。

「女性が好きそうな松花堂弁当のランチです。美味しい、美味しいと言って、相沢さんは完食しましたよ。元気そうでしたが」

声を落として、うつむいた。沈鬱《ちんうつ》な表情をしていた。二人とも実年齢より若く見えたが、事前の調べでは、国男は七十八歳、息子の藤村は五十二歳だった。藤村は幸乃が好む年齢ではないだろうか。贋中村修の実年齢はわからないが、似たような年頃であるように、凜子は感じていた。

「テレビでは疑いがあると言っただけで、断定していませんでしたが、死因はアナフィラキシーショックですか」

藤村の表情もまた、沈んでいた。今夜、警察庁と警視庁は正式に合同発表をすると聞いていたため、凜子は頷き返した。

「はい。お二人に伺いますが、相沢さんのアレルギーについてはご存じでしたか」

「知っていました。マラソン大会に出たときの話を聞きましたからね。危うく死にかけたと言っていましたよ。常に注射器を持っているんだとも聞いた憶えがあります。バッグから出して、見せてくれました」

国男は協力的であるように思えた。横に座った藤村も同意するように頷いている。親子は幸乃に会うときは、二人一緒に会っていたのかもしれない。藤村は老いた父親の補佐役を務めているのかもしれなかった。

「みなさんに伺っておりますので、気を悪くしないでください。先週の土曜日の朝、九時前後は、どちらにいましたか」

儀礼的な問いを投げる。麻衣はひと言も発することなく、黙々と手帳にメモしていた。口を開いたときは悪態や皮肉、後はだんまりと徹底していた。

「二人とも会社にいました」

藤村が答えた。

「会社が大変なときですからね。すぐに対応できるよう、今は寝泊まりしているんです。外国とは時差があるので夜中でも連絡が入るでしょう。女房や子供には、よけいな心配をかけたくないんですよ」

エアバッグにおいては、業界ナンバーワンのシェアを誇っていた〈フジムラ〉は、欧米や東南アジアに数多くの支社がある。やはり、アメリカが数としては多いだろう。

「相沢さんは、なぜ、〈フジムラ〉のスポンサーになる企画を出したんでしょうか。以前から知り合いだったのですか」

どこまで深い繋がりがあったのか、念のために探りを入れる。そういった流れで幸乃が企業間の問題に巻き込まれた可能性もあるからだ。

「いいえ、知り合いではありませんでした。〈児玉〉にもうちのエアバッグを納めていましたけどね。相沢さんに直接会ったことはないんですよ」

藤村は否定した。

「では、知り合いになったのは割と最近の話なんですね」

「リコール問題が噴出した後です。去年の夏ぐらいだったかな?」

国男は息子に答えを求めた。

「春先ぐらいだったかもしれません。女性の刑事さんを前にして申し訳ないんですが、女性でしたしね。はじめはうちも相手にしていなかったんですよ」

藤村は自嘲気味の笑みを見せる。しかし、それはすぐに真剣な表情に変わった。

「でも、相沢さんは諦めなかった。熱心に通いつめてくれたんです。〈児玉〉に足りない技術力が、〈フジムラ〉にはあると言ってくれました。傘下に加わって出直してはどうか。会社の規模は小さくなるが仕事を続けていける、と」

「今はボロボロでも技術力のある〈フジムラ〉には、価値があるとも言ってくれました。ずいぶん励まされましたよ。エアバッグの使命と言うんでしょうか。人の命を守る大切なものだから、部品などの流通を途絶えさせてはいけない。そのために〈児玉〉は協力すると、熱く語ってくれました」

国男が言った。しみじみした口調になっていた。

「現在の会社の状況を教えていただけますか。差し支えのない程度でかまいません。

そこに相沢さんがどう関わっていたのか、知りたいんです」

凜子の要請を、藤村が受けた。

「外部専門委員会は、年末までにスポンサーを決め、再建計画をつくる方針です。取引関係が深い国内の自動車メーカー、ここにはもちろん〈児玉〉も入りますが、再建計画をつくるのは、国内の自動車メーカーの意向でもあります」

「国内の自動車メーカーは、リコール費用の立て替えをしているとか。この立て替え分の請求が膨らめば、債務超過《さいむちょうか》に陥りかねない状況ではありませんか」

凜子は率直な問いを投げる。新聞を読んでいるだけだが、それでも〈フジムラ〉の切迫した経営状態を把握できた。いかに追い込まれているかという証だろう。

「詳しいですね」

藤村は苦笑いする。

「仰せのとおりです。うちは崖っぷちですよ。人員リストラはまだ行っていませんが、財務リストラは敢行しました。子会社を売ったり、株式を手放したりして、特別利益百六十億円を計上したんです。九月の中間決算は黒字に転換しましたが」

黒字と言っても、まさに苦肉の策だ。もう後がない。親子に笑顔はなかった。

「アメリカの子会社は、米連邦破産法第11章——日本の民事再生法に相当する法律らしいですが、この適用を申請する検討を始めたとか。日本では行わないのですか」

凜子は一歩踏み込んでみる。専門的な話になってしまい、麻衣は戸惑うような表情をしていた。凜子と藤村を交互に見やっていた。

「日本で法的整理に踏み切ると、信用低下の影響が大きくなります。そうなれば、自動車メーカーが求めるエアバッグの部品の安定供給がむずかしくなる。それで財務リストラを敢行しました」

一言一句聞き洩らすまいと集中している。

手帳に記した後、

「相沢さんは、会社の再建問題に、どんなふうに関わっていたのでしょうか」

真剣な問いを発した。幸乃が〈フジムラ〉に児玉傘下の話を持ちかけたのは、昨年の春頃だ。〈児玉〉の重役が背後にいなければ、具体的な話はできない。いったい、だれが幸乃を後押ししていたのか。

「色々動いてくれましたが、ひと言で言えば、児玉重工との橋渡し役です」

藤村が答えた。

「児玉自動車の社外の取締役に引き合わせてくれたんですよ。児玉重工の取締役を兼務している橋本専務が、うちの技術力を買ってくれましてね。そこから話がトントン拍子に進みました」

「嘘じゃないんですよ。児玉社長は自分を差し置いて、橋本専務に話がいってしまったのが気に入らなかったんでしょう。スポンサー話には静観を決め込んでいたようですが、相沢さんが亡くなったとたん、そんな話は聞いていないとなりました。まったく、子供じみているというか」

継いだ国男は昨日のやりとりを思い出したのか、きつく拳《こぶし》を握りしめている。凜子は児玉社長とは一度だけしか会っていないが、元夫との共通点を感じていた。子供じみているという国男の感想にも同意できた。

（まさに似た者同士なわけね）

赤丸をつけて、話を進める。

4

「昨日の発言ですが」

凜子は手帳の頁を繰った。

「会長は、こう仰いました」

一部を読みあげる。

〝相沢さんは、この会社のやつらに殺されたんだ。前に聞いたことがある。危ないかもしれないと言っていた〟

顔を上げて、国男の目に目を合わせた。

「前に聞いたというのは、どんな話でしょう。相沢さんはなにか不安を訴えていたんですか。命を狙われている、危ないんだと言っていたんですか」

「え？」

国男は、きょとんとしてしまった。隣の息子に小声で確認している。藤村もまた、首をひねっていた。

「会長。申し訳ありませんが、お茶を淹れ替えてくれますか。冷めてしまいましたから」

不意に告げた。

「わかった」

国男は机に置かれた盆を取って、それぞれの湯飲みを集める。奥に小さなキッチンがあるのだろう。扉の向こうに消えた。

「すみません。憶えていないようです」

藤村は声をひそめて、言った。

「最近、急に忘れっぽくなったんですよ。リコール問題のストレスが原因なのかもしれません。社員とも『言った、いや、聞いていない』という、やりとりが増えましてね。ここに会長の机を移したんです」

「病院には？」

凜子は訊いた。介護施設の母が浮かび、せつなくなる。国男は七十八歳、認知症が出てもおかしくない年だ。

「まだ行っていません、というか、連れて行けていません。頑として受け入れないんですよ。おれを年寄り扱いするなと、怒鳴られてしまうのがオチなんです。怒りっぽくなりました」

「いつ頃、会長室と社長室を一緒にしたのですか」

念のために確認する。病気のふりをして、話をごまかそうとしているのかもしれない。海外支社のある〈フジムラ〉は、金で動く危険人物を雇うこともできたはず。幸乃と関わりがあった以上、藤村親子も重要参考人だった。

「最近です」

曖昧な答えを受け、麻衣が切り返した。

「具体的にいつですか」

珍しくグッドタイミングだった。

「先週の土曜日です。会長の変化に気づいている社員もいるでしょうが、できるだけ父の衰えを知られたくないと思いまして、休みのときにやりました」

答えている途中で、国男が戻って来る。湯飲みを丁寧にひとつずつ置く手は、節くれ立っていた。創業者の彼は技術畑の出身だったが、最盛期には自ら海外へ赴き、支社を立ち上げたとインターネットには載っていた。

「お二人に伺います。金曜日の夜から土曜の未明にかけては、どちらにいましたか」

凜子はあらためて訊いた。土曜日の昼間は会社にいたと答えたが、金曜日から土曜日にかけてはどうだったのか。

「自宅です」

藤村が言い、続けた。

「アリバイにはならないかもしれませんが、日付が変わる頃、いや、変わっていたかもしれません。会長と一緒に車で自宅に戻りました」

「そうですか」

「相沢さんを追い詰めたのは、児玉社長ですよ」

国男が言った。

「社長の座を追われると思ったんじゃないでしょうか。他の児玉グループの社長は、すでに児玉一族の者ではありません。かろうじて児玉潤二氏だけが、社長として頑張っている。ですが、経営手腕に関しては今ひとつですよ。相沢さんが小型車の企画を挙げたとき、難色を示したとか。企画部の部長の後ろにいたのは、潤二氏です」

「お詳しいんですね」

凜子は、やんわりと返した。

「相沢さんが小型車の企画を出したのは、四年前と聞いています。開発部から企画部に異動した後すぐに提言したとか。彼女が〈フジムラ〉に傘下の話を持ちかけたのは去年の春ですよね。その前から個人的に親しかったのですか」

引っかかった部分を問いかける。答えはだいたい想像できたが、敢えて口にしていた。

「個人的に親しかったわけじゃありませんよ。仕事の打ち合わせで会ったとき、愚痴まじりに言っていたんです。小型車の企画が実現するまでは大変だったとか。ストレスでよく食事が喉《のど》を通らなくなると聞きました」

答えた国男に、凜子は問いかける。

「渋谷のデリヘル店の話はどうですか。聞いたことはありますか」

「やめてください」

国男はぶるぶるっと大仰に頭を振った。

「あれはマスコミのでっちあげですよ。相沢さんは、売春なんかする人じゃない。マスコミが面白可笑《おか》しく話を作っているだけだ。だいたいが身体を売る必要なんかないでしょう。児玉自動車から充分すぎる給料をもらっていたはずですからね。小型車の成功で特別ボーナスも支給されたと思います。だれが好きこのんで売春なんか」

買売春に対して、強い嫌悪感や抵抗感を覚える世代ではないだろうか。また、経済的に困っているから身体を売るという考え方に凝り固まってもいる。幸乃の複雑な心など理解できるわけがなかった。

「好きこのんで、やる人もいるんですよ」

麻衣は反論する。意地悪な気質を刺激されたらしい。幸乃を妙に聖女化している国男に、小さな怒りを覚えたのかもしれなかった。

「相沢幸乃さんは、まさにそれでした。デリヘル店に登録していたのは確かです。なにを好きこのんでと、わたしも思いますけどね。夜のお勤めを始めたのは二年前だとか。いったい、彼女の身になにが起きたんでしょう。心当たりはありませんか」

平然と続ける。

「…………」

国男は無言で麻衣を睨みつけていた。険悪な空気を察したに違いない。

「すみませんが、会長。海外からの連絡を確認してもらえますか。海外赴任の賜物でしょうね。会長は英語だけではなく、フランス語、イタリア語、さらにアラビア語にも通じているんですよ」

藤村はにこやかに父親を持ち上げる。さあさあ、と、急かすようにして、廊下に追い出した。

「あまり刺激しないでください」

ソファに戻って、麻衣に目を向けた。

「先程も言いましたように、怒りっぽくなっているんです。つまらないことで激昂《げっこう》してては、けろりと忘れて、怒鳴りつけた相手に話しかける。うまく話をして病院に連れて行かなければだめだと思っています。妻と相談しているんですよ」

「配慮が足りませんでした。申し訳ありません」

凜子は謝罪して、携帯を操作する。

「この人物に見憶えはありませんか」

贋中村を藤村に見せた。

「わかりません」

首を傾げて、問いかけの眼差《まなざ》しを返した。

「相沢さんの知り合いですか」

「最期を看取ったと言いますか。近くにいた男なんですが、免許証を偽造して、中村さんになりすましていたことが判明しました。重要参考人なんです」

凜子は、贋中村は見届け役であるとともに、警察の目を自分に引きつけておく役目もあったように感じている。裏社会に通じた半グレではないだろうか。東南アジア系列の人間、もしくは東南アジアに裏の伝手《つて》がある人間ということも考えられた。

藤村は神妙な顔をしている。

「相沢さんの最期を……そうですか」

「児玉自動車との折衝《せっしょう》ですが、橋渡し役だった相沢さんがいなくなった今、もう無理だとお考えですか。このまま引くおつもりでしょうか」

違う話を振った。別の角度から新たな話を引き出せないか試みていた。話の流れで思わぬ事実に出くわすこともある。

「諦めませんよ」

藤村は力を込めて言った。

「合併話を持って来てくれたのは、相沢さんですからね。彼女の意志を活かさなければと思っています。わたしや親父が落ち込んでいるとき、エアバッグの部品を提供し続けることこそが、会社の信頼回復に繋がると励ましてくれました。顧客の命を守るために、会社を再建しなければならないと、熱く語ってくれたんです」

お茶で喉を潤して、続ける。

「幸いにも児玉重工の橋本専務が、まだ見込みはあると言ってくれたんですよ。今週の金曜日に開かれる児玉会で、重役たちに話してみると約束してくれました」

「ずいぶん入れ込んでいるんですね。相沢さんは得意技を使って、その橋本専務とやらを籠絡《ろうらく》したんじゃないんですか」

麻衣の口から紡ぎ出されるのは、心が冷えるような言葉ばかり。窘めようとした凜子を、藤村は仕草で制した。

「ハニートラップですか」

笑っていた。

「もしかしたら、仰るとおりなのかもしれません。ですが、我々も接待と称して似たようなやり方を日常的に用います。海外でも日本でも普通に使う策ですよ。相沢さんと橋本専務がどういう関係だったのか、わたしは興味がありません。会社を救うために必死なんです。数多くの従業員を路頭に迷わせたくありませんから」

いつの間にか真剣な表情になっている。言い返すかと思ったが、麻衣は鼻を鳴らしただけだった。あまりにも深刻な答えだったため、反論できなかったのだろう。白けた顔をしていた。

「さっきの写真ですが」

藤村は、凛子の携帯を目で指した。

「わたしの携帯に送ってもらえますか。社員の中に知っている者がいるかもしれません。いちおう確認してみます」

「ありがとうございます」

互いの携帯を操作して、贋中村の写真を送った。終わるのを待っていたように、ヴァイブレーションが起きる。

「ちょっと失礼します」

凜子は断って、廊下に出た。

掛けて来た相手は渡里だった。

「児玉自動車の捜索令状がおりた。防犯カメラのデータはもちろんだが、児玉社長のDNAも採取できる。大袈裟になりすぎないよう、鑑識係は小部隊の編成にした。すまないが長田に合流して、補佐してくれないか」

「わかりました」

重要参考人のひとり、児玉潤二の調べを始められる。幸乃の母親と妹、藤村親子、さらに橋本専務も外せない。

(藤村親子のDNAも採取させてもらいましょうか)

幸乃の膣に残されていた精液は、いったい、だれのものなのか。

藤村親子は応じるかどうか。

身に憶えがあれば、児玉潤二と同じ反応を示すに違いなかった。

5

藤村親子は、DNAの採取にあっさり応じた。

しかし、凜子が本命と思っている児玉潤二は、捜索令状を渡してもなお、見苦しくあがいた。

「なぜ、そんなものに、わたしが応じなければならないのかね」

社長室の椅子にふんぞり返っていた。

「わたしは潔白だ。もっとも、なんのために採取するのかさえ、知らされていないがね。わけのわからない鑑定のために、貴重な時間を割くのはごめんだよ。古川警視長。ぼんやり突っ立っていないで、部下たちを連れて帰りたまえ。この場の指揮官は君だろう？」

隣に控えていた古川を睨みつける。とたんに警視長は、腰を曲げるようにして、詫びた。

「申し訳ございません。ただ、捜索令状がおりた以上、従うしかないと思うのでございますが」

さすがに弁《わきま》えていた。否と言い続ければ、児玉は所轄に連行されて、取り調べとなる。勾留されるのはまずいだろうと、懸命に小声で説明していた。

「痛くないですよ」

長田弥生が、場違いな台詞を口にする。

「綿棒で口の中をそっと拭うだけです。注射器で血液を採ったりはしません。すぐに終わりますから」

ニコニコしていた。班内でもムードメーカーの弥生らしいと言えなくもない。ふっくらした身体や顔立ちに、天然ボケっぽい雰囲気が表れていた。後ろにいた二人の男性鑑識係から失笑が洩れる。こらえていたが、身体全体や表情にそれが出ていた。

プライドを傷つけられたのだろう、

「失敬な！」

児玉は怒りをあらわにして立ちあがる。

「出て行け、綿棒を置いてな。多くの見物人がいる場所で、大口を開けるわけにはいかない。それを受け入れるならば……」

「認められません」

凜子は鋭く遮った。

「わたしたちが見ている前で採取するのが決まりです。ご本人ではないＤＮＡが提出される懸念もありますので」

「わたしが不正を働くとでも言うのか」

はい。

と答えたかったが、やめた。セックス依存症を想起させる好色心や、ジタバタするところも、児玉の隣に立つ元夫に酷似している。類は友を呼ぶの喩《たと》えどおり、二人は共通点が多いようだった。

「相沢幸乃さんと個人的なお付き合いがあったのですか」

凜子は答えではなく、問いを返した。

「いや」

児玉は口ごもって椅子に座る。

「では、DNAを採取することに、なんの問題もないでしょう。それを渋るのはすなわち、個人的な付き合い、性的関係があったと思われても仕方ないと思いますよ。ご自身の潔白を証明するためにも……」

「あった」

小さな声で児玉が答えた。

「え、なんですか？」

わざとらしく、凜子は訊き返した。少し意地の悪い質問になったが、児玉は目を逸らしている。そっぽを向いていた。

「相沢幸乃と性的関係があったと言ったんだよ。時々そういう関係を持っていた。先週の金曜日の夜にもなんというか、まあ、関係を持ったわけだ」

ようやく認めた。古川であれば、母親が出張って来る場面だ。児玉の母親もそうかもしれないが、幸いにもここにはいない。無意識のうちに代わりを求めたのか、隣に立つ古川を見あげた。

「もういいだろう」

心得ましたとばかりに受ける。

「児玉社長は正直に答えてくださった。DNA採取という屈辱的な行為は……」

「お願いします、弥生さん」

凜子は最後まで喋らせない。

「はい」

弥生と二人の鑑識係が動いた。小さなビニール袋に入った綿棒を用意している。児玉は不快感をあらわにした。

「君たちは遠慮してくれ」

「わかりました。その前にもうひとつ伺います。金曜日の夜の性交は、どちらで行ったのですか。ホテルでしょうか」

一瞬、微妙な間が空いた。

「聞こえませんでしたか」

促すと、

「ここだ」

消え入りそうな声で答えた。

「えっ」

と、声をあげたのは弥生だった。思わず凜子は彼女と顔を見合わせている。二人の鑑識係もまた、呆れたような表情になっていた。

「べ、別にいいじゃないか」

古川が唾を飛ばしながら庇った。

「どこでセックスしようが、個人の自由だ。我々がとやかく言うことではない。おそらく相沢幸乃の趣味だろう。児玉社長は致し方なく、合わせただけだと思うね。変態的趣味は女の方だよ」

むろん聞き流した。

「鑑識係の増員を要請します」

弥生が告げる。

「社長室で性交に及んだという裏付けを取る必要があります。鑑識係を増員して、捜査したいと思います」

「そこまでしなくても」

二度目の古川の言葉も無視した。

「わたしが要請しておきます。廊下に出ていますので、まずはＤＮＡの採取を行ってください。行きましょう。古川警視長、久保田さん」

言い置いて、廊下に出る。二人も付いて来た。

「あ、ちょっと、すみません」

すぐに麻衣は離れて行った。携帯になにか連絡が入ったのだろう。窓の近くに行き、話し始めた。凜子も渡里に鑑識係の増員を要請する。なるべく早く来させてほしいと頼んだ。

我儘な社長の気が変わらないうちに終わらせたかった。

電話が終わるのを待っていたに違いない。

「あんな言い方をしなくても、いいじゃないか。児玉社長の面子《メンツ》が立たない。もっと濃やかに気配りしろ」

古川が言った。命令口調はいつものこと。今でも凜子が妻だと思いたいのか、二人きりになると豹変して、結婚していたときのような言動を取る。

「ああ、それから、賢人からメールが来たよ。スイーツ甲子園などという、じつに低俗なくだらない選手権に応募したいとか。古川家としては、とうてい容認できない。やめさせるんだ。いいな」

「スイーツ甲子園には、もう応募しました」

凜子は切り返した。

「黙ってやると後で色々面倒ですから、いちおうお知らせしただけです。まずは地区予選があるとか。それに受かるかどうかさえ、現段階ではわからないんですよ。受かれば本選がありますが、わたしは応援していますので」

きっぱり言い切る。これはまずいと思ったのか、

「母が反対なんだよ」

古川は少し低姿勢になった。

「君も知っているだろう、家の体面をなにより重んじる人なんだ。跡取り息子の賢人がパティシエになることには猛反対している。逆らえば絶縁状態になるかもしれない。養育費を含めた諸々の金銭的な援助はできなくなるぞ」

今度は脅しを加えて懐柔《かいじゅう》を試みる。何年経っても驚くほど変わらない家だった。温かみのない空気を思い出して、小さく身震いする。

「どうぞ、絶縁してください。わたしはその方がいいんです。賢人が父親に会いたいと言う限りは、父子の対面の場をもうけるつもりでしたが、精神的にむずかしい時期に入りましたからね。距離を置いた方がいいかもしれません」

他人行儀に継いだ。

「可愛げのない女になったな。昔は素直で従順だったのに」

小声の呟きには、即座に反論する。

「暴力で支配されていたからですよ。言いつけに従わなければ、すぐに殴ったじゃありませんか。それに加えてモラハラ、パワハラ、暴言は日常茶飯事でした。恐かった

から仕方なく言うとおりにしていたんです。自分でも気づかないうちに支配されていました。DV男のあなたにね」

無意識のうちに服の上から左の肋骨付近にふれていた。離婚原因となった暴力をふるわれたとき、顔や身体の打撲だけでなく、肋骨も折られていた。それでも凜子は自分に非があると思い込んでいたのである。

自分がいたらないから殴られる。夫に恥をかかせないよう、きちんとしなければ。

暴力による支配を解き放ったのは、今は亡き父親のひと言だった。

〝おまえが謝ることはない。悪いのは古川さんだ〟

あの言葉にどれほど救われたことか。特務班の仕事がきつくなったときは、父の言葉を思い出して、自分を支えていた。

「もっと大きな声で言いましょうか。あなたの恋人にも警告しましょうか。古川警視長はDV男です。強すぎる母親の影響なのか、女性を対等に見ることができません。暴力で従わせて支配しようとします。気をつけないと酷い目に……」

「やめてくれ」

懇願の調子が加わった。

「養育費だけじゃなくて、慰謝料も払っているじゃないか。そのお陰で駒込に家が買えたんだろう。君の父親が亡くなったときも、多めに香典を包んだじゃないか。古川家にはいつでも君たち母子を助ける用意がある。頼りない年下の恋人……」

「失礼します」

電話が掛かって来たふりをして、古川から離れた。おそらく警備会社に頼んで、凜子の自宅を見張らせていたのだろう。が、見張り役の男はお咎《とが》めなしで釈放されている。古川が手をまわしたのはあきらかだった。

（相変わらず、嫉妬心が強い）

久保田麻衣と肉体関係を持ったのも、凜子を挑発して、嫉妬心を煽《あお》るためであるのはわかっていた。古川は常に自分の物差しで人をはかる。彼は長谷川冬馬に嫉妬心を覚えるから、凜子もそうなるだろうと考えるのだ。

（可愛いのは自分だけ。血の繋がりがある息子の賢人でさえ、彼にとっては復縁を迫るための道具にすぎない）

不意に相沢幸乃が浮かんだ。児玉社長と性的関係を持ったのはあきらか。しかも社長室をホテル代わりにした。

幸乃はだれかを挑発するために、わざと目立つやり方をしたのではないか？

勤める会社で社長とセックスした裏に隠れているのは……。

エレベーターの扉が開く音で我に返る。早くも鑑識係の応援部隊が到着したのかと思ったが、出て来たのは仕立てのいいスーツを着た六十代の男性と、児玉グループの関係者らしき四十前後の男性だった。

6

「物々しいですね」

六十代の男は、社長室前の廊下に立つ凜子や古川を見やっていた。懐から名刺入れを取り出して、名刺を一枚差し出した。

「児玉重工の橋本です。児玉社長から連絡をいただいたのですが、会えませんか」

「警察庁広域機動捜査隊ASV特務班の夏目です」

凜子は警察バッジを掲げて、自分の名刺を渡した。橋本康平は親会社の取締役であり、〈児玉〉の取締役も兼務している重役だった。年は六十二、三、身長は百七十センチぐらいだろうか。温厚そうな雰囲気の持ち主だが、仕事になると変わるのかもしれない。今は連絡を受けて駆けつけた頼りになる重役という感じだった。

「少しお待ちいただけますか。じきに鑑識係が到着します。児玉社長は社長室から、ご退室いただくことになりますので」

「社長室も捜査するんですか」

橋本は訊いた。

「はい」

「ああ、わかっています。捜査中だから詳しい話はできないんですよね」

「はい」

凜子は、つい橋本の顔をじっと見つめていた。話しているうちに、どこかで会ったことがあるような感覚をいだいていた。既視感《デジャヴュ》というやつだろうか。なんとなく懐かしい雰囲気が……。

「相沢君のことでおいでになったんですよね」

橋本は問いかけたが、凜子の視線に気づいたのだろう。

「どうかしましたか。わたしの顔になにか付いていますか」

不思議そうに問いかけた。

「あ、いえ、すみません。憶えはないのですが、どこかでお目にかかったことがあるような気がしまして」

「テレビじゃないですか」

苦笑まじりに答えた。

「一連の騒ぎのとき、児玉グループの代表として、先《さき》の社長と一緒に記者会見に応じました。引き受ける者がいない中、児玉重工の会長のご指名を受けて、やむなく同席した次第です。あまり自慢できる話じゃありませんが」

言われて、凜子は「そういえば」と思い出していた。テレビの記者会見で見たかもしれない。何度か流れたニュースを目にした憶えがあった。

(でも……この既視感は、ちょっと違うような気がするけれど)

消えない疑問は胸にしまい、簡単に経緯を説明する。みるまに橋本の顔がくもった。

苦虫を嚙み潰したような表情で社長室に目を走らせる。

「よりにもよって女性社員とそういう関係になるとは」

しかも社長室で、とは続けなかったが、敢えて口にしなかったように感じられた。恥の上塗りであるのは周知の事実。わざわざ言うまでもないことだ。

「橋本さんは、相沢幸乃さんをご存じでしたか」

幸乃を後押しした社外の取締役は二人いる。そのうちのひとりが、橋本であるのを知ったうえで訊いた。ここで橋本が知らないと否定すれば、彼に対する疑いが強くなる。さまざまな角度から攻めていた。

「もちろんです。相沢君が小型車の企画を出したとき、後押ししました。調べればわかりますので先に言いますが、彼女の父親とわたしは大学の同期でしてね。一時は母親の時江さんを巡って、恋の鞘当《さやあ》てをした間柄なんですよ」

笑みをまじえて、告げた。いつの間にか、隣に久保田麻衣が来て手帳にメモしている。元夫は橋本と一緒に来た四十代の男と話をしていた。

「そうだったんですか」

凛子は小さな驚きを覚えている。好きな女性を巡る争いを制したのは、相沢勝久の方だった。時江を忘れられずにいた橋本は恋敵《こいがたき》亡き後、不倫関係に陥る。なんらかの理由で母親と橋本の関係を知った幸乃は、妻子に真実を告げると橋本を脅した。それを阻止するために殺害した可能性もある。

（あるいは、黙っている代わりにと、企画の後押しを頼んだか）

さらに別の考えも浮かんでいた。ファーザーコンプレックスの代表格のようだった幸乃は、大好きな父亡き後、橋本を父親代わりにしたのではないだろうか。流れとしては、それが自然だろう。しかし、そういった話は母親や妹の口から出ていなかった。

「相沢さんに慕われたんじゃないですか」

さりげなく踏み込んでみる。

「そう、ですね」

橋本は一瞬返事に詰まったが、

「相沢が亡くなった後、会う機会が多くなりましたが、彼女は遠慮があったのかもしれません。わたしは父親代わりのつもりでしたが、彼女の方は距離を置いていました。うちは息子が二人なんですよ。だから相沢姉妹が、とても可愛かったんですけどね。小型車の企画を立ちあげたとき、初めて力を貸してくれないかと相談に来てくれました。嬉しかったですよ」

口元がほころんだ。本当に嬉しかったように感じられた。これが演技だったとしたら、相当な役者ということになる。

「企画部への異動については、相談されなかったんですか」

凛子は別の問いを投げた。どの程度、親しかったのかが、よくわからない。幸乃は橋本をどう思っていたのだろう。もしかしたら性的関係があったのだろうか?

「一度、相談の電話をもらいました。開発部は男社会の色合いが強いですからね。思うように力を発揮できなかったのかもしれません。企画部の方が、君には向いているかもしれないよと助言しました」

「デリバリーヘルスはいかがでしょう。渋谷の店に登録していた件は、ご存じでしたか」

「その件は時江さんが、連絡して来ました。二年ほど前だったと思います。なんとかして、辞めさせたい。話してみてくれないかと相談されました」

二年ほど前という話は、母親の相沢時江の話と同じだった。けっこう密に連絡を取り合っていたように思える。橋本と母親の不倫を知った幸乃が、という疑惑がふたたび頭をもたげた。むろん口にはしない。

「相沢さんには話してみたのですか」

凛子の問いに小さく頭を振る。

「だめでした。仕事が忙しいと、かわされましたよ。まさか、児玉社長とそういう関係になっていたとは」

もう一度、社長室に目を走らせる。古川が、橋本と来た四十代の男性を社長室の前に連れて行った。

「弁護士さんを、児玉社長に引き合わせます」

警視長の確認に答えた。

「わかりました」

凜子は社長室に入って行く二人から、橋本に視線を戻した。

「ハチに刺されてアナフィラキシーショックを起こしたのは、ご存じですよね」

「もちろんです。会社のマラソン大会のときですよね。あのときは、妹の史江さんからメールが来ました。三、四日入院するとのことでしたが、わたしは海外に出張中だったため、見舞いには行けませんでした」

会社のマラソン大会で起きたハチの襲撃事件。相沢幸乃は命に危険が及ぶかもしれないアレルギーの持ち主であることを、ほとんどの社員は知っていた。いや、知らない社員はいなかったかもしれない。

（つまり、それだけ容疑者が増える）

殺人事件と仮定した場合、実行犯はいまだ特定できず、見届け役及び引きつけ役と思しき贋中村の行方はわかっていない。贋中村に協力しただれかもまた、闇の中だった。

「相沢君は」

橋本はひと呼吸置いて、問いかけた。

「殺されたんですか」

口にした後で気づいたのだろう、

「ああ、すみません。先程と同じ流れになりましたね。返事はわかっています。ただ、週明けに発売された週刊誌に『K自動車の美人社員、謎の死。昼は聖女で夜は娼婦だったのか?』などと、面白可笑しく取り上げられていたんです。児玉自動車はなにかと話題の多い会社ですからね。K自動車と言えば、この会社を想起するでしょう。マスコミ対策も考えなければなりません」

「これで小型車の売れ行きが、ますます伸びますよ」

麻衣が涼しい顔で言った。

「逆に新聞や週刊誌を利用すればいいじゃないですか。大衆は醜聞《スキャンダル》が大好きなんです。平凡な生活に飽きあきしているうえ、暇ですからね。昼と夜の顔を持っていた女性社員に、興味を持つのは間違いありません。宣伝すれば売り上げ倍増です」

凜子は班長という立場上、なかなか口にできない言葉だったが、麻衣の口から出ると違和感がなかった。橋本も同じ感想を抱いたに違いない。

「なるほど。貴重なご意見、ありがとうございます。参考にさせていただきますよ」

　何度も頷いていた。

　エレベーターの扉が開き、所轄の鑑識係の応援部隊が到着する。なるべく早くと要請したので、渡里は警視庁ではなく、所轄に命じたのだろう。

「わたしも同席して、よろしいですか」

　橋本の申し出を、凜子はいったん止める。

「上司に確認してみます」

　窓の近くへ行き、渡里に連絡を入れた。隣に来ていた麻衣は、橋本をじっと見つめている。

「なにか隠しているような気がする。ああいうふうに一見、穏やかな善人タイプが、裏ではドロドロの愛憎劇を繰り広げていたりするんですよね」

　ぼそっと呟いた。

　幸乃はだれかと愛憎劇を繰り広げていたのだろうか。相手は橋本康平なのか、児玉潤二だったのか。それとも、エアバッグの自動車部品会社〈フジムラ〉の親子のどちらかだろうか。

　幸乃を取り巻く男たちは……みな死んだ父親以上の中高年だった。

第六章　暴走老人

1

　相沢幸乃の膣に残されていた精液。

　DNA型鑑定の結果、精液の主は児玉潤二であることが判明した。任意同行して、所轄の取調室で事情聴取を行っている。弁護士の立ち会いなど認められるわけがない。

「これは殺人事件の捜査なのか」

　児玉は、相変わらず横柄な態度を取っていた。

「そうだとすれば、わたしは関係ない。相沢幸乃を殺したりしていないからな。早く釈放してもらおうか」

　落ち着きなく貧乏揺すりをしている。懸命に虚勢を張っているように見えた。

「金曜日の夜、あなたは児玉会に出席した後、密かに相沢さんと落ち合い、銀座の会社に行った。それとも会社で待ち合わせたのでしょうか」

　凜子は訊いた。後ろには渡里が控えている。現時点ではまだ殺人事件と断定されてはいない。所轄の署員の中には、時間の無駄ではないのかという意見も出始めている。せっかく特務班が渡っているのだから、もっと重要な案件に取り組んでほしいと思っているようだった。

「会社だよ。人目があるじゃないか。わたしだって女性問題には気をつけている。並んで歩いているところを見られるのはまずいだろう。会社ならば怪しまれることはないからな。それに彼女が眺めのいい社長室で、一度、抱かれてみたかったと言ったんだ」

会社があるのは銀座のど真ん中、ガラス張りの社長室から見る夜景は確かに美しいだろう。まるで映画のワンシーンのような情事。

幸乃はそんなセックスに憧れていたのだろうか。

(むしろ嫌うように思えるけれど)

手帳に記した一部分を思い出している。

幸乃はだれかを挑発するために、わざと目立つやり方をしたのではないか。

勤務する会社の社長室で、社長とセックスした裏に隠れているのは……。

脳裏に浮かんだのは、児玉と対立関係にあった橋本康平専務。児玉よりも年下だが、今回の騒ぎで、児玉は橋本にますます頭があがらなくなるだろう。映画のような情事は納得できなかったが、今は聴取に集中する。

「では、社長室でのセックスを提案したのは、相沢さんなのですね」

「そうだ」

「交際はいつ頃から？」

続いて出た質問に、児玉は怪訝な表情を返した。

「相沢との関係は交際なんかじゃない。彼女は単に性欲を処理する相手だよ。いい年をしてと笑われるかもしれんがね。相手が若ければ、いつだってそういう気分になる。相沢は金銭的な見返りを求めなかったからな。質素倹約を励行している折だけに、安上がりで良かったんだよ」

冗談のつもりだったのかもしれない。ニヤリと唇をゆがめたが、凜子はとうてい笑えなかった。女性蔑視以外のなにものでもない。女性をモノとしてしか見ていないのだ。

「金銭的な見返りは求めなかったと言いましたが」

凜子はセックスと仕事の関係を口にする。

「〈フジムラ〉を傘下に加える件について、賛成するように頼まれたのではありませんか。後押ししてくれと言われませんでしたか」

「まあ、そこはそれ、阿吽《あうん》の呼吸だよ。相沢は口には出さなかったが、特に反対する理由もない。橋本専務も推していたしな。小型車の成功によって、相沢幸乃に対する社内での評価は高まっていた。反対すれば、わたしへの評価がさがりかねない状態だったんだよ。親会社に監視されているので下手なことは言えなかった」

あくまでも親会社や橋本の考えであり、自分は無関係という考え方のようだった。〈フジムラ〉との合併がすでにうまくいっていれば、違う答えになったのではないだろうか。平然と自分の手柄にしたように思えた。

「相沢さんが持っていた青い手帳はご存じですか」

さりげなく探りを入れる。

「青い手帳？」

児玉は、ぐっと身を乗り出した。手帳イコールまずい話が記されていると連想したに違いない。その様子を見て、手帳の存在は知らなかったのではないかと思った。

「どんな手帳だ。まさか、交際相手の名前が記されていたんじゃないだろうな。警察は手に入れたのか」

急に真面目な顔になっていた。幸乃の交際相手ではないと前述しておきながら、平気でそれを口にする。セックスフレンド及び客という表現を使いたくなかったのだろう。発言に一貫性がない点もまた、古川輝彦と同じだった。

凜子は質問には答えない。

「私的な携帯についてはいかがでしょう。相沢さんは少なくとも二台の携帯を持っていたようです。あるいは、もっと所持していたかもしれません。ご存じでしたか」

「いや、知らない。彼女が所持していた携帯になど、興味がなかったんでね。気にしたことはなかったよ」

児玉は落ち着きがなかった。貧乏揺すりが止まらないだけでなく、手指がたえず動いている。檻に入れられたネズミのように、ビクビク、オドオドしていた。

（児玉自動車が警備員として雇い入れているのは、警視庁のOB。かれらに金をやれば半グレを雇うことができたはず。直接、贋中村は知らないとしても、間接的に児玉が雇った可能性は否定できない）

主犯はだれなのか？

対立していた橋本康平も然《しか》り、藤村親子もそうだ。贋中村の雇い主かもしれない。贋中村が警察の包囲網に引っかからないのは、海外に逃亡したからではないのか。事件後、すぐに国外へ脱出したのかもしれなかった。

児玉自動車の警備員は、事情聴取に応じていたが、贋中村は知らないと全員が答えていた。かつての同僚だったとしても否定するのではないだろうか。面倒な騒ぎに巻き込まれるのはご免というのが、かれらの考えのように思えた。

辛抱強く繋がりを辿《たど》るしかなかった。

「自動車部品メーカーの〈フジムラ〉を傘下に加える話は、白紙ですか」

多少、個人的な感傷を込めた問いが出た。あとわずかで合併が実現していたかもしれない死んだ幸乃の企画。エアバッグは車に乗る者の命を守る重要なものだ。無関係の凜子であっても〈フジムラ〉の存続は気になる。部品が提供されなくなったら、死亡事故が増えてしまうかもしれない。

「いや」

児玉は答えたものの、微妙な間が空いた。

「〈フジムラ〉との合併話は、わたしの手から離れた。橋本専務が引き継ぐことに決まったんだよ。すでに蚊帳の外でね。関与できないし、するつもりもない」

語尾は小さくて聞き取れないほどだった。まだ発表されていないが、児玉潤二は経営陣から外されるのかもしれない。微妙に空いた間に、彼の葛藤《かっとう》が見え隠れしているように思えた。

「話を戻します」

凜子は言った。

「相沢さんとセックスするときは、いつも避妊をしなかったのでしょうか。コンドームは利用しなかったのですか」

無防備極まりないセックス。さまざまな性病への感染率が、飛躍的に高まるのは言うまでもない。にもかかわらず、なぜ、幸乃は避妊をしなかったのか。

「だいたい、そうだったな。あまり魅力があるとは思えない中年女を抱く理由は、それぐらいしかないだろう。ナマで、できるかどうか。一番気になるのはそこだよ」

またもや不愉快な暴言を吐いた。上から目線の女好き。社長に就任したこと自体が、間違いだったように思えた。

取調室の扉がノックされて、渡里が開けた。小声でなにか話している。取り調べ中のだれかが、重要な話をしたのかもしれない。

「代わろう」

と、凛子の隣に来て告げる。頷いて、立ちあがった。渡里が椅子に座り、凛子は少しさがる。

「会社の警備員が、あなたに頼まれて半グレを雇い入れたと自白しました。半グレとは、贋者の中村修のことです」

「なに？」

児玉の顔つきが変わった。渡里はかまわず続ける。

「金曜日から土曜日の未明にかけて、あなたは社長室で相沢幸乃と性交に及んだ。そのとき、彼女のバッグにあった自己注射薬『エピペン』や鎮痛剤を別のもの、アレルギーを起こす物質を入れた自己注射薬や鎮痛剤にすり替えた。相沢幸乃は、おそらくすり替えられた鎮痛剤を服み、渋谷のスクランブル交差点で死亡した」

「馬鹿な！」

音をたてて、立ちあがる。

　勢いよく椅子が倒れた。凜子は児玉を宥《なだ》めるべく近寄ったが、渡里は小さく頭を振る。椅子だけ元に戻して、ボスの後ろに戻った。

「違うんですか」

　渡里の確認には答えない。

「………」

　児玉は無言で座り直した。

「いかがでしょうか、児玉さん。警備員の証言の裏付けはこれから取りますが、その前に伺いたいんですよ。あなたが相沢幸乃の殺害を依頼したのかどうか」

「わたしではない、依頼などしていない」

　頭を振り続けている。

「嵌《は》められたんだ、だれかに」

「その嵌めた相手に心当たりは？」

　畳みかけるように訊いた。一気に落とそうとしていた。しかし、凜子は疑問が湧いている。元夫に似ている性格であるとすれば、複数の女性と付き合う程度の小悪党ぶりがせいぜいではないだろうか。殺人を依頼するような度胸があるとは思えなかった。

「橋本専務だよ、あいつしかいない。児玉一族を完全に系列会社から締め出そうとしているんだ。虎視眈々《こしたんたん》と狙っていたんだろう。警備員なんて金を掴ませれば、どっちにでも転ぶからな。元警察官ほど金に弱い人間はいないというのが、わたしの持論でね」

ふてぶてしく見せるためなのか、唇をゆがめた。懸命に最後のプライドを保っているように思えた。両手が小刻みに震えている。まずは留置所に勾留されるのだが、考えただけで恐怖に襲われるのかもしれない。

（でも、同意できる部分もある）

警備員なんて金を掴ませれば、どっちにでも転ぶからな。

否定できなかった。金で動く人間は、やはり、金で動くのではないだろうか。警備員の証言は、信憑性《しんぴょうせい》に欠けるような気がした。

これはまずい事態だとようやく実感したのか、

「弁護士を呼んでほしい。兄に頼んでくれないか」

初めて、殊勝な態度を見せた。

本当に児玉潤二が主犯なのか。相沢幸乃に脅されていたのか。愛人関係をマスコミに洩らすとでも言われたのか。

いずれにしても、相沢幸乃は、殺害された可能性が高まっていた。

2

「児玉社長に頼まれました」

児玉自動車の警備員――浅野健作《あさのけんさく》は言った。

「『裏社会には始末屋のような輩がいると聞いた。ヤバイ仕事をやる人間を知っているだろう。ひとり、手配してほしい。礼は充分にするから』と、児玉社長に言われたんです。それで警察官時代に知り合った半グレを手配しました」

五年前に警視庁を定年退職した浅野は、上司だった男の伝手で〈児玉〉に警備員の職を得た。厚生年金がおりる年になったため、悠々自適の隠居暮らしのはずだったのだが……実家に子連れで出戻った娘がうつを患ってしまい、浅野は働かざるをえなくなっていた。

「金がほしかったんです。児玉社長が口にしたのは、かなりの大金でしたから」

手配した贋中村修の本名は、山岸稔《やまぎしみのる》、五十四歳。いくつかの偽名を持つ不動産ブローカーだ。特務班の予想どおり、山岸は事件後すぐに海外へ逃亡。フィリピンに入国したところまでは判明していた。

渡里はフィリピンに捜査員を派遣して、山岸の行方を追わせている。

「相沢さんは、青い手帳に売春相手の情報を書き込んでいたとか。児玉社長でなくても、まずいと思いますよ。二人の間にどんなやりとりがあったのかまでは聞いていませんがね。とにかく始末しろと言われました」

浅野はある程度の事情は摑んでいるようだった。幸乃を殺す動機は青い手帳だと考えているのだろう。危ない個人情報満載の青い醜聞手帳は、客にとっては脅威となる。元警察官らしい推測に思えた。

「青い手帳のことは、児玉社長に聞いたんですか」

凜子は確かめる。児玉の様子からして、青い醜聞手帳の存在は知らないように思えたからだ。

「はい」

簡単に認めた。供述への疑いが湧いたが、口にするのは控えた。

「児玉社長を告発したのは、なぜですか」

「亡くなった女性社員が、気の毒になったからです。わたしにも娘がいますからね。どうしても重なってしまうんですよ」

「個人的な怨みではないと？」

ふたたび確認する。

「はい」

浅野は同意した。別の確認作業に入る。

「相沢幸乃さんは渋谷のスクランブル交差点で亡くなりました。山岸稔は見届け役を兼ねた始末役、これは相沢さんになんの異変も起きなかったときに始末する役目、つまり、殺害する役目です」

些細な表情の変化も見のがすまいと集中している。浅野を真っ直ぐ見据えていた。

「山岸稔は以上の役目であるとともに、自分に目を引きつけておく引きつけ役でもあったのでしょうか」

「引きつけ役とは？」

浅野の疑問に答えた。

「山岸稔は相沢さんが死亡した直後、交番で事情聴取を受けています。わたしは立ち会ったのですが、その際、彼は相沢さんのバッグから抜き取ったと思われる自己注射薬や鎮痛剤、青い手帳、携帯といったものを所持していませんでした」

自分の手帳に記した内容を頭の中でもう一度、反芻《はんすう》している。と同時に、交番での様子が脳裏に甦っていた。

「おそらく、山岸稔はだれかに渡したのだろうと推測しています。その協力者に目が向かないよう、彼はおとなしく交番に行ったのではないか。そう思ったため、わかりやすく引きつけ役と言いました」

「なるほど。仰るとおりかもしれませんが、現場でどう動くか、だれか協力者を頼むかといったことについては、山岸にまかせたんですよ。その場で判断しなければならない事態になるかもしれませんからね。わたしにはわかりません」

「交差点での協力者や、逃亡を手配した者については知らないということですか」

「そうです」

あくまでも山岸稔に依頼しただけだと言い張っていた。しかし、浅野の証言を、児玉は依然として全面否認している。

〝相沢は、自殺したのかもしれない。会社勤めをしながら、デリヘル嬢として働いていたこと自体おかしな話じゃないか。充分すぎるほどの給料をもらっていたにもかかわらずだ。売春を続けていたのは、どう考えたって正常じゃないだろう。わたしは、他殺に見せかけた自殺だと思うね〟

児玉は頑なに自殺説を繰り返した。

〝かなり変わった女だった。わたしを犯人に仕立てて、苦しめるつもりだったんじゃないか。彼女が考えそうなことだ。今頃、あの世で含み笑いを洩らしているような気がするよ。ある意味、相沢らしいと言えなくもない死に方だな〟

捜査員の中には、児玉の相沢幸乃自殺説に賛同する者もいたが、そう簡単に同意できるわけがない。

（もし、児玉潤二が犯人ではないとしたら、もうひとり、土曜日の未明に相沢幸乃と

会った人物がいる）

凛子はそういった人物に心当たりはないか、児玉に訊ねた。

〝会社の社長室で楽しい時間を持った後、わたしはソファで仮眠したんだ。その間に相沢は帰ったんだよ。表玄関や裏口には、防犯カメラを設置してある。確認すれば、わたしの話が嘘か真実か、わかるはずだ〟

児玉は躊躇うことなく言い切った。元夫の古川によく似た気質ゆえ、追及されたときに嘘をつくのは苦手なはずだ。特に取調室のような場所では、顕著《けんちょ》にその傾向が現れる。また、供述どおり、会社の玄関先に設置されていた防犯カメラには、午前三時頃に帰宅する幸乃の姿が映っていた。児玉は嘘を言っていないように思えるのだが……。

「警察庁のデータベースに侵入しましたか」

凛子は話を変えた。

「え？」

浅野は驚いたように目をあげた。

「なんのことでしょうか。わたしはパソコンや携帯の操作は苦手なんですよ。警官時代、最低限の操作は憶えましたがね。ハッキングやデータベースへの侵入などは、とうてい無理です」

苦笑まじりに否定する。しかし、操作が苦手なふりをしている可能性もあった。

「では、もう一度、山岸稔について伺います。彼は相沢さんを尾行していたのでしょうか。金曜日の夜から土曜日にかけて、相沢さんが会社にいたのは知っていたのですか」

カマをかけてみた。

「相沢さんと会社で会った時点で、児玉社長から連絡が来る段取りになっていました。山岸の携帯に児玉社長から連絡が行ったのではないかと思います」

模範解答が出た。さすがは元警察官と言うべきか。山岸稔は幸乃を尾行していたのかもしれないが、尾行と答えたのでは殺害を指示した者を特定しにくくなる。児玉社長犯人説をより真実味あるものにするためには、今の解答がベストではないだろうか。

「相沢さんの日常的な暮らしぶりなども、児玉社長から聞いていたのですか」

どの程度、事前調査をしていたのだろう。幸乃は非常に几帳面な性格だったため、昼は会社、夜は八時頃からデリヘル店、バッグにはきちんと自己注射薬と医者から処方された鎮痛剤を入れておくというように、判で押したような生活を送っていた。彼女の身近にいる人間しか、知り得ない事実も当然含まれている。

「はい。児玉社長は相沢さんの日常生活、毎朝、必ず鎮痛剤を服むことなどを知っていました。だからこそ、金曜日の夜に自己注射薬や鎮痛剤をすり替えられたのです。

彼女がトイレに行ったときに、すり替えたと聞きました」

まるで事前に考えていたような答えだった。逆に凜子はそれが気に入らない。完全犯罪を企てたのは、本当に児玉潤二なのだろうか？

「山岸稔にまかせたと言っていたのに、ずいぶん詳しいんですね」

苦笑まじりに告げた。

「山岸にまかせたのは、殺害から先の事柄に関してです。そこに至るまでの準備については、児玉社長から知らされていました。本当はわたしにやらせたかったんじゃないでしょうか。高みの見物といきたかったんでしょうがね。そうはいきませんよ」

自嘲だろうか、それとも児玉に対する嘲笑だろうか。唇をゆがめたような笑みが、滲んでいた。

「あなたと相沢さんは、どの程度の知り合いでしたか」

あらためて問いかける。

「挨拶をかわす程度でした」

「彼女の客になったことはない？」

「ありません」

わずかに、浅野の顔がゆがんだ。親しくなかったからといって、その死を容認できるわけではない。奔放《ほんぽう》な女だと思っていたかもしれないが、イコール、死んでもいい女にはならないだろう。弱みを見せたそこを、凜子はすかさず衝《つ》いた。

「児玉社長から殺害を告げられたとき、反対しなかったのですか」

「もちろん反対しました」

浅野は即答する。

「繰り返しになりますが、わたしにも娘がいます。これも先程言いましたが、離婚のショックでうつになってしまいました。娘の顔が浮かびましたよ。すると児玉社長は、こう言ったんです」

やや青ざめた顔で続けた。

〝アレルギーを起こす薬を服んだとしても、相沢幸乃が死ぬとは限らない。自己注射薬があるからな。公にされると厄介な青い手帳や携帯が、手に入るだけでいいんだよ。これは警告だと、相沢もわかるだろう〟

またもや、もっともらしい答えだった。出来過ぎていると言えなくもなかった。本当に児玉の言葉なのだろうか。

「児玉の言葉を信じて罪悪感を封じ込めた」

凜子の自問とも問いともつかない言葉を、浅野はうつむいて、受け止めた。殊勝な態度は演技なのか、真実なのか。

「相沢さんが死んだことを、テレビのニュースで知ったとき」

浅野は呟いた。

「心の中で手を合わせました。申し訳ないことをしたと思っています。せめて、と思い、自白することを決めました」

目をあげる。

「わたしは、児玉潤二に頼まれて、山岸稔を手配しました。わたしも山岸も金で雇われたのです。山岸を捕まえてください。そうすれば、すべてわかるはずです」

「児玉社長こそが主犯だと？」

「はい」

「そうですか」

凜子は切り札を出した。

「あなたは、児玉社長から解雇通告を受けたそうですね。解雇理由は児玉曰く『裏でこそこそやっていたのが気に入らない』とのことでした。それを怨んで偽りの自白をでっち上げたのではありませんか」

「………………」

浅野は急に黙り込む。目を逸らして沈黙に転じた。

凜子には、それが答えのように思えた。

3

週明けの月曜日。

渋谷署の会議室では、特務班と所轄の合同捜査会議が開かれた。

「『渋谷スクランブル交差点変死事件』。相沢幸乃の変死事件は、殺人の疑いが濃厚になりました。現時点では推測にすぎませんが、児玉潤二が口にした自殺説という意見も、所轄内からあがっています」

凜子は、渋谷署の会議室を見まわした。総勢四十人ほどだろう。指揮官クラスを中心にして、所轄の捜査員が集まっている。幸乃の会社は銀座にあるため、中央区の所轄も参加していた。

特務班は桜木と友美が、浅野健作の証言の裏付けを取るために動いている。古川輝彦は例によって遅刻という状態なので、総勢五人がボードやプロジェクターの前に並んでいた。

「うちは自殺説を支持します」

中央署の刑事部の課長が挙手して、立ちあがる。年は五十前後、幸乃の父親が亡くなった年齢に近いように見えた。スーツにワイシャツやネクタイの色を合わせている。なかなかお洒落だった。

「児玉潤二や浅野健作の供述を、全面的に支持する気持ちはありません。それにしても、金に困っていたわけではないのに、なぜ、わざわざデリヘル嬢をやっていたのか。どうしても、納得がいかないんですよね。相沢幸乃の心を解読すること。これが事件を解決に導く大きな鍵になるような気がします。デリヘル嬢をやっていたのは、だれかへの当てつけのため。児玉社長と会社でセックスしたのも同じ理由」

凜子は自分の手帳に記した一部を思い出していた。

(相沢幸乃はだれかを挑発するために、わざと目立つやり方をしたのではないか。勤務する会社の社長室で、社長とセックスした裏に隠れているのはなんなのか)

心に浮かんだ疑問を抑え込んだ。

「他にはどうですか。自殺だと思う根拠がありますか」

課長に問いかける。

「彼女は児玉自動車に勤めていたことを、客に平然と話していました。また、青い醜聞手帳、これは特務班の呼び方をそのまま使わせていただきますが、青い醜聞手帳に客の名前や年齢、職業などを記していたふしもある」

自分の手帳を見て、続けた。

「下手をすれば性交渉の後、客がいるところで書いていたかもしれません。なんだか、そう、殺してほしいと挑発していたような印象を受けるんですよ」

かなり大胆な推測だったが、凛子も似たようなことを感じていた。一流企業に勤務する現役の社員であることを、幸乃は得意げに客に話していた。会社の格に差があれば、客はコンプレックスを刺激されたのではないだろうか。

（でも、中には支配欲や征服欲を覚える客がいたかもしれない）

凛子は思った。セックスで女を支配する。一流企業の女性社員とセックスするのは、一種独特の快感があったのではないだろうか。支配欲や征服欲が満たされるため、幸乃に溺れた客もいたのではないか。

（そういった快感を覚えなかった客が、殺害に走ったことも考えられる）

たかがデリヘル嬢のくせに、と、軽蔑できればよかったのかもしれないが、学歴や職歴ではとうてい及ばない。会う度に言われれば腹が立つ。そういった怒りや憎しみが積もり積もって、殺害に及んだ可能性もあった。

「夏目」

渡里に促されて、はっとする。

「すみません、続けます。つまり、相沢幸乃はだれかに殺されたのかもしれないが、それは間接的な自殺だったのではないか。課長はそう考えていらっしゃるわけですか」

補足の意味を込めて訊いた。

「そう、なりますね」

考えながら同意した。

「では、やはり、他殺となるのではありませんか。他殺されたのだが、間接的な自死である。そういうことですよね」

凜子はもう一度、確認の問いを投げた。

「そうですが……わたしは自殺説を推します。彼女にはアレルギーがありました。アレルギーを起こす鎮痛剤を服《の》めば死ぬかもしれない。そういった話を客に言っていたようです。デリヘル店に残っていた記録から何人かの客を割り出して、聴取したんですよ」

昨日あたりの話に違いない。まだ聴取内容を記した調書は、提出されていなかった。渡里は素早くボードに書き込んでいる。それを弥生がパソコンに打ち込んでいる。パソコンからプロジェクターに情報が送られるとともに、現場の捜査員の携帯にも会議の内容が送られるのだった。

「続けてください」

凜子が促すと、小さく頷き返して、続けた。

「先程の繰り返しになるかもしれませんが、相沢幸乃はじつにオープンな性格だったわけですよ。オープンすぎて、無防備とも言える。挑発どころか『だれか、わたしを殺してちょうだいよ』と、誘いかけていたように感じたりもするわけです」

自嘲が滲んでいる。自殺説を口にしたものの、嘱託殺人のような流れになっていたからかもしれない。

「よろしいですか」

精神科医の藤堂明生が、答えてもいいかと渡里の許可を求める。

「どうぞ」

許しを得て、藤堂は一歩前に出た。

「自殺の疑いがあるケースの場合、心理解剖——サイコロジカル・オートプシーという手法が有効ではないかと思います」

プリントは配っていなかったので、渡里は素早くボードに書いた。

「これはどういう手法かと申しますと、相沢幸乃さんの生い立ちから性格、仕草や癖、そして、当時置かれていた心理状況までを、家族や関係者への聴取で『解剖する』というものです。まずは情報収集をしていただき、僭越《せんえつ》ながら、それをわたしの方で心理解剖したいと思います」

「そのサイコロなんとかで、自殺だと断定できるわけですか」

課長の唇がゆがんでいる。揶揄するような問いだった。

「むろん、心理解剖によって百パーセント、自殺だと証明できるわけではありません。

ですが、なんらかの手助けになるのではないかと思います。強い自殺願望があった、嘱託殺人的な自殺願望を持っていた、自殺願望はなかった。というふうに、ある程度は予測できると思います」

「まあ、おやりになるのは自由ですな」

課長は唇をゆがめたまま、座った。特務班が精神科医を捜査員に加えた点に、今でも疑問を示す者がいる。典型的なタイプのように見えた。

「あの、確認なのですが、相沢幸乃は薬を使っていなかったのでしょうか」

渋谷署の生活安全課の女性課長が立ちあがった。

「監察医の死体検案書を疑うわけではありません。でも、毎晩、デリヘル嬢を務めるのは、相当、気合いと言いますか。テンションが高くないとできないように思うのです。あるいは逆にうつ状態で『もうどうなってもいいわ』というように、やけを起こしていたのか。どうしても薬がちらついてしまうんですよ。覚せい剤や危険ドラッグといった薬の使用に関して、今一度伺いたいと思いまして」

「長田」

ボードに書き込み中の渡里が指名する。藤堂はもとの位置にさがり、代わりに監察医の資格を持つ長田弥生が前に出た。凛子は弥生が担当していたパソコン入力を代わる。

「相沢さんは、覚せい剤や危険ドラッグの類《たぐい》は使用していませんでした。この点に関しましては、念入りに調べましたので間違いありません。薬物を常用していると、臓器の重さが変化するんですね」

その説明を聞き、「へぇぇ」という声が捜査員たちから洩れた。渡里は懸命にボードに記している。藤堂が交代しようと仕草で告げたが仕草で断られた。久保田麻衣だけは、我関せずの表情で手帳にメモしている。ボードに書く役目やパソコン操作は、他のメンバーにおまかせという感じだった。

「臓器が重くなる理由。それは薬物に含まれる添加物が、肺や心臓のまわりのリンパ節、さらに肝臓や脾臓《ひぞう》を肥大させ、臓器を重くするからなのです。また、薬物に含まれる『結晶』が残るため、ストレスに影響を受ける副腎にも、目に見える異常が確認できるようになります」

弥生は肩越しに振り返って、渡里がボードに書き込む早さを見ていた。

「この『結晶』は、薬物に含まれているものです。胃の内容物をプレパラートに塗りつけて標本を作り、偏光顕微鏡で検査するのですが、顕微鏡で光を当ててみると、薬物の残留物があるかどうかがわかります。これをクリスタル反応と言いますが、相沢幸乃さんの場合、こういった反応はありませんでした」

さらに、と、続けた。

「注射を打つときの癖や、針が入った角度から打った場所、どういう注射器を使っているか、などといったものを総称してシグネチャーと呼びますが、これも痕跡がありませんでした。以上のことから、相沢幸乃さんは薬物依存ではなかったと思います」

「わかりました。詳しいご説明、ありがとうございます」

女性課長が座ると同時に、渋谷署の刑事部の男性課長が挙手した。凜子は素早く弥生と場所を入れ替わる。ふたたび弥生が、パソコン入力を担当した。

「どうぞ」

凜子に指名されて立ちあがる。

「先程もちらりと出ましたが、被害者、すでに殺人の疑いが出ているので、こう呼んでもいいと思います。被害者の相沢幸乃は、あまりにも無防備すぎるように思うんですよ。青い醜聞手帳を客の前でちらつかせるような真似を、なぜ、したのでしょうか。やはり、殺《や》れるものなら殺ってごらん、とばかりに挑発していたような印象を受けます。反面、警戒していたふしが見えなくもない」

手帳を広げて、一部を読みあげた。

「相沢さんは、この会社のやつらに殺されたんだ。前に聞いたことがある。危ないかもしれないと言っていた」

藤村国男の言葉だが、そこで終わっているのは、息子の藤村悟郎に止められたからだ。幸乃は藤村親子には、弱気な一面を見せていたのかもしれない。人が他者に弱い部分を曝すのは、それだけ親《ちか》しい存在という場合が多い。孤高に思えた幸乃も、藤村親子には心を許していたのだろうか。

凜子は素早く自分の手帳に赤丸をつけた。

「警戒しながらも、客に対する挑発行為をやめられなかった。そういうことですかね」

男性課長が問いかける。凜子が答える前に、藤堂が一歩前に出ていた。

「感覚が麻痺《まひ》していたのかもしれません」

4

「よろしいですか、渡里警視」

藤堂は、もう一度確認して、渡里の了承を得た。出しゃばりすぎず、さりとて引っ込みすぎて精神科医は不要と思われないように、気配りしているのではないだろうか。きちんと存在感を示さないと、税金の無駄遣いと思われかねない。微妙な立場をよく理解しているように思えた。

「社会心理学に『正常性バイアス』という用語があります。事故や災害が起きたときに、『きっとたいしたことじゃない』と自らに都合よく解釈し、事態の深刻さを見誤ることを指す用語です」

　この説明はあらかじめ用意しておいたのか、藤堂は凜子にプリントの束を渡した。相沢幸乃を説明する場合、必要だと考えたに違いない。凜子はプリントを配った。

「プリントにも記してありますが、二〇〇一年秋の米同時多発テロの際にも、この現象が起きました。旅客機に突っ込まれた高層ビルから、すぐには避難しなかった人たちがいたんですね。『ここは大丈夫』とか、『すぐ収まる』という思い込みからか、避難が遅れてビルの倒壊に巻き込まれてしまった」

　会議室を見まわして、告げた。

「被害者の相沢幸乃さんは、およそ二年にわたって、昼は会社員、夜はデリヘル嬢という生活を続けていました。その間、これといった災厄は起きていません。『なんだ、平気じゃないの』というふうに、大丈夫だと思い込んでしまったふしがあります。徐々に大胆になっていったかもしれません」

「今のご説明は、先程のサイコロなんとかよりも説得力がありますよ」

　中央署の刑事部の男性課長が立ちあがった。わけのわからない横文字は、苦手なのかもしれない。昔気質《かたぎ》なのかもしれなかった。

「最初は警戒していたが、そのうち薄れていった。しかし、藤村国男は嘘をついている可能性もありますよね。だれかに狙われていたと思わせたかったため、件の台詞をわざと口にした。相沢幸乃を始末するべく狙っていたのは、藤村親子のどちらか、あるいは親子で企《たくら》んだのかもしれないが、警察の目を他に向けさせるために敢えて告げた」

課長は自分なりに推測したのだろう。手帳を広げて、読みあげた。

「ありうると思います」

凜子は同意する。自分の番は終わったと思ったのか、藤堂はすでにさがっていた。

「児玉潤二、藤村国男と悟郎親子。さらに児玉重工と児玉自動車の取締役を兼ねている橋本康平。あるいは元警察官の浅野健作が、児玉潤二や相沢幸乃に個人的な怨みを持ち、単独で企んだのか」

「浅野健作主犯説も加えるんですか」

課長の問いに頷き返した。

「はい。浅野は児玉社長になんらかの怨みをいだいていたかもしれません。もしくは、児玉社長をセレブ層の代表格のように見て、一方的に怨みを募らせていたことも考えられます。浅野自身は六十五を過ぎてなお、働き続けなければならないわけですからね。料亭での会合や女性社員との逢瀬を知っていたとすれば、面白くなかったと思います」

渡里がボードに児玉たちの名を記したのを確かめる。

「浅野は相沢幸乃にも怨みをいだいていたため、そうだ、どうせなら児玉社長のせいにしてしまおうと考えたのかもしれません。このことから、浅野健作主犯説も加えました。状況的に見て、流しの犯行は外していいと思います。相沢幸乃の生活をよく知る者でなければ、できない犯行ですから」

手帳を確認しつつ、告げた。

「児玉潤二、藤村親子、橋本康平の会社や自宅付近。そして、浅野健作の自宅近辺の防犯カメラを現在チェックしています。浅野の供述が嘘だった場合、これは児玉潤二が自己注射薬や鎮痛剤のすり替えを行っていなかった場合ですね。相沢幸乃は土曜日の未明に、別のだれかと会っていた可能性が高まります」

「別のだれか」

中央署の課長は、ボードに記された人物の名前を見ていた。みな怪しいように思えるが、この中に主犯がいないことも考えられた。

「先程、話に出た自殺説ですが」

凜子は言った。

「わたしは、自殺ではないと思っています。あくまでも私見としてお聞きください。相沢幸乃は小型車の企画を成功させた後、すぐさま〈フジムラ〉の再建話を新たな企画として打ち出しました。〈児玉〉がスポンサーになって、自動車部品メーカーの〈フジムラ〉を傘下に組み込むという案です」

初めて藤村悟郎に会ったとき、幸乃の父親に目元や雰囲気が似ていると思った。もしかすると、幸乃は密かに恋心をいだいたのではないだろうか。藤村悟郎の話では、女性社員だったので、はじめは幸乃を相手にしなかったと言っていた。それでも幸乃は諦めない。足繁く通い詰め、藤村親子の信頼を勝ち取った。

「〈フジムラ〉は危機的状況でした。いえ、今もそうでしょう。再建に関しては、自動車会社が何社か名乗りをあげていますが、スポンサーには〈児玉〉がほぼ確定していました。ところが児玉潤二は相沢幸乃の死を受けて、スポンサー案を翻《ひるがえ》した」

話が長くなると思ったのか、中央署の課長はいったん座る。手帳にメモしていた。

「彼女の死に、現場の仕事が左右されているわけです。つまり、それだけ相沢幸乃の存在が大きかったのではないか。あらためて、藤堂先生に伺いますが」

肩越しに振り返って、訊いた。

「これまた、何度か話に出ましたが、精神科医に確認したいと思います。自死する人は、メンタル面に問題を抱えた人が多いですか」

「はい。うつ病になっていることに気づかず、発作的に自死する人が多いと思います。もちろん思い詰めて自死を選ぶ人も少なくありません。いずれにしても、なんらかの要因を持っていた人が多いでしょうね」

「仕事への意欲はどうでしょう。失いますか」

「意欲を失います。なにもやる気が起きなくなってしまうんですよ。出社できずに自宅で一日中、ベッドから出られなくなったりします。家族と一緒に住んでいた場合は、親や夫や妻が気づいて連れて来ますが、ひとり暮らしの場合は会社を辞めた後に周囲が気づいたりします。後者の絆すらなかったときは、自死する場合があります」

「ありがとうございました。ついでにもうひとつ、伺います。捜査員からも出ましたが、なぜ、相沢幸乃はデリヘル嬢をしていたのでしょうか。失恋や仕事、家族への不満などなど、色々あると思いますが、先生はどうお考えですか」

　隣に来るよう凜子は示した。

「おそらく親との関係に原因があると思われます」

　藤堂は会釈しながら隣に来る。

「彼女のように、拒食症から自己処罰へ向かうケースは他にもありますが、いずれも父親や母親との関係に問題がありました。相沢幸乃を例にしますと、親が特別視して過大な期待をかけていた可能性が高い。これに応えられないと感じた時点から、自己処罰がはじまるのです」

「家庭内か、会社内か、どちらかはわかりませんが、大きなショックを受け、異質の道を選んだ。自死の話に戻しますが、相沢幸乃は仕事への意欲を失っていませんでした。亡くなる直前まで精力的に働いていた。〈フジムラ〉の再建をだれよりも真剣に考えていたように思います」

　会釈で藤堂に礼を言い、凜子は捜査員たちに視線を戻した。いつの間にか、久保田麻衣が席の前列に陣取っている。手帳を広げて、物言いたげな目を向けていた。

「以上のことから、わたしは彼女が自死したとは思えないのです」

「質問です」

　麻衣が手を挙げた。

「どうぞ」

「なぜ、相沢幸乃は、そこまで〈フジムラ〉に肩入れしたのでしょうか。もしや、藤村社長と不倫関係にあったのでしょうか」

　麻衣は、自問を込めたような問いを投げた。桜木がいたら、渡里の許しを得ないで座ったと非難する場面だったが、ボスは鷹揚にかまえている。凜子はこの質問をいい形で使うことにした。

「特務班のメンバーから女性らしい質問が出ました。説明が省《はぶ》けて助かります。わたしも同意見ですと言いたいところですが、断定まではできません。ただ、相沢幸乃は藤村社長に、好意を持っていたかもしれませんね。亡くなった父親に少し似ているんですよ、藤村社長は。年齢もズバリ、父親が亡くなった年齢と同じ五十二歳です」

答えを聞きながら、麻衣は手帳に記していた。携帯を机に置き、ちらちらと見ている。だれかからの連絡を待っているのだろうか。なんとなく気になったが口にはしなかった。

「さらにもうひとつの理由としては、〈フジムラ〉が再建できなくなった場合、部品の提供ができなくなります。エアバッグという人の命を守る貴重なものを、相沢幸乃は命を賭けて守りたかったのではないでしょうか。そのため、なんとかして〈フジムラ〉を残そうと奔走した」

綺麗事すぎるかもしれないが、幸乃は藤村親子にそう語っていた。自動車メーカーとしては、顧客の命を守るのが使命だろう。安心、安全を追求するのは言わずもがな。彼女は〈フジムラ〉を傘下に加えることに、全身全霊を傾けていたのではないか。

「藤村悟郎は妻帯者です」

生活安全課の女性課長が立ちあがる。

「不倫関係を清算するために、自己注射薬や鎮痛剤の中身をすり替えて、相沢幸乃を殺した。そういう動機が成り立つわけですね。息子の行為に気づいた父親の藤村国男は、それゆえ『相沢さんは、この会社のやつらに殺されたんだ云々』という台詞を、わざと口にしたのかもしれない」

ひとつの推測を口にした。

「ありうると思います」

凜子の同意を受け、女性課長はさらに言った。

「児玉潤二、橋本康平、浅野健作も妻帯者です。同じ動機を持ち、殺害に至った可能性がある。こうやって考えていくと、自死の線は弱くなりますね」

「わたしも、そう思います。主犯と協力者を炙《あぶ》り出す心強い助けとなるのが、防犯カメラの映像確認でしょう。渋谷のスクランブル交差点や事件関係者周辺の防犯カメラを確認する作業は、メンバーが交代で、捜査員たちと一緒に続けています。名前の挙がった人物たち以外にも、何名かの候補を挙げておきました。顔認証システムで確認すれば、携帯などを持ち去った協力者がわかるかもしれません」

凜子が答えたとき、ポケットの携帯からヴァイブレーションがひびいた。渡里や課長たちも、携帯を取り出している。

「続けてくれ」

渡里は言い、廊下に出て行った。続けろと言われたものの、課長たちは電話を受けている。凜子も携帯の画面を見た。

〝藤村国男が行方不明との通報あり。通報者は息子の藤村悟郎。父親を至急保護してほしいと言っている。藤村国男は未明に乗用車で会社を出た後、戻って来ていない〟

通信指令センターからの連絡だった。

（車徘徊だろうか。それとも、だれかに会いに行ったのか）

会いに行くつもりが途中で認知症の症状が出てしまい、迷子になっていることも考えられた。暴走老人になりかねない状況なのは言うまでもない。

「会議はこれで終わります」

戻って来た渡里が告げる。

渋谷署は、にわかに慌ただしくなっていた。

5

凜子は、渡里が運転する面パトで、墨田区に会社がある〈フジムラ〉に向かっていた。久保田麻衣は子供が熱を出したという連絡を受け、会議を終えた時点で帰宅している。子供の具合が悪かったので携帯を気にしていたに違いない。

「夏目も遠慮しないで帰れ」

渡里が慮《おもんぱか》ってくれた。しかし、麻衣が抜けた以上、自分は帰れない。渡里はその気持ちがわかるからこそ、言ってくれたのだろう。

「保育ママに連絡しました。うちの場合は、六十代のご夫婦なんですけどね。亡くなった父のことを思い出すのかもしれません。賢人も懐いているので、時々泊めていただくんです。先程、お風呂に入ったという連絡が来ましたから」

タブレットの方に、また、連絡が来た。渡里に「すみません」と断って、受ける。賢人の顔が映し出された。

「今お風呂、出たとこだよ」

ピンク色に頬を染めた元気いっぱいの顔だった。それでも夜を一緒に過ごせないのは不安になる。

「よかったわね。早めに戻れたら迎えに行くから」

「来なくていいよ、大丈夫だよ。いつまでも子供扱いしないでくれないかな。ぼくはお母さんが思っているよりずっと、しっかりしているんだからね」

「そのとおりですよ」

横から保育ママが顔を覗かせた。六十代の女性の顔も、ほんのり染まっている。母が元気な頃を思い出してしまい、彼女が母の房代ならいいのにと、叶《かな》わぬことを一瞬思った。

「すみません。また、お願いします」

「気にしないでくださいね。わたしも主人も、賢人君が泊まってくれるのが楽しみなの。あまり頻繁じゃ悪いと思って言わないだけなのよ。そうそう、スイーツ甲子園に出場するんだとか。地区予選にはどんなお菓子を作ろうかって、話していたのよ」

ね？

と、保育ママは賢人に同意を求めた。

「うん。まだ考え中だけどね」

「わかったわ。色々アイデアがあるでしょうけど、考えすぎると眠れなくなっちゃうかもしれない。それと寝冷えしたら大変よ。早く寝なさい」

「はーい。じゃ、明日の朝ね」

しっかり確認する。少し心細くなったのかもしれない。

「ええ。迎えに行くわ」

終わらせて、運転席の渡里に会釈した。

「すみませんでした」

「謝罪はなしだ。あと、無理はしないこと。久保田が先に帰ってしまったから、自分が残るのは当然と思ったんじゃないのか」

「まあ、そうです」

「シングルマザーにやさしい職場にしたいんでね。意見があれば、どんどん出してくれないか。プレッシャーになってしまうかもしれないが、夏目と久保田には、いい前例を作ってほしいんだよ。後に続く女性たちにとって居心地のいい職場、遠慮しないで子育てができる職場というのが理想だな」

「わかりました」

「やりとりを聞いていて思ったんだが、賢人君は、夏目に似ているな。濃やかな気配りや心遣いをするあたりが、よく似ているよ。男女という性の違いはあるものの、やはり、親子だとしみじみ思ったよ」

濃やかな気配りや心遣い、よく似ているよ、やはり親子だとしみじみ思った。

渡里が口にした言葉が、ある男女を凜子の脳裏に甦らせた。会ったときに覚えた奇妙な既視感、もしやと思いながらも、まさかと否定してきた。

〝なにか隠しているような気がする。ああいうふうに一見、穏やかな善人タイプが、裏ではドロドロの愛憎劇を繰り広げていたりするんですよね〟

久保田麻衣の言葉も浮かんでいた。

「やはり、そうなのかもしれませんね」

もやもやしていた推測が、確信に変わった瞬間だったかもしれない。当然、渡里はわからなかったのだろう。

「え?」

ちらりと怪訝な目を向けた。

「いえ、なんでもありません。ちょっと思いついたことがありますので、弥生さんにメールしておきます」

素早くメールを送った。なにか急用ができたのだろうか。メールが届くやいなや、弥生から電話が来た。

「疲れて目がショボショボです」

愚痴から始まったが、凜子は笑って受けた。

「お疲れ様です」

「DNA型鑑定の件ですが、確認作業はすでに終えています。連絡しようと思っていたところでした。塩基配列があまりにも酷似していたので気づいたんです。凜子さんの推測どおりでしたよ。さすがですね」

お世辞を真に受けるほど暇ではない。

「防犯カメラのデータ解析はどうですか」

話を進めた。

「凜子さんが挙げていた何名かの主犯及び協力者を、粘り強く防犯カメラで確認した結果が出ました。当日、相沢幸乃さんが亡くなる直前ぐらいに、現場となったスクランブル交差点に候補者のひとりがいました。おそらく協力者だろうと思います。映像を送りたいのですが、そばにタブレットはありますか」

「あります」

ほどなく、映像が送られて来た。信号停止で面パトが停まったのをこれ幸いと、渡里にも映像を見せる。

「やはり、夏目が挙げた候補者の中に、贋中村の協力者がいたか」

納得したように何度も頷いていた。

「百パーセントとはいきませんが、おそらく協力者だと思います。この人にとって『好き』と『きらい』、『尊敬』と『軽蔑』は表裏一体ということらしいですね」

意味がわからなかったのだろう。またもや渡里が問いかけの眼差しを投げたが、笑みを返すにとどめた。

「どうしますか」

凛子は、含みのある短い問いを投げた。協力者と思しき人物を、すぐに任意同行して事情聴取を始めるか。それとも泳がせるか。後者は主犯を逃がさないための策である。協力者が拘束された場合、逃亡するかもしれないからだ。

それらの説明は入れなかったが、渡里には充分だったに違いない。

「少しの間、泳がせよう。主犯と接触するかもしれないからな」

即答した。

「わたしも同じ考えです」

すぐさま弥生に告げる。

「弥生さん、捜査員にこの人物を見張らせてください。現時点で逃亡は考えていないと思いますが、くれぐれも気づかれないようにお願いします」

「了解しました」

電話を終わらせるのと同時に、信号が変わって、面パトがふたたび動き出した。

急に思いついたのか、

「久保田だが、うまくいきそうか。もし、きついようであれば、わたしが彼女とコンビを組む。無理をしなくていいからな」

渡里が話を変えた。

「ありがとうございます。でも、大丈夫だと思います。わたしはどんな職業にも、センスが必要だと思うんですが、久保田さんは刑事のセンスを持っているように感じています。ズケズケ言い過ぎるきらいはありますけどね。わたしが言えないような言葉を平気で口にする。相手の心が垣間見えたりして、興味深いんですよ」

「まだ心を開いていない印象は受けるが、特務班を警視庁に移すという久保田の言葉が真実ならば、たったひとりで敵地に乗り込んだようなものだからな。簡単には心を開かないだろう」

「渡里警視は、久保田さんの乗っ取り宣言を信じているんですか」

試しに訊いてみる。渡里は苦笑いした。

「さあ、どうだろうな。正直言って、久保田の真意はわからない。『壊し屋』やハリケーン麻衣という異名どおりなのか。しかし、女性警察官が異動してきたぐらいで壊れてしまう班は、しょせん、その程度の班だったんだろう。うちではありえないと思っているがね。万が一、特務班が解散する結果になったときはだれのせいでもない、わたしの力不足だったということだよ」

なんの躊躇いもなく言い切った。清々《すがすが》しいほどだった。異動した酒井もそうだったが、渡里もまた、肚《はら》の据わり方が違う。上司たるものかくあるべきと、教えられたように感じていた。

「久保田さんの真意は、わたしもわかりませんが、渡里警視がどーんと構えていらっしゃるので心強いです」

「なにも考えていないだけかもしれないがな」

苦笑につられて、凜子も笑みを返した。面パトは〈フジムラ〉に近づいている。墨田区の一角には、パトカーや所轄の警ら係が集まり始めていた。桜木たちの面パトは、すでに到着している。手を挙げて合図した友美の隣で、桜木が空いているスペースを仕草で知らせていた。

「先に降ります」

凜子は言い、鞄を持って面パトを降りた。すぐに桜木と友美が来る。

「浅野健作の件ですが」

桜木が切り出した。二人は浅野の供述の裏付けを取るために職場の同僚——児玉社長の会社の警備員たちや、人事部の社員の話を聞きに行っていた。面パトを路上停車した渡里も隣に来る。藤村悟郎は会社の中にいるのか、外にはいなかった。

「人事部によりますと解雇通告をしたのは確かなようです。急だったらしいですよ。浅野は吃驚した様子で、確認しに来たと言っていましたから」

桜木の報告を、友美が継いだ。

「児玉の一声だったとか。まさに鶴の一声ですよね。人事部の課長も理由はよくわからないという話でした。警視庁のOBを警備員として雇うのは、会社になにか起きたときの火消し役です。今まで解雇したことはないらしいんですね。ところが、突然、浅野は解雇されてしまった」

「あくまでも噂話として、人事部の課長が教えてくれました」

今度は桜木が継いだ。

「浅野健作はどうもヤバイことに手を出したらしい。相沢さんの死に関わっているかもしれないという話が出ている。児玉社長はそれを耳にしたのではないか。突然の解雇の理由を、そう説明していました」

「だれかが、そういう噂話をわざとリークしたのかもしれない」

凜子は言った。

「児玉の耳に吹き込んだ可能性もある。児玉と浅野を対立させ、捜査を攪乱《かくらん》させることによって、自分に向く疑いを消せると読んだのか。あるいは浅野健作を主犯に仕立てあげる策なのか。もしくは時間稼ぎのためなのか」

自問するように呟いた後、三人が注視していることに気づいた。

「あ、すみません。いつもの癖で」

言い訳を、渡里が受ける。

「主犯は、児玉潤二か浅野健作か、橋本専務か藤村親子か。藤村家の場合は父親か息子が単独で行ったのかもしれないな。動機はなんだ？　性的な関係がらみか？　男女の愛憎劇か？」

訊きながら考えているように見えた。自問の含みがあった。

「時間稼ぎというのが、あたしには理解できません。凜子さんは、だれが、なんのために時間稼ぎをしていると考えているんですか」

友美の質問を聞き、桜木は同意するように頷いている。やはり、理解できないようだった。

「まだ断定は……」

凜子が答える前に、藤村悟郎が玄関から出て来た。二人の制服警官と一緒だった。

「桜木と井上は周辺の聞き込みに行け。確か藤村社長の自宅はこの近くのマンションだったはずだ。奥さんはここに来ていると思うが、自宅付近の聞き込みも頼む」

渡里の命令に二人は従った。

「わかりました」

雑学王が踵《きびす》を返すと、友美も後を追いかけた。

6

「藤村社長」

凜子は、渡里とともに駆け寄る。

「会長に連絡はつきましたか」

そう問いかけるのを横目で見ながら、渡里は、藤村と一緒に出て来た制服警官の話を聞いていた。できるだけ多くの情報を集めるのが急務だった。

「いえ、連絡はつきません。携帯の電源は切ったままです。車で移動していれば見つかると思うんですよ。Nシステムでしたか。道路に設置してあるカメラで、ナンバーを特定することができますよね」

藤村は顔色が悪かった。両目が真っ赤に充血している。

「仰るとおり、Nシステムで判別できます。通信指令センター、正しくは警視庁通信指令本部ですが、映ったときにはすぐに連絡が来ます。すでに質問されたと思いますが、お許しください。お父様の行き先に心当たりはありませんか」

凜子の問いには小さく頭を振る。

「ありません。エアバッグ問題が起きたときは父がまだ社長だったため、矢面《やおもて》に立たされましたからね。以来、対人恐怖症のようになってしまったんです。わたしがいれば人に会えますが、父ひとりでは人に会うのはもちろん、出かけることもできません。いったい、どこに消えたのか」

「車はガソリンがなくなるかなにかして、乗り捨てたのかもしれませんね。現金やカードはいかがですか。お財布を持っていますか」

「財布は持っていると思います。カードはどうかな。ちょっと自信がありません」

「そうですか」

凜子は会社の玄関先を見た後、藤村に視線を戻した。

「奥様は来ていらっしゃらないんですか」

「女房は自宅にいます。二人の子供は大学生ですが、会社の件はもちろんのこと、続けざまに色々な騒ぎが起きて動揺しています。それに親父から連絡が来るかもしれないと思いましてね。会社には来なくていいと言ったんですよ」

淀《よど》みなく答えた。また、会長と呼んでいた父親の国男を親父と言い替えていた。内々の話なのに、いつまでも他人行儀な呼び方をするのはいやだったのかもしれない。

「お父様の携帯にGPS機能は？」

「ついていません。認知症の影響でしょう。電話の掛け方がわからなくなってしまったらしいんですよ。電話連絡は、待つだけ無駄かもしれません」

手帳に記しながら、凜子は次の問いを投げる。

「相沢さんの話を聞かせてください。彼女と打ち合わせするときに利用した店はどこですか。こちらと〈児玉〉の近くに、打ち合わせ場所がありますよね」

「ああ、うちに来たときは、この近くの喫茶店と和食レストランです。先日、親父がランチを食べたと言った和食レストランですよ。〈児玉〉に行ったときは、いつも決まった喫茶店でした」

携帯を検索して、その喫茶店を出した。凜子はそれらの情報をメールで送信する。すでに防犯カメラのデータを調べているだろうが、洩れていることもある。念のためにと思っていた。

「あらためて伺います。相沢幸乃さんを、どう思っていましたか」

凜子の問いに、藤村は背筋を伸ばした。

「感謝の気持ちだけですよ。いまや〈フジムラ〉のエアバッグは、殺人エアバッグなどと侮蔑を込めて言われます。だれもが冷たい目を向ける中、相沢さんは懸命に動いてくれました」

真剣な表情になっている。

「彼女の気持ちを慮ってくれたんでしょうか。昨夜、橋本専務が電話をくださったんです。『〈フジムラ〉を傘下に加えられないか、もう一度、重役会議にかけてみる』と言ってくれました」

「橋本専務が……そうですか。相沢さんの意志を生かしたいと思っていらっしゃるんでしょうか」

橋本に関しては別の事柄も浮かんでいたが、今は藤村との話に集中する。

「わかりませんが、そうであればいいなと思っています。でも、だめかもしれません。今日の夕方には連絡をくれると言っていたのですが、なしのつぶて。淡い希望をいだいていたのですが、おそらく白紙撤回になったんでしょう」

「確認ですが、橋本専務には、お会いになったことがあるんですよね」

話を続ける凜子の隣には、いつの間にか渡里が来ていた。無言で手帳にメモしている。藤村はちらりと横目で渡里を見た後、

「もちろんです。何度もお目にかかっていますよ」

話を続けた。

「かなり早い段階で、相沢さんは橋本専務に引き合わせてくれました。お目にかかった瞬間に、穏やかで信頼できる方だと思いましたよ。児玉社長よりも十歳ほど下です

が、格が違いますね」

言った後でまずいと思ったに違いない。

「今のは、ここだけの話ということで」

小声で付け加えた。

「わかっています」

凜子は笑って、さらに訊いた。

「相沢さんと橋本専務については、いかがでしょう。いい関係を築いているように見えましたか」

「橋本専務は〈児玉〉と児玉重工の取締役を兼務していますからね。相沢さんは遠慮があったのかもしれません。ふだんはけっこう笑顔を見せるのに、橋本専務といたときは口数や笑顔が少なかったように思います」

「相沢さん、藤村社長たちには、よく笑顔を見せていたんですか」

訊き返さずにいられない。会社やデリヘル店の同僚によると、幸乃は無愛想で感じの悪い女性だった。むっつりと黙り込んでいるのが、幸乃像だったように感じている。

やはり、と、凜子は思った。

(相沢さんは、藤村社長に好意を持っていたのかもしれない)

父親が死んだ年と同じうえに、なんとなく顔立ちも似ている。惹かれるのは当然ではないだろうか。

「ええ。冗談を言っては笑い転げていましたよ。それでうちの親父は、お気に入りだったんです。娘みたいだと言っていました。おれの恋人だなんて冗談を言ったりして」

いいタイミングで恋話が出た。

「相沢さんは藤村社長さんのことが、好きだったのでは？」

軽い口調で振ってみた。横でメモを取っていた渡里の手が、一瞬、止まった。

「え」

藤村はしばし言葉を失った後、

「いやだなあ、刑事さん。からかわないでくださいよ。危うく本気にするところでした。妻子持ちの男なんか、彼女は相手にしませんよ」

少し頬を染めて否定した。口調もそうだが、藤村は見た目も若い。年を知らなければ、四十前後だと思ったかもしれなかった。

「藤村さんは相沢さんの亡くなったお父様に少し似ているんですよ。それで『もしや』と思いました」

凜子の言葉に重なるように、藤村の上着ポケットで携帯の着信音が鳴りひびいた。ほとんど同時に凜子と渡里の携帯も、ヴァイブレーションし始める。

「はい。夏目です」

相手は弥生だった。

「児玉重工の橋本専務が、緊急記者会見を開くようです。日付が変わる頃らしいですけどね。テレビに会見場が映し出されていますよ。記者たちはまだ集まっていませんが、驚くなかれ、会場には意外な人物がいました」

その言葉を受け、凛子はタブレットを操作した。藤村は離れた場所でだれかと話をしている。渡里が隣に来て、タブレットを覗き込んだ。

「あ」

「お」

二人の驚きが仲良く揃った。会見場は会社の会議室か、都内のホテルだろう。橋本専務はまだ現れていない。手持ち無沙汰な様子で、古川輝彦と久保田麻衣が会見席の近くに佇んでいた。

「見ましたか」

弥生の声が携帯から流れた。

「ええ。うちのメンバーが早くもいるわね」

「子供が熱を出したなんて話は大嘘だったんですよ。抜け駆け推奨派の女刑事は、堂々と上司兼恋人を連れて、派手やかな席に行ったわけです」

「本当に久保田か？」

渡里は老眼鏡を掛けて、しみじみ画面を眺めている。麻衣は白っぽいスーツ姿で、髪はセットしたように編み込んでいた。いつもはパンツスーツだが、今回はスカートである。メイクにも気合いが入っているように見えた。

「ええ、久保田さんです。古川警視長が仕入れた話に飛びついたんでしょう。橋本専務の見張り役のつもりなのかもしれませんね。あるいは、後で事情聴取をするつもりなのか」

「おっと、電話だ」

渡里が受けるのと同時に、藤村がこちらに来た。

「親父が見つかったようです。隅田川沿いの道に停めたレンタカーの中にいるとか」

「運転席で果物ナイフをちらつかせているようだ。ナイフを渡すよう、制服警官が説得を試みているようだな」

渡里が継ぎ、告げた。

「行くぞ」

「はい」

藤村国男は、なぜ、不審な行動を取っているのか。同行を申し出た息子の藤村を後部座席に乗せて、面パトは走り出した。

〈暴走老人〉

凛子は、渋谷署で騒ぎを起こしたモンスター老人――西川弘司や児玉潤二を思い出さずにいられない。

闇が、深さを増しているように思えた。

第七章　想い

1

藤村国男の現場には、すでに規制線が張られていた。

深更にもかかわらず野次馬が集まっている。中には携帯で撮影している者もいた。

凜子と渡里は、藤村を好奇の目から庇うようにして、現場に行った。

「乗っているのは、レンタカーです」

ベテランと思しき制服警官のひとりが言った。年は四十代なかば。現場にはかなりの数の警察官が集まっている。パトカーも何台か停まっていた。

「最初は藤村国男さんだと思わなかったのですが、話しているうちに『あれ？』と思いましてね。写真を確認したんです。それで連絡しました」

「父は無事なんですか？　怪我は？」

藤村が訊いた。不安そうにレンタカーを見つめていた。

「怪我はしていないと思いますが、わかりません。とにかくナイフを渡してくださいと話しかけたんですけどね。来るなと言いながら、自分の喉に向ける仕草をしたので、いったん離れました」

「ぼくが説得します」

「わたしが」

凜子は、藤村を制した。

「様子を見て来ます。藤村さんは、ここで待機していてください。大丈夫なようであれば、呼びますので」

「必要ないかもしれないが、念のために特殊部隊と救急車の手配をしておく。段取りが整い次第、わたしも加わるが、夏目は彼と説得にあたってくれないか」

渡里は言い、目顔でベテランと思しき警察官を指した。

「わかりました」

「防弾チョッキを着用しろ」

命じられて、凜子は面パトのトランクから防弾チョッキを出して、着る。制服警官とともにレンタカーへ近づいて行った。国男は運転席に座っている。運ばれて来た投光器が灯《とも》されていくにつれて、警官だらけの周囲は昼間のように明るくなっていった。

「来るなっ」

国男は叫んだ。運転席から顔を突き出している。

「それ以上、近づくんじゃない。来たら、死ぬ」

果物ナイフの切っ先を自分の喉に向けていた。児玉潤二と西川弘司もそうだったが、まさに暴走老人と化していた。

「夏目です、会長。落ち着いてください。まずは果物ナイフを渡してくれませんか。そんなものを振りまわしていると怪我をします。とにかく話を聞かせてください。なにがあったんですか」

凜子の隣には、四十代の制服警官がぴたりと付いていた。何名かの警察官も後ろに控えている。遠くからサイレンの音が聞こえてきた。救急車か、あらたなパトカーか。もしもの事態にそなえて、制服警官が応援部隊を呼んだのかもしれなかった。

「夏目さん、か」

国男は凜子を見て、突き出していた顔と果物ナイフを引っ込めた。

「しばらく、ひとりにしてくれないか。だれとも話はしたくない」

一瞬目が合った。大きな声をあげていたが、さほど興奮しているようには見えない。

凜子は興味を引く話を振る。

「橋本専務が緊急記者会見を開くそうです」

友美がわからないと言っていた『時間稼ぎ』というのが、これだった。国男は我が身を賭けて、児玉グループに訴えようとしているのではないか。事前に橋本専務に連絡をしたうえで騒ぎを起こしたのではないだろうか。

「え？」

案の定と言うべきか。国男はこちらを見た。

「この後です。日付が変わる頃と言っていましたので、まだ間がありますね。会社かご自宅に戻って、会見の様子を見ませんか」

「親父」

藤村が、少し離れた場所から呼びかける。

「たぶん橋本専務は、〈フジムラ〉を傘下に加える話をすると思う。断定はできないが、その発表だと思うんだ。馬鹿な真似はやめてくれ。橋本専務は相沢さんの意志を継ぐつもりなんだよ」

幸乃の名前が出たとたん、

「相沢さん」

国男の表情が変化する。さっと緊張し、恐いほど真剣な目になった。唇が動いたものの、なにを呟いたのかまでは理解できない。藤村が後ろに来た。

「ちょっといいですか。夏目さんと話したいんですが」

小声で告げる。凜子は、制服警官にその場をまかせて、藤村と一緒にレンタカーから離れた。連絡を終えた渡里が凜子の隣に来る。

「親父は、その、なんと言えばいいのか。相沢さんと肉体関係があったんじゃないかと思います。デリヘルに電話して渋谷あたりのホテルで何度か会っていたらしいんです。はっきりとは言わないんですが、どうもそんな感じがしました。ぼくにそれを話した後、いなくなってしまったんです」

藤村は、父親が主犯だと、暗にほのめかしているようだった。凜子は思わず渡里と顔を見合わせている。息子が父親を告発するのはなぜなのか。早く身柄を確保してほしいという願いからだろうか。

「つまり、会長が相沢さんを殺害したと?」

凜子は確認の問いを投げる。児玉社長との情事の後、幸乃が別の男に会った可能性は否定できない。幸乃のバッグに入っていた自己注射薬『エピペン』や鎮痛剤を、アレルギーを起こすものにすり替えたのはだれなのか。

「断定はできません、できませんが……可能性は高いんじゃないかと」

苦悩するように顔がゆがんでいた。無理もない。自分の父を告発するには、相当な覚悟が必要だろう。自殺の危険もあると思い、気が気ではなかったのかもしれなかった。

サイレンの音が近づいて来た。一台は桜木と友美が乗った面パト、もう一台は救急車だった。特殊部隊は多少、時間がかかるのではないだろうか。

「藤村社長は、ここでお待ちください」

渡里が告げた。凜子はボスと一緒に、桜木たちの面パトに足を向ける。藤村家周辺の聞き込み結果を知りたかった。

凜子は騒ぎの経緯を二人に伝える。

「自分は、息子の藤村悟郎が怪しいように感じますね」

桜木が答えた。

「奥さんに会って話を聞きましたが、去年から別居状態だとか。女性がいるみたいだと言っていましたよ」

「女性というのは相沢幸乃じゃないかと思いました。二十歳近く年の差があるでしょう。迫られれば悪い気持ちはしません。つい、その気になりますよ。奥さんは名前までは知らなかったようですが、おそらく仕事関係の人じゃないかと言っていました」

友美は私見をまじえて述べる。四人は、敢えて藤村の方を見ないようにしていた。彼が主犯だった場合、騒ぎにまぎれて逃げるかもしれない。

「もう一度、藤村会長を説得してみます」

凜子の申し出を、渡里は受ける。

「わかった。危険な徴候《ちょうこう》が見えたときには、すぐに離れるからな。落ち着いているように見えたが、いつ興奮状態になるか、わからない。特殊部隊と一緒に交渉役も来る。無理は禁物だ」

「はい」

「久保田さんですが、壊し屋は、目立ちたがり屋でもあったんですね」

桜木が口にする。二人の携帯にも弥生からのメールが流れていたのだろう。

「吃驚しましたよ。ばっちりメイクしていましたもん。塗りすぎのような気が、しなくもありませんでした。厚塗り女と化していましたね」

継いだ友美は、いつもながらに辛辣《しんらつ》だった。造語にも冷ややかな感情が表れている。

壊し屋と呼ばれる麻衣といい勝負だろうが、凜子は眼前の騒ぎに気持ちが向いていた。

「悪いけど、弥生さんにメールを送ってくれますか。藤村親子の会社や自宅近辺の防犯カメラのデータを、最優先で調べるようにお願いしてください」

「わかりました」

「行きましょう、ボス」

凜子は、いっそう気持ちを引き締めた。国男が主犯なのか、会社の事情が理由で自暴自棄になっているのか。あるいは、息子を庇って罪を背負うつもりなのか。そういう段取りだったのに、最後の最後で決心がつかなかったのか。

「藤村会長」

凜子は、ふたたびレンタカーに近寄る。後ろには渡里が付いていた。気を利かせたのだろう。制服警官が、買って来た飲み物を袋ごとボスに渡した。暖かい日が続いているとはいえ、夜になると冷える。年老いた身には堪《こた》えるのではないだろうか。

「寒くないですか。温かいお茶はどうですか。それとも、コーヒーの方がいいですか」

両手に缶を持ち、運転席に近づいた。うまくやれば、果物ナイフを奪えるかもしれない。渡里も当然、同じ考えなのだろう。目顔で合図してくる。

「お茶を」

国男は答えたが、ナイフを向けたままだった。しかし、投光器に照らされた顔には、疲れが色濃く滲んでいる。目が落ち窪《くぼ》み、白髪まじりの不精髭《ぶしょうひげ》が伸びた顔は、げっそりとやつれているように見えた。

「寝ていないんじゃないですか」

心からの言葉が出た。

「車から出て来てください、会長。じきに橋本専務の記者会見が始まります。ゆっくりお風呂に入って食事を摂り、テレビを見ませんか。会長が娘のように可愛がっていた相沢さんもきっと……」

話の途中で、国男はぐっと唇を嚙みしめた。両目には、うっすら涙が滲んでいる。ナイフを奪い取ろうか悩んだが、少しだけ様子を見ることにした。下手に刺激すると、逆効果になるかもしれない。

「す、すみません」

国男は振り絞るように言った。

「わた、わたしが殺りました。相沢さんの自己注射薬や鎮痛剤をすり替えたのは、わたしです。アナフィラキシーショックのことは、去年、話を聞いて知っていましたから。土曜日の未明に会ったんです」

窓から差し出した果物ナイフを渡里が受け取る。凛子は、レンタカーの扉を開けた。

国男は唇をわななかせていた。

「警備員の男に金を渡して、証拠品を始末させました。方法については警備員の男にまかせたので、わかりません。浅野健作でしたか。詳しい話は彼に聞いてください」

「本当ですか」

凛子は確かめずにいられない。

「本当に、あなたが浅野健作に指示したんですか」

「そう、です。死ぬつもりだったんですが」

涙が一筋、流れ落ちた。国男が主犯かどうかは断定できない。が、なんらかの事情を知っているのは確かなように思えた。

「車から出ましょう」

凜子は促した。渡里が手を差し伸べている。

「今日は取り調べは行いません。所轄の留置場では、ゆっくりできないかもしれませんが、とにかく休んでください」

高齢の身を気遣っていた。国男は渡里の手を借りて、車から降りる。小刻みに身体が震えていた。寒さのせいではないだろう。己が犯した罪の重さにおののいているのか。あるいは偽証罪の恐ろしさに震えているのか。

凜子も手を貸して、国男をパトカーの後部座席に座らせた。凜子が左隣、渡里が右隣に座る。

(手が熱い。熱があるんじゃないかしら)

留置場よりも病院に連れて行くのが先だと思ったが、最低限の確認を始めた。

「ひとつ伺いますが、会社の車はどこに乗り捨てたんですか」

気になっていることを訊いた。

「え」

国男は驚いたように凜子を見る。

「会社の車です。最初は会社の車に乗って出たんじゃないんですか。藤村社長はそう言っていましたが」

「違います。〈フジムラ〉の社名が入った車を、こんな騒ぎに使ったりしません。テレビにでも出たら、いい恥曝《はじさら》しじゃないですか。会社には特別な思い入れがありますからね。事件だとなったときに、間抜け面をして会社の車から降りる姿を顧客に見せたくなかったんですよ」

さも不満そうに答えた。高度経済成長期を経て、数々の不景気やリーマンショックを経験してきた男の矜持《きょうじ》が見え隠れしていた。

「なるほど」

凜子は手帳にメモして、丸印をつける。

こういった些細な食い違いが、事件解決の鍵になる場合もあった。藤村国男の胸にある会社への深い想い。息子の藤村社長は、どの程度、会社を愛しているのだろうか。

「行ってくれ」

渡里の言葉を素早く遮る。

「まずは病院に行きましょう、渡里警視。熱があるように感じました。点滴を打ってもらい、ひと晩、休んでいただいた方がいいと思います」

「言われてみればだな。やはり、男はだめだ。細かいところにまで気がまわらない」

ボスは国男の額にふれてから、運転手役の警察官に告げた。

「一番近い病院に行ってくれないか」

「申し訳ありません。お手数をおかけします」

国男は詫びて、シートに寄りかかった。
目を閉じた横顔は木像のようだった。

2

病院に藤村国男を送り届けた凜子たちが、〈児玉〉の会議室に到着したときには、日付が変わっていた。なにかまずいことでも起きたのか、会見はまだ始まっていなかった。記者席はほぼ埋まっている。

「凜子」

古川警視長が、いつものように馴れなれしく近寄って来た。

「誤解しないでくれないか。わたしは久保田が、君に知らせて一緒に来るとばかり思っていたんだ。まさか、彼女ひとりで来るとは思わなかったよ」

肩越しに振り返って、会場の一隅に佇む麻衣を見やる。そう思うのであれば、なぜ、凜子にもメールを寄越さなかったのか。言い訳は右から左に聞き流した。

「始まるようです」

桜木が小声で告げた。最初に現れたのは、企画部の女性社員、塩谷真澄だった。地味な色合いのスーツを着て、書類の束を抱えている。相沢幸乃の後釜はわたしよ、とでも言うように顎をあげ、胸を張っていた。座る前に一礼して席に着く。

「桜木君、友美さん。塩谷さんの近くに行ってください。会議が終わり次第、任意同行します」

凜子は二人の耳もとで囁いた。会見場は出入り口が二カ所あるため、反対側にも警察官が必要だった。若手コンビは無言で頷き返して、凜子たちが立っている場所とは反対側に足を向ける。会見席の後ろを通り、出入り口の近くに陣取った。

「任意同行？」

古川が怪訝な表情をしたが、相手にしなかった。どうして、塩谷真澄を任意同行するのか、わからないのだろう。こんなところで説明できるわけがない。

不意に記者席がざわめいた。

橋本康平が入って来る。後ろには五十代と六十前後の二人を随《したが》えていた。ひとりは弁護士かもしれない。それぞれが席に着くのを見届けた後、

「えー、本日はこのような時間にお集まりいただきまして、ありがとうございます。早くお伝えするべきだと思い、連絡いたしました」

橋本が口火を切った。隣に座っていた真澄が、書類の束を専務の前に置いた。〈児玉〉の代表として同席したのであれば、かなり異例ではないだろうか。相沢幸乃が就任するかもしれなかった課長席に、彼女が選出されたのかもしれなかった。

「かねてより、話を進めておりました児玉自動車と〈フジムラ〉の合併につきまして、

昨日、役員会の承認が得られましたことを、まずはご報告いたします」

橋本は話しながら、上着の懐に右手を入れた。取り出したのは……目の覚めるような青い色の手帳だった。

この場にいる何人が、その重要性に気づいただろう。

「………」

凜子は「まさか」と否定している。相沢幸乃の青い醜聞《スキャンダル》手帳だろうか。いや、そんなはずはない。自己注射薬や鎮痛剤、携帯電話と一緒に、青い醜聞手帳も持ち去られたはずだ。それとも事前に橋本専務の手に渡っていたのだろうか。

（それならば、なぜ？）

別の疑問が湧いた。なぜ、橋本が持っているのか。なにかを察していた幸乃が、あらかじめ預けておいたのか。公にされては困る人物が、いったい、どれほどいることか。存在を知っている者にとっては、このうえなく厄介な青い醜聞手帳。凜子はもちろんのこと、メンバーたちは目が離せなくなっていた。

そして、もうひとり、橋本の隣に座していた塩谷真澄も、青い手帳に目が釘付けになっている。

驚く数人を尻目に、橋本は話を進めた。

「合併を決意しましたのは、単純な理由からです。〈フジムラ〉の技術力がほしいからです。事前に配布したプリントをご覧ください。我が社は〈フジムラ〉のパワー半導体に注目しています。ご存じでしょうが、パワー半導体について簡単に説明しましょう」

淡々と説明を始める。

モーターは消費電力が少なければ省エネに貢献し、最終製品の性能を左右する。そのために欠かせないのが、モーターとともに機器に組み込まれるパワー半導体だった。

「エアバッグ問題で騒がれているために、〈フジムラ〉イコール、エアバッグと考えがちですが、他にも優れた製品が数多くあるのです。我が社は残念ながら技術部門が弱い。合併はお互いにとって利益を生むと判断し、役員会もそれを認めました。さらに」

と、話を続けた。

「これは藤村社長が積極的に取り入れたようですが、工場を自動化するファクトリーオートメーション分野。顧客企業向けに設計や在庫管理、部品発注から製造現場の機械類の作動に至るまで、工場内のデータを情報システムに繋げて自動化を進め、生産効率や品質向上に繋げることですね。中小企業ながらも〈フジムラ〉は、いち早くこれを取り入れました。学ぶべきところが、まだまだあるのです」

合併が両社にとって、いかに有意義か。橋本は滔々《とうとう》と説いた。が、凜子は青い手帳に心が向いている。

（相沢幸乃の醜聞手帳なのだろうか、持ち去られていなかったのか。あるいは彼女は二つの青い手帳を持っていたのか。そのうちのひとつを橋本専務に託していたのか。それとも、橋本専務が考えた犯人へのデモンストレーションなのか）

いくつかの推測が頭をよぎる。

最後の考えを実行したのだとすれば、犯人の襲撃を想定しているのかもしれない。幸乃が予備の青い手帳——元の手帳を写しておいた手帳を持っていたのだとすれば、手帳に名前が記されていると思しき犯人は、手帳を奪おうとするだろう。言わば捨て身の戦法だった。命懸けのデモンストレーションの裏には、おそらくある真実が隠れている。

なんとしても犯人を捕らえたい。

橋本はそう考えたのではないだろうか。

「相沢幸乃の手帳ですかね」

麻衣が隣に来ていた。

「橋本が犯人なのでしょうか。自白のつもりなのか。そうじゃないとすれば、今頃、犯人は大慌てでしょうね。自分の名前が記されているであろう青い醜聞手帳を取り戻すべく、なにか動きが出るかもしれません」

凜子と同じ考えを口にした。

「あなたの考えどおりだとすれば、自分の名前が青い醜聞手帳に記されていなかった場合、犯人は行動を起こさない。深く静かに潜行するのみ、となる」

凜子は静かに反論した。麻衣は鼻で笑った。

「ありえませんよ。犯人の名前は必ず手帳に記されているはずです。記されていないのであれば、置いていったと思いますよ。警察の手に渡した方が、捜査を攪乱できますから」

反論に小声で同意する。

「一理ありますね。でも、持ち去っても捜査を攪乱できます。真犯人は、事件の主犯は手帳に名が記された人物の仕業だと思わせたかったのかもしれません」

「なるほど。そういう考え方もありますね」

「とらわれすぎないようにするのが大切だと思います」

凜子は、離れた場所に立つ桜木と友美に、仕草で青い手帳を示している。言うまでもないことだったが、二人は「わかりました」と言うように大きく頷いていた。橋本は記者からの質問を受けるとき、時々青い手帳を開いていた。知らない人間であれば、単に自分の手帳を確認しているようにしか見えないだろう。

「〈フジムラ〉の経営陣は、どうなるんですか」

男性記者の質問に、橋本は丁寧に答えている。

「それは〈フジムラ〉にまかせるつもりです。藤村社長は来春、大学を卒業予定のご長男に、社長の座を譲るお考えのようですが、我が社は与《あずか》り知らぬこと。口出しはしません」

「話が逸れるかもしれませんが」

別の男性記者が挙手した。一番後ろだったため気づかれないと思ったのか、腰を浮かせ気味にしていた。

「どうぞ」

「橋本専務がお持ちの青い手帳。さっきから、わたしはそれが気になっているんですよ。亡くなった〈児玉〉の女性社員が、青い醜聞手帳と呼ばれる手帳を所持していたとか。デリヘルの客だった男性の、名前や年齢、職業などを書き記しておいた手帳だと聞きました。被害者のバッグから消えていたようですが、その手帳なんですか」

「はい。正しくは、今仰った手帳の写しです。わたしが預かっていました」

衝撃的な内容を告げた。驚いたに違いない。

「青い醜聞手帳には写しがあったんですか」

記者は立ちあがっていた。

「そうです」

「どうして、警察に渡さなかったんですか。証拠を隠蔽《いんぺい》したと見られても仕方ありませんよね。もしかすると、橋本専務の名前も手帳に……」

「終わります」

橋本は鋭く遮った。隣席の塩谷真澄が、テーブルに置かれていた書類の束を纏める。目にも止まらぬ早さで、青い手帳を書類の束に押し込んでいた。

手帳は？

そんな表情をした橋本に、書類の束に挟んだ手帳を見せる。そのまま踵を返して、桜木たちが待つ出入り口に歩を進めた。橋本たちも後に続く。凜子と渡里は記者席の後ろをまわって、若手コンビのもとに急いだ。

すでに桜木と友美が、橋本と真澄を止めていた。

「おそれいりますが、塩谷真澄さん。我々と一緒に来ていただけますか。少しお話を伺いたいんです」

凜子は若手コンビの前に出る。

「なんの真似ですか」

真澄は、気色《けしき》ばんだように答えた。抱えていた書類の束を、いっそうきつく抱きしめている。青い手帳を渡したくないという想いが、無意識のうちに表れたように見えた。隣にいた橋本は、大きく目をみひらいている。

「まさか、君が」

その呟きに、青い手帳を会見場で出した意味が浮かびあがっていた。事件になんらかの関わりを持っているであろう女は、みるまに青ざめていった。

3

「ここに写っているのは、塩谷真澄さん。あなたですね」

凜子は、机に置いた写真を指した。所轄の取調室には、渡里が同席している。隣室のマジックミラー室には、捜査員が詰めているだろう。指し示した写真は、事件当時の渋谷のスクランブル交差点を拡大した一枚だった。

「…………」

真澄は答えない。写真を見ないようにしていた。凜子は以前、渡里との話の中で真澄の名を出さずに、彼女をこう称している。

〝おそらく協力者だと思います。この人にとって『好き』と『きらい』、『尊敬』と『軽蔑』は表裏一体ということらしいですね〟

会社で事情を訊いたとき、真澄は幸乃について、かっこいい、尊敬していたというような話をしていた。しかし、裏では別の感情を持っていたのではないか。それは男がらみの話という可能性もある。

「この写真は、相沢幸乃さんが亡くなったときに、防犯カメラに映っていたものです。交差点は事故が多いため、カメラの台数が多いんですよ。そのお陰でさまざまな角度から見ることができました。顔認証システムを使い、あなたが事件当時スクランブル交差点にいた事実が判明しています。念のために伺いますが」

確認の問いを投げた。

「相沢幸乃さんが亡くなったとき、渋谷のスクランブル交差点にいましたか」

「いたかもしれません。でも」

と、目を合わせた。

「倒れたのが相沢さんだとは気づきませんでした。知らなかったんです。ただ、渡される物を受け取ってくればいいだけだと言われて」

最後の部分で、ついと目を逸らした。揺らぐ気持ちが見え隠れしているように感じた。だれかを庇っているに違いない。

「だれに言われたのですか」

凜子は訊いた。

「藤村社長ですか、それとも会長ですか。あるいは児玉社長、会社の警備員の浅野健作。さらにありえない話だと思いますが、橋本専務。だれでしょうか」

入院した藤村国男以外は、全員、取り調べを受けていた。未明になっていたが、おそらく今も続いているだろう。

「………」

だんまり戦術に出る。

「倒れた女性が相沢さんだとは気づかなかった。先程、そう言いましたが、あなたは相沢さんを、かなり近くで見ているんですよね」

話を続ける凜子の横で、渡里が机に置かれていたパソコンを操作した。画面を真澄の方に向ける。一度に三千人ほどの人間が渡ると言われている巨大交差点は、不自然に停止していた。

「ここです」

凜子は画面をストップさせる。ズームアップされた真澄は、驚きの表情をしているように見えた。最新技術を駆使したお陰だろう。友美の苦労が表れていた。

「あのとき、スクランブル交差点は一時的にストップしました。赤信号になったにもかかわらず、車は走れなかった。渡っていた人たちが、立ち止まっていたからです。ほとんどの人が倒れた女性に気づき、そちらを見やっていた。何人かは交番に走り、何人かは相沢さんを守るように取り囲んでいました」

停止したスクランブル交差点は善意の顕《あらわ》れだった。むろん急ぎ足で立ち去った者も少なくない。が、倒れた女性を大勢の他者が案じていたのは、まぎれもない事実だった。

「後で問い合わせが、相次ぎましたよ。あの女性はどうなった、無事なのか。世の中、捨てたものじゃないなと思いました」

善意の中に、あなたはいなかったのですか。言葉にこそしなかったが、意味は通じたのではないだろうか。

「だれに頼まれたのですか」

ふたたび簡潔に問いかけた。

一拍置いた後、

「藤村悟郎さんです」

真澄は答えた。

「わたし、彼と付き合っていました。奥さんとうまくいっていないらしくて……誘われたんです。相沢さんが〈フジムラ〉に肩入れしているのは知っていました。社内では色々と評判になっていましたから」

覚悟を決めたのか、ぽつり、ぽつりと話し始めた。はじめはエアバッグ問題で騒がれている会社だと思い、真澄は相手にしなかった。面倒なことに巻き込まれたくなかったからである。

「でも、相沢さんは〈フジムラ〉を児玉グループの傘下に加える話、吸収合併ですね。

その件で積極的に動いていました。具体的にアイデアを出して、どれだけ〈フジムラ〉に価値があるか、社長を含む重役たちに直談判したんです」

小型車の企画を成功させ、次の企画を出した幸乃は輝いていた。だれの目にも魅力的に映っていた。

「すぐに気づきました。ああ、藤村社長が好きなのは、わたしじゃない。相沢さんなんだって」

なぜか、闘志が燃えた。

「仕事ではかなわない。でも、男性相手ならばと思ったんです。それにデリヘル嬢のアルバイトも噂になっていました。普通の男性は嫌悪感を持つでしょう？」

問いかけに、凜子は首を傾げて見せた。普通を決めるのは、それぞれの価値観だ。人によって異なるだろうし、基準はないに等しい。むしろ興味を持つ男もいるのではないか。無言の訴えを読み取ったのかもしれない。

「世間知らずの甘ちゃんですね、わたしは」

真澄は苦笑まじりに告げた。

「肉体関係を持った後、わかりました。藤村社長が好きなのは、相沢さんだったんです。わたしは惨めな当て馬ですよ。彼女にやきもちを焼かせるための道具として使われただけ。なさけない話です」

「それで手伝うのを決めた？」

確認には、慌て気味に言い添える。

「そうですけど、殺すなんて思いませんでしたから。先程も言いましたが、渡された物を受け取るだけだと聞いたんです。自分が取りに行きたいんだが、どうしても都合がつかないから、と」

「奇妙な申し出だとは思いませんでしたか」

踏み込むと、真澄は頷き返した。

「少し」

「でも、藤村社長にきらわれたくなくて、引き受けた」

女心を敢えて口にする。つまらない敵対心と嫉妬心を利用された真澄。藤村が好きなのは、幸乃なのだとわかっていた。冷静な分析ができるのに、ズブズブと深みにはまっていった。地方出の真澄は、都会でのひとり暮らしが長い。大学時代も含めると十数年以上だ。関係を持った男とは、なかなか縁を切る気になれなかったのかもしれない。

また、新しい相手を見つけるのも簡単ではなかっただろう。年齢を重ねるごとに寂しさも加わって、なかなか離れられなくなる。

「そう、なりますね」

躊躇いつつも認めた。

「なぜ、藤村社長が好きなのは、相沢さんだと思ったんですか」

「しょっちゅう、彼女の話を出すからですよ」

怒ったように答える。さっと顔つきが変わった。

「仕事ができる素晴らしい女性、うちの親父が気に入っている、〈フジムラ〉の再建に命を賭けると言ってくれた、などなど、もう、うんざりするほどアモーレですよ。わたしがわからないのは」

ふっと遠い目をした。

「相沢さんです。傍目《はため》に見ていても、藤村社長のことが好きなんだと思いました。それで社内の噂になっていたほどですから。それなのに、なぜ、付き合わなかったんだろう。最後の一線を越えなかったのはどうしてなのか」

凜子に戻った目には、問いが加わっていた。凜子自身も疑問が湧いている。

「どうして、相沢さんと藤村社長の間には、肉体関係がなかったと言い切れるんですか。藤村社長が言っていたんですか」

「いえ、そこまでは話しません。でも、女の勘と言うんでしょうか。相沢さんとはセックスしていないんじゃないかって感じたんです。藤村社長は相沢さんに会った翌日、必ずといっていいほど、わたしをホテルに誘いましたから」

そこでまた、自嘲するような微笑を浮かべた。

「言ったでしょう、当て馬なんですよ。相沢さんには心、わたしには肉体しか求めなかった。だから嫉《や》かせたくて、わたしと関係を持っていたんだと思ったんです」

拒否していたのは、幸乃だろうか。それとも藤村だろうか。幸乃には精神性を求めていたため、肉欲に支配されるのがいやだったのか。

「相沢さんは、結婚を餌にしていたのかもしれません」

真澄はぼそっと言った。

「奥さんとの間がうまくいかなくなっていたのは聞いていました。別居状態だったと思います。結婚するまでは駄目よ、なんて、相沢さんは言っていたんじゃないですか。仕事も恋も計算ずくだったんじゃないでしょうか」

かなり偏《かたよ》っていたが、否定することはできなかった。ありえないとは言い切れない。

「青い醜聞手帳についてはどうでしょう。受け取った荷物の中身を見ましたか」

凜子は核心にふれる。

「は、い」

答えに躊躇いが浮かんだ。

「見るなと言われていたんですが、そう言われれば、というやつですよね。電車の中で見ました。青い醜聞手帳には、男性の名前や電話番号、年齢。あとは暗号のような数字が記されていました」

「そのまま藤村社長に渡したわけですね」

「そうです。さっきは嘘をついてしまいましたが、倒れた女性が相沢さんだと気づいていました。だから藤村社長に訊いたんです。仰向けになった後、動かなかったけど大丈夫かしら、と」

「藤村社長はなんと？」

「アナフィラキシーショックを起こしたんだろう。彼女は常備していた自己注射薬を打ったはずだから大丈夫さと言っていました」

「しかし、相沢幸乃さんは亡くなりました」

横に来た渡里が、初めて口を開いた。

「殺すために考えぬかれた策だとは、思いませんでしたか」

男性警察官、しかも見るからにという風貌のベテラン刑事である。真澄は見あげたまま、口ごもった。

「え、ええ、思いましたが」

「藤村社長との交際に、ひびが入るといやだと思い、訊けなかった？」

二度目の問いには、無言で頷き返した。

「今日はこれで終わります」

渡里の言葉で、凜子は立ちあがる。上司とともに廊下へ出た。煌々《こうこう》と明かりが灯った廊下を歩いて会議室に入る。続々と特務班のメンバーが入って来た。久保田麻衣、桜木と友美の若手コンビ、最後に弥生が姿を見せた。藤堂明生はすでに帰宅しているのでいない。

4

「塩谷真澄は、わたしと同じですね」

麻衣が言った。皮肉たっぷりに唇をゆがめていた。

「わたしは夏目さんを嫉かせるための当て馬です。そう言ってやったら、古川警視長はこそこそと消えましたよ。今頃、ママに抱っこしてもらっているんじゃないでしょうか。『ママ、女どもがぼくを苛《いじ》めるんだよ、なんとかしてよ』なぁんてね」

いつも以上に辛辣だった。疲れてくると毒舌の濃さが増すのかもしれない。呆れたように、友美が鼻に皺《しわ》を寄せる。

「そういうことを言うなら、付き合うのをやめればいいじゃないですか。わかっているのにやる人間を、この国では愚か者と言います」

負けじと悪態をついた。

「友美さん」

凛子は窘めて、麻衣に訊いた。

「久保田さんは、〈児玉〉の警備員をしていた浅野健作の担当でしたね。児玉潤二犯人説を今も提唱していますか」

メンバーたちは、それぞれの取り調べの様子をマジックミラー室で見ていた。麻衣と古川は浅野健作、若手コンビは児玉グループの取締役・橋本康平、そして、弥生は入院した藤村国男に付き添った後、ここに戻って児玉潤二を担当した。

「藤村国男が自白したと告げたとたん、翻《ひるがえ》しました。藤村親子の父親か息子かはわからないが、頼まれたのは藤村親子のどちらかだと思うと、供述を変えました」

麻衣から聞いた瞬間、いやな胸騒ぎを覚えた。

「藤村親子に直接会って頼まれたわけではない？」

浮かんだ疑問を口にする。

「メールでのやりとりだけだったとか。約束どおり、金が振り込まれたため、指示に従ったとのことです。浅野健作の携帯を調べた結果、判明したのは、金を振り込んだ人物の携帯はプリペイド式だったという事実のみ。藤村親子のどちらかだと証明するのは、むずかしいんじゃないでしょうか」

麻衣もまた、胸騒ぎを覚えているに違いない。藤村親子が意図するもの、それは厄介な結果を導くことになるかもしれなかった。

「そうですか」

「あと、浅野も相沢幸乃と肉体関係を持っていたそうです。デリヘルの客だったわけですよ。それを公表すると脅されたとか。もちろん突然解雇した児玉社長に対する怨みもあったと思いますが、贋中村が相沢幸乃との関係を詳細に語れたのは、浅野自身が肉体関係を持っていたからだと思います」

「わかりました。ご苦労様です」

凛子の答えを聞き、麻衣は立ちあがった。

「わたしの分の仕事は終えました。帰っていいですか」

「ああ、ご苦労さん」

渡里の承諾を得て、さっさと出て行った。ふう、と、緊張していた空気が、ゆるんだのを感じた。

「彼女がいなくなると、ほっとしますね。空気が重いというかなんというか。抜き身のナイフと対峙《たいじ》しているような、不快感を覚えるんですよ」

率直すぎる友美の感想を、桜木が継いだ。

「似た者同士ですからね。仕方ないですよ」

屈託なく笑っていた。

「なんですって？」

友美は蹴る真似をしたが、本気ではない。蹴る真似をしながら苦笑いしていた。凜子は話を進める。

「先に弥生さんの話を伺いましょうか。まずは藤村国男さんです。病院に行ったときの様子はどうでしたか」

「なかなか眠れないようでしたので、担当医に睡眠薬を処方してもらいました。眠りに落ちるまで『すまなかった、相沢さん』と謝っていましたよ。自白どおりに殺害したのか、あるいは息子を庇っているのか」

弥生は不安そうに見えた。先程、凜子が覚えた胸騒ぎを感じているのだろう。渡里も同様だった。

「起訴するのは、むずかしいかもしれないな」

推測まじりの言葉を口にする。

「ただでさえ、認知症の疑いありと息子が言っていた。こういった状況を考えて、あらかじめ伏線を張っていたように思えなくもない。途中で供述を翻す可能性がなきにしもあらず。検察は、起訴できる事件しか扱いたがらないからな。藤村国男の供述によっては、いとも簡単に不起訴の判定をくだすかもしれない」

「藤村国男の場合、鑑定留置されるのは、ほぼ間違いないと思います。認知症なのか、はたまた他の精神疾患なのか。もしくは精神疾患などないのか。高齢ですしね。確かに自白だけでは、立件できないかもしれません」

継いだ凜子に、友美はすぐさま反論する。

「それじゃ、相沢幸乃は死に損じゃないですか。藤村親子にいいように利用された挙げ句、起訴もできないとあっては、彼女に顔向けできません。なんとかして、確実な証拠を見つけないと」

「ボスが言ったとおり、むずかしいんじゃないでしょうか」

桜木も楽観的ではなかった。

「自分は、藤村親子のどちらかが犯人だと思っています。ですが、すり替えた自己注射薬や鎮痛剤、さらに青い醜聞手帳、携帯といった証拠品は、とっくに始末しているでしょう。あれが出て来ない限り、いくらでも逃げ切れる。言いのがれできますから」

「若い割には悲観的だねえ、青年」

友美が揶揄するように言った。

「もしかしたら、どこかに隠してあるかもしれないでしょう。藤村社長は相沢幸乃に好意を寄せていた。大事に隠してあるかもしれない。それにしてもと思いますよ」

コーヒーで喉を潤して、続ける。

「塩谷真澄は久保田麻衣に負けず劣らずの愚か者。二人の女を両天秤にかけて嫉妬心を煽るのは、藤村社長や古川警視長のような男がよくやる手なのにね。どっちも好きなんだよー、なんて言いながら、逃げようとすると、かっとなる」

「支配欲が強いんですよ。前に小暮先生が講義で言っていました。小さな世界の王様。古川警視長を見ていると、しみじみ感じますね」

桜木の感想を、凜子は受けた。

「それはともかく、児玉潤二の事情聴取はどうでしたか」

視線は、座ったまま船を漕ぎ始めている弥生に向いていた。解剖や検査だけでなく、こうやって取り調べにも参加しなければならない。

「長田」

渡里がそっと声をかけた。

「あ、す、すみません。なんですか」

寝惚け眼をしばたたかせる。

「児玉潤二の様子です」

凜子が告げると、ぱんっと自分の頰を叩いた。

「藤村社長は、児玉に『浅野健作は会社の情報を洩らしている』というような話をしていたらしいですね。それを真に受けた児玉は、即刻、浅野を解雇した。〈フジムラ〉を傘下に加える件については、面倒になったからと答えていました。当初から乗り気ではなかったとか」

「相沢幸乃が間に入っていたからこそ了承したが、亡くなった後は一転、掌《てのひら》を返した。児玉潤二犯人説は、薄くなったように思います」

凛子が受けると、渡里は弥生に「もう帰れ」と言って、廊下に送り出した。次は若手コンビに視線を向ける。

「橋本康平の事情聴取はどうでしたか」

「彼は、凛子さんと話したいと言っていました。取り調べに当たった捜査員には、今まで出た話しか、しませんでしたね。児玉グループの状況とか、〈フジムラ〉との関係とか。捜査員が踏み込もうとしたとたん、さらりとかわす。さすがは巨大グループの重役だと思いました。とても太刀打ちできませんでしたね」

友美が答えた。

「それで、夏目をご指名か」

渡里は嬉しそうだった。メンバーが評価されると自分のことのように喜んでくれる。そういう表情を見るのもまた、メンバーにとっては喜びだった。

「橋本専務が持っていた青い手帳については?」

凛子は集中力を切らさない。あれはおそらく青い醜聞手帳ではないだろう。橋本はなんらかの意図を持って、わざと手帳を示したのではないだろうか。

「担当した捜査員は元の手帳の写しだという青い手帳の中を見たのでしょう。その結果、さして重要事項だと思わなかったのか。質問しませんでした。でも、凜子さんの推測どおり、犯人に対する挑発だったんじゃないでしょうか」

友美の言葉をさらに拡大解釈する。

「青い醜聞手帳に犯人の名前が載っていなければ、挑発にはなりませんが、もうひとつの青い手帳に、相沢幸乃は危険人物の名前を記していたかもしれない。それを橋本専務に託した」

「挑発されたんじゃないですか。塩谷真澄は、書類の束に青い手帳を隠しました。橋本専務に気づかれないように、持ち去ろうとしたように見えましたよ」

桜木の考えに小さく頭を振る。

「持ち去ろうとしたのは、犯人の指示ではなくて、塩谷真澄個人の考えだったのかもしれない。同じ手帳だと思い、焦ったんでしょう。とっさに持ち去ろうとしたように、わたしは感じました」

「ああ、なるほど。そうかもしれないな」

「いずれにしても続きは明日だ。ゆっくり休めと言いたいが、着替えに帰るのがせいぜいだろう。大詰めだからな」

締めくくった渡里は、ノックされた扉を見やる。返事を聞く前に扉が開き、刑事部の課長が顔を覗かせた。

「たった今、藤村悟郎が出頭して来ました。相沢幸乃を殺したのは、父親ではなく自分だと言っています」

不精髭の課長の目は、ギラギラと輝いていた。やはり、真犯人は息子の悟郎だったのだと思い、テンションが高くなっているのだろう。が、メンバーは、だれからともなく吐息をついている。

「厄介な流れになりそうだ」

渡里が代表するように言った。

「わたしは先に、橋本専務の事情聴取を行いたいと思います。詳細を知る数少ない人物のひとりですから」

数少ない人物には、幸乃の母と妹も含まれる。橋本康平、相沢時江、相沢史江。鍵を握る三人の顔が、凜子の脳裡に浮かんでいた。

5

翌日の午後。

凜子は、自首して来た藤村悟郎の取り調べを始めた。渡里が後ろに控えている。藤村は真実を告げるか、偽りでごまかそうとするか。

まずはそこに気持ちを向けた。

「昨夜、話したとおりです」

藤村は供述を変えなかった。

「相沢幸乃さんが持っていた自己注射薬や鎮痛剤を、アレルギーを起こすものにすり替えました。前夜というか、亡くなった土曜日の未明ですね。錦糸町駅近くの喫茶店で会ったんです。レジに煙草を買いに行ってもらった隙《すき》にすり替えました」

供述どおり、喫茶店近くの防犯カメラに二人の姿が映っていた。裏付けは取れたが、問題はここから先だ。藤村国男はあくまでも自分がすり替えたと言い張るかもしれない。逆に藤村悟郎は、供述を翻す可能性もあった。

捜査を攪乱して、起訴に持ち込ませないこと。それが藤村親子の目的のように思えた。

「お父様は無実なんですね」

凜子の確認に、大きく頷き返した。

「はい。親父には〈児玉〉との合併が決まるまでの時間稼ぎをしてもらいました。高齢なのを気遣って、罪を肩代わりしようとしているわけではありません。浅野健作に頼み、半グレを手配してもらいました。すり替えた自己注射薬や鎮痛剤、さらに二つの携帯と青い醜聞手帳を回収してほしいと頼んだのです。すべて、わたしが指示しました」

「証拠品はどうしましたか」

すでに他の捜査員が訊いていたが、念のために質問する。

「東京湾に捨てました。釣り船で東京湾の沖に出たんですよ。表向きは釣りのためですが、そのときに処分しました」

今頃、ダイバーを使って東京湾沖を捜索しているだろう。大海原から証拠品を探すのは至難の業。見つかる可能性は限りなくゼロに近かった。

「動機はなんですか」

凜子は簡潔な問いを投げる。短い質問だが、非常に重要な意味を持っていた。この答えによって、藤村の考えがある程度摑めるはずだ。渡里が背後に近づいたのを察している。二人ともさりげなく集中力を高めていた。

「結婚を迫られたからです。はじめから割り切った関係だと言っていたんですよ。ところが、彼女の方はそうではなかったみたいで」

「肉体関係があったんですね」

問いではなく、確認になっていた。

「ありました。前に訊かれたとき、肉体関係はなかったと言いましたが、あれは嘘です。だれとでも寝る女でしたからね。デリヘル嬢をやっていると聞いたときは、げんなりましたよ」

あれは嘘です、という言葉自体が嘘だと思ったが、今は胸に秘める。さりげなく自分の手帳を広げた。

「おかしいですね。同僚であり、あなたの協力者だった塩谷真澄によれば、デリヘル嬢はしていたものの、相沢さんには強いこだわりがあったとか。塩谷真澄が本当にデリバリーヘルスに勤めているのか訊いたとき、相沢さんはこう答えたそうです」

一部を読みあげる。

〝あら、見られちゃったのね。そうよ。デリバリーヘルスに登録しているの。言っておくけど、お客がわたしを選ぶんじゃないわよ。わたしがお客を選んでいるの。そして、抱いてあげる。可愛いもんよ、男なんてね〟

藤村は少し不安そうな表情を見せる。

「へえ、そうなんですか。あくまでも自分が主導権を握っていると思いたかったんでしょうね。彼女らしいと言えなくもないな」

上目遣いになっていた。まずいことを口にしないよう、警戒心を働かせているように思えた。

「青い醜聞手帳の中は見ましたか」

「見ました」

「そうでなければ、児玉潤二や浅野健作との付き合いも、わかりませんでしたからね。正直にお答えいただきまして、ありがとうございます」

礼を言うような場面ではないが、わざとらしく告げた。藤村はますます警戒心を強めたらしい。首を傾げて、窺うような目を向けた。

「引っかかりますね、その言い方」

それはそうだろう。引っかかるように言ったのだから。

「橋本専務から色々と話を聞きました。デリヘル嬢を始めるまで、相沢さんは橋本専務を父親のように慕っていたそうです。娘のいない専務も可愛かったんでしょう。自分が所有している渋谷のワンルームマンションを、彼女の隠れ家に提供していたようです。ところが、二年前、突然、関係がくずれた」

「専務とも寝たんでしょう。彼女はシニア世代が好みなんですよ。ぼくの場合は、亡くなった父親と同い年だとか。夏目さんも言っていましたが、父親に目元や雰囲気が似ていると言われました」

「にもかかわらず、あなたとは寝た？」

あなたとも、ではなく、あなたとは、と微妙に強調した。多少、心にひびいたのかもしれない。

「さっきから、なんか気になる言い方をしますね。つまり、相沢さんは橋本専務とは、肉体関係を持っていなかったんですか」

質問には答えない。

「橋本専務は一年ほど前に、相沢さんから相談を受けたそうです」

いよいよ本題だ。捜査の途中で供述を翻すような真似をさせてはならない。物証が乏《とぼ》しい中、自白だけで起訴しなければならないのだ。じっと藤村の目を見据えた。

「どんな相談ですか」

呼応するように背筋をぴんと伸ばした。

「相沢さんは『好きな人ができた』と打ち明けたとか。でも、うまく気持ちを伝えられない。どうしたらいいだろう、と」

ぴくりと藤村の眉が動いた。彼の目にも真剣みが加わったように感じた。凛子はいい緊張感を保ったまま、続ける。

「相沢さんは、こうも言っていたようです。『セックスなんて立ち話と同じ。わたしにはその程度のものなのよ。本気で好きになると目が合うだけで頬が熱くなる。手を握られるだけで、ドキドキするの』。彼女は、少女のように頬を染めながら告白したそうです」

「……信じられないな」

藤村は告げた。彼なりに流れを読み、まさかと懸命に否定しているのではないだろうか。声が掠《かす》れていた。

「きっと相沢さんは、橋本専務が好きだったんですよ。相談するふりをしながら、じつは告白していた。そう、そうですよ、きっとそうなんだ」

自分に言い聞かせているようだった。否定したいのだが、できない。思いあたる言動があったのではないか。

「これを」

隣に来た渡里が、上着の懐から青い手帳を出して、藤村の前に置いた。

「橋本専務から預かった手帳です。相沢さんに青い手帳をプレゼントしたのは、橋本専務らしいですよ。誕生日の贈り物になにがほしいか訊いたとき、青空のような色をした手帳が二冊ほしいと言われたそうです。相沢さんが亡くなった後、隠れ家として提供していた部屋に、これが残されていたとか」

告げながら、ボスもじっと藤村を見つめていた。幸乃の想いを伝えるため、いやでも力が入る。藤村は唇をゆがめた。

「ほら、やっぱり、そうだ。相沢さんは橋本専務と怪しい関係だったんですよ。そういったこともあって、ええと、ありていに言えば嫉妬心です。結婚を迫られたのと、なさけない話ですが男の嫉妬心。それが動機です」

懸命に踏ん張っていた。真実の幸乃を知ると、不起訴にしようという目論見《もくろみ》がくずれると思っているのかもしれない。ろくでもない女、デリヘル嬢が似合いの女、男好きの好色女。だからこそ、殺した。本当の理由を今更考えたくない。考えたくない、ない。

　動揺が読み取れた。

「あなたは、先程、嘘をつきました」

　凜子は静かに言った。

「相沢さんとは、肉体関係がなかった。なぜなのか。大勢の男と関係を持っているのに、なぜ、自分とはセックスをしないのか」

「やめてください」

　嘆願は無視する。

「毎日のように自問自答したのではありませんか。嫉妬心があったというのは事実でしょう。頭が狂うような懊悩《おうのう》にとらわれたのではないですか。男として魅力がないのだろうかと、自信を失いかけたのではありませんか」

「いや、ちがう。そんなことは……」

「何度もあなたは迫った。その都度、笑顔でかわされた。〈フジムラ〉を児玉自動車の傘下にという企画が、成功した暁《あかつき》にはと言われたのではないですか」

「ちがう、そうじゃない、ちがう」

「あなたは待てなかった。嫉妬心が恋心を超えてしまった。自分のものにならないなら、消えてしまえばいい。これ以上、悩ませるな。振り回されるのは、もうたくさんだ。それが殺害した理由なのではありませんか」

「………」

藤村は黙り込む。双《ふた》つの目は、机に置かれた青い手帳に向けられていた。渡里が手帳をさらに近づけた。

「中を見てください。あなたの誕生日の日を見てください」

「………」

無言のまま、最初に渡里、次に凜子を見た。二人もまた、無言で見つめ返した。藤村は小さな吐息をつく。青い手帳を手に取った。

頁を繰る手が震えている。結果はわかっているのに、それを確認しなければならない。贖罪《しょくざい》の震えに襲われていた。

手が止まる。

青い手帳の一頁に記されていたのは……。

〝藤村悟郎様。あなたが好きです〟

幸乃の告白だった。

その青い手帳を渡す前に、幸乃は命を落とした。ほんの些細な行き違い、こんなとき時間を巻き戻せればと、だれもが思う。

扉がノックされて、渡里が開けた。伝えに来たのは、桜木と友美だった。

「藤村国男が自供を翻しました。相沢幸乃を殺すように命じたのは、息子の悟郎だと言いました。会社や家庭のことを考えて、自分が罪を背負うつもりだった。本当は死ぬつもりだった。相沢さんには本当にすまないことをした、と」

桜木の声は届いていたかどうか。

藤村悟郎は……声を殺して、泣いていた。

6

相沢幸乃の母は告白した。

「わたくしは、相沢勝久に強姦《レイプ》されたのです」

時江と同じ大学の先輩だった相沢勝久や橋本康平。マドンナと騒がれた時江は、橋本康平と恋に落ちた。男女ともに二十代前半の結婚が少なくなかった時代である。早い時点で結婚を決め、休みに双方の家へ挨拶に行こうと話していたのだが……。

「ある日、橋本さんが待っていると相沢に言われたのです。送っていくからと言われて、橋本さんのアパートに行きました。わたしは東京の親戚の家に下宿していましたが、二人はそれぞれアパートを借りていました」

三人とも地方出身で気が合った。女ひとりに男が二人。そんな感じで遊びに出かけたり、飲みに行ったりもした。

「橋本さんのアパートに、彼は待っていませんでした。そのとき、相沢に無理やり犯されたんです。強姦罪で訴えるつもりでしたが、相沢は頭がまわるんですよ」

相沢はすぐに時江の実家へ行き、結婚したいと正式に申し入れた。時江の実家は地方の名家である。交際中の男がいるという噂が広がれば、他家からの見合い話は来ない。強姦した事実は伏せたまま、不本意な結婚話は進み、大学を卒業すると同時に二人は盛大な式を挙げた。

「一生、許すものかと心に誓いました」

時江は復讐として、とんでもない企みを実行する。

「二人の娘は、相沢の娘ではありません。橋本康平さんの娘です」

ときは高度経済成長期。大企業の会社員は、エコノミックアニマルなどと呼ばれて、海外出張や単身赴任をこなした。

「相沢が日本にいるときは、避妊薬を飲みました。そして、相沢が日本にいないとき、康平さんと関係を持ったのです」

橋本も正直に告白した。

「強姦されたと聞いたとき、わたしは自分を責めました。時江を守りきれなかった。なぜ、相沢の企みに気づけなかったのか。本当に好きだったんです。言い訳になりますが、彼女の誘いに抗《あらが》いきれませんでした」

　強姦に対する暗い復讐劇。一生開けてはいけないパンドラの筺《はこ》だった。しかし、時江は幸乃に言ってしまった。

「あまりにも『お父さん、お父さん』と言うものですから腹が立ったんです。亡くなっているのに、いつまでも執着して……もう忘れて、いいえ、忘れさせてほしかった。身体は許しても、心を許したことはありませんから」

　母の言葉を、下の娘の史江は一部訂正した。

「最初のうち姉は、橋本さんに恋をしていたんです。母があんなことを言ってしまったのは、姉に対する敵対心と嫉妬心からでしょう。わたしたちの本当の父親は、橋本康平さんなのだと告げました。だから、いくら好きになっても無理なのよ、と。忘れもしません。二年前のことです」

　その後、幸乃は二重生活を始めた。昼は戸籍上の父親・相沢勝久がいた会社の会社員、夜は渋谷のデリヘル嬢。幸乃が児玉社長と社長室で肉体関係を持ったのは、時江や橋本に対するあてつけだったに違いない。むろん児玉に〈フジムラ〉との合併を認めさせるためでもあったろう。しかし、二人への激しい怒りが取らせた行動に思えた。

　凜子は異常な行動をこう分析していた。

〝幸乃はだれかを挑発するために、わざと目立つやり方をしたのではないか。勤務先

の会社の社長室で、社長とセックスした裏に隠れているのはなんなのか〃

尊敬してやまない大好きな父が、実の父親ではないと知ったときの幸乃の驚きは、想像するに余りある。さらに相沢勝久は時江をレイプしていた。

隠れていたのは、久保田麻衣の推測どおり、ドロドロの愛憎劇だった。

「言うべきでは、ありませんでした」

時江は後悔したが、言い放った言葉は取り消せない。それでも幸乃は疑っていたらしく、民間の科学捜査研究所にDNA型の鑑定を依頼した。祈るような気持ちだったろう。だが、結果は酷《むご》いものだった。

「わたしは、割と冷静に受け止められました。橋本さんが本当の父親だとわかったとき、よかったと思ったほどです。父が可愛がっていたのは姉だけですから。わたしは冷めていたというか、父があまり好きではありませんでした。しょっちゅう女性問題を起こしていましたしね」

史江は橋本似だった。凛子が初めて橋本に会ったとき、既視感を覚えたのは、史江に会っていたからだろう。穏やかで頭が良く、冷静沈着に行動する。間違っても、デリヘル嬢にはならない。

「姉は純粋な人でした」

史江は言った。

「橋本さんに向いていた情熱が、今度は藤村さんに向けられたんでしょうね。一途《いちず》なんですよ。前にも話したと思いますが、母に似ているんです。父と暮らしながらも、橋本さんを想い続けた。聞きましたよね。身体は許しても、心は許さなかったと。二人とも同じでしょう？」

問われたが、答えようがなかった。確かに幸乃の、一筋縄ではいかない屈折した複雑な気質は、まぎれもなく母・時江の血筋だろう。しかし、あまりにも純粋すぎるがゆえに、こんな結果になったのだとしたら……？

〃人間は生き、人間は堕ちる。そのこと以外に人間を救う便利な近道はない〃

坂口安吾の言葉を思い出さずにいられない。真っ直ぐな想いを藤村に向け、幸乃は生き、母や真実《ほんとう》の父へのあてつけで闇に堕ちた。かろうじて、精神のバランスを保つ手段だったのかもしれない。

真実の父と母が抱えていた闇、藤村悟郎の闇、そして、自分自身の闇。

交叉する闇《スクランブルダーク》にとらわれて、幸乃は命を喪《うしな》った。

渋谷のスクランブル交差点で、両目をかっとみひらいていた姿が、凜子の脳裏に焼きついていた。

数日後。

「早く、早く、お母さん。間に合わないよ」

賢人は、渋谷駅の改札を走り出る。その後を凜子は長谷川冬馬と追いかけた。

「待ちなさい。大丈夫よ、時間はまだあるわ。そんなに急ぐと転ぶわよ」

今日はスイーツ甲子園の個人戦の地区予選が行われる日。会場は渋谷の料理学校だった。凜子と冬馬はどうにか休みを取って、賢人の応援役を務めることになっている。

「なんだか、賢人にはいつも、早く、早くと急かされているみたい。いやになっちゃう」

愚痴を、冬馬が受けた。

「早く、早くは君の口癖だよ。それで賢人君も無意識のうちに使うんだ。いつも急いでいるのは賢人君じゃなくて、凜子だろう」

「あ」

そうか、と、思った。

「確かに言われてみれば、ね。あれもやらなくちゃ、これもやらなくちゃって、気ばかり急いてしまうのよ。頭の中がいっぱいで」

「働くお母さんは、多忙だからな。ほんの少しでいい。その忙しさを、おれに分けてくれると嬉しいいんだけどね」

いつもどおりの優しさと温かさに、心や身体がゆるむのを感じた。賢人は先を急ぎながらも、ちゃんと振り返って、二人が来ているか確認している。スイーツ甲子園の件があったからだろう。冬馬に対する気持ちに変化が出始めていた。

　ぎこちないながらも、話をするようになっている。

「いやらしい策だなと自分でも思ったけど」

　言い訳めいた言葉に、凜子は頭を振った。

「あなたは賢人のことを想って、スイーツ甲子園の手続きをしてくれた。感謝しているわ。わたしはそんな催しがあるなんて、ぜんぜん知らなかったもの。賢人は古川がいいと言ったら、話すつもりだったんでしょうね。わたしの知らないところで、男同士の話が進んでいたりするわけ。ちょっぴり寂しいけれど、賢人が成長した証だと思っているの」

　三人は、スクランブル交差点に向かっていた。大勢の人が行き交う中、賢人は弾《はず》むような足取りで走っている。凜子の亡き父に教えられた料理の腕前を試せるのが、嬉しくて仕方がないようだった。

「それにしても、事件が解決した後でよかったな。そうでなければ、凜子は応援に来られなかったかもしれない。賢人君もおれだけじゃ、たぶん不満だったろうからさ」

「ええ、本当に」

　フィリピンに逃げていた贋中村こと、山岸稔は、無事身柄を確保されていた。今日、日本に護送される手筈《てはず》になっている。

「今朝の新聞に載っていたけど、橋本専務は辞任するとか」

冬馬の言葉に頷き返した。

「そうらしいわ。児玉重工と児玉自動車の取締役を辞して、現役から退く考えのようね。児玉グループの重鎮が、必死に慰留《いりゅう》していると聞いたわ。児玉自動車の諸問題や〈フジムラ〉の騒ぎを纏められるのは、橋本専務しかいないと思っているんでしょうね。優秀なのは、だれの目にもあきらかだもの」

橋本は言っていた。

〝すべての責任は、わたしたちにある。相沢がつまらない敵対心と嫉妬心を持たなければ、あんな事件は起きなかった。そして、時江が古い因習や家格を重んじなければ、不幸な結婚は阻止できたはず。わたしは……二人の結婚を止める勇気を持つべきでした〟

時江の強姦事件が、すべての始まりだった。長い、長い時間を経て、それはさらにゆがみ、怒りと憎悪の闇だけが深くなった。

敵対心と嫉妬心。

〝ただ、それがあったお陰で、わたしは児玉グループの経営陣に食い込むことができたとも言えるんですが〟

大切な女《ひと》を奪った相沢勝久に負けてはなるまいと、橋本は仕事に没頭した。いつしか敵対心と嫉妬心は消えて、純粋に仕事を楽しむようになっていたのだが……相沢勝久が死んだ後、橋本は時江と忍び逢うようになった。

〝初恋の人なんですよ〟

照れたように告げた。橋本は妻と別れて、時江や史江と一緒に暮らすと言っていたが、はたして、思いどおりにいくかどうか。

人の想いはままならない。

「お母さん」

賢人の呼びかけで、はっと我に返った。

「信号が変わったよ」

スクランブル交差点が、青になっていた。賢人は先に渡り始める。凜子が冬馬と渡りかけたそのとき、

二人の手がふれ合った。

「…………」

一瞬、見つめ合う。それだけで頬が熱くなった。慌てて手を離そうとしたが、冬馬はきつく握りしめる。相沢幸乃の気持ちがよくわかった。

〝セックスなんて立ち話と同じ。わたしにはその程度のものなのよ。本気で好きにな

ると目が合うだけで頬が熱くなる。手を握られるだけで、ドキドキするの〟

今、凜子はドキドキしている。

手を握りしめたまま、二人はスクランブル交差点を渡り始めた。

〈主な参考文献〉

「ハリウッド検視ファイル　トーマス野口の遺言」山田敏弘　新潮社
「血痕は語る」坂井活子　時事通信社
「東京湾岸畸人伝」山田清機　朝日新聞出版
「医療探偵『総合診療医』原因不明の症状を読み解く」山中克郎　光文社新書
「失敗の研究　巨大組織が崩れるとき」金田信一郎　日本経済新聞出版社
「性犯罪者の頭の中」鈴木伸元　幻冬舎新書
「日本型リーダーはなぜ失敗するのか」半藤一利　文春新書
「血液の闇　輸血は受けてはいけない」船瀬俊介　内海聡　三五館
「東芝　終わりなき危機『名門』没落の代償」今沢真　毎日新聞出版
「三菱自動車の闇　スリーダイヤ腐蝕の源流」週刊エコノミスト編　毎日新聞出版
「東電ＯＬ殺人事件」佐野眞一　新潮文庫
「東電ＯＬ症候群」佐野眞一　新潮文庫
「偶然の統計学」デイビィッド・Ｊ・ハンド著　松井信彦訳　早川書房
「医者が患者をだますとき」ロバート・メンデルソン著　弓場隆訳　草思社

「医者が患者をだますとき〈女性篇〉」ロバート・メンデルソン著　弓場隆訳　草思社
「性風俗のいびつな現場」坂爪真吾　ちくま新書
「シングルマザー生活便利帳　ひとり親家庭サポートBOOK　２０１６〜２０１７」
新川てるえ　田中涼子　太郎次郎社エディタス

あとがき

警察庁広域機動捜査隊ASV特務班。

これが新しくスタートした特務班の正式名称です。シーズン2になりますね。メンバーも少し入れ替わりました。渡里はアメリカのFBIのような組織をめざしているようで、扱う事件もまた、幅広くなりました。

もちろん今までどおり、DVやレイプ、ストーカー、虐待といった事案も担当しています。過去に渡った所轄の中から優秀な人材を集め、小さな特務班部隊を作り、所轄をまわらせているんですね。性犯罪抑止を中心にしたスキルを伝える役目は、この小さな特務班部隊が務めています。

だれにでも、忘れられない事件がある。私もそうですが、中でも一番気になっていた事件を今回、取り上げてみました。じつはこんな裏話が隠れていたのではないか。だから、ああいう行動を取ったのではないだろうか。

自問しつつの展開になりました。

そして、主人公の夏目凜子も大きな変化を迎えています。新たに加わった久保田麻衣とコンビを組み、元夫が名目上の指揮官を務める特務班で、どのような活躍を見せてくれるでしょうか。ハラハラ、ドキドキの流れですが、ぐっと内容が引き締まったように感じました。

シーズン1では、特務班の強い絆を中心にして、性犯罪に苦しむ女性たちの姿を炙り出したつもりです。どちらかと言えばタブーの世界だったかもしれません。1巻目と2巻目は大幅に削ったり、書き直したりが出たりして……やはり、むずかしいのだろうかと悩んだこともありました。

ですが、現在は所轄の生活安全課の捜査に、所轄または警視庁の刑事課が同行するようになっているとか。そう、現実の警察の話です。もちろんこの小説の影響ではありませんけどね。DVによる暴行死や子供への虐待死が増え続けているため、というのが、その理由のようです。

少しでも事件が減りますように。

祈りながら、書き続けていきたいと思います。

最後になりましたが、特務班はシーズン1として徳間文庫『警察庁α特務班』が1巻から5巻まで刊行されています。さらに他社の話で恐縮ですが、光文社文庫からも『警視庁行動科学課』が1巻から6巻まで刊行されています。

そして、今年の6月には、朝日新聞出版から朝日文庫として、新シリーズがスタートします。併せて、お楽しみいただければ幸いです。

さあ、新しい特務班はどうなることか。

2巻目は9月刊行予定。応援してください。

この作品は徳間文庫のために書下されました。
なお本作品はフィクションであり実在の個人・団体などとは一切関係がありません。

徳間文庫

警察《けいさつ》庁《ちょう》広域《こういき》機動隊《きどうたい》

2017年3月15日 初刷

著者 六《りく》道《どう》慧《けい》

発行者 平野健一

東京都港区芝大門二—二—二 〒105—8055

発行所 株式会社 徳間書店

電話 編集〇三(五四〇三)四三四九
販売〇四八(四五一)五九六〇

振替 〇〇一四〇—〇—四四三九二

印刷 製本 株式会社廣済堂

ISBN978-4-19-894217-5 (乱丁、落丁本はお取りかえいたします)